真故
TRUMANSTORY
悬疑

从悬疑深入现实

刘星辰 重案笔记 2

不只是破案直播，还是普法现场

刑警刘星辰 著

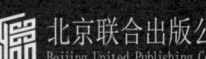
北京联合出版公司
Beijing United Publishing Co.,Ltd.

图书在版编目（ＣＩＰ）数据

刘星辰重案笔记 .2 / 刑警刘星辰著 . -- 北京：北京联合出版公司 , 2023.8
　　ISBN 978-7-5596-6849-3

　　Ⅰ.①刘… Ⅱ.①刑… Ⅲ.①纪实文学－作品集－中国－当代 Ⅳ.① I25

中国国家版本馆 CIP 数据核字 (2023) 第 058686 号

刘星辰重案笔记 2

作　　者：刑警刘星辰
出 品 人：赵红仕
选题策划：北京真故传媒有限公司
责任编辑：管　文
特约编辑：汪林玲
封面设计：周　墨
内文版式：曾　杏

北京联合出版公司出版
（北京市西城区德外大街 83 号楼 9 层　100088）
北京联合天畅文化传播公司发行
北京中科印刷有限公司印刷　新华书店经销
字数 300 千字　710 毫米 ×1000 毫米　1/16　19.25 印张
2023 年 8 月第 1 版　2023 年 8 月第 1 次印刷
ISBN 978-7-5596-6849-3
定价：52.00 元

版权所有，侵权必究
未经书面许可，不得以任何方式转载、复制、翻印本书部分或全部内容。
本书若有质量问题，请与本公司图书销售中心联系调换
电话：010-64258472-800　18049652382

目 录

序言 刑警刘星辰想对读者说的一些话　　　　　　　　　　1

01 资深刑警因被嫌疑犯咬了一口，离开了刑警队　　　　001

02 深井中被剖开的猫，藏着命案线索　　　　　　　　　016

03 城管秉公执法，被殴打致死　　　　　　　　　　　　047

04 怀疑女友出轨后，他在衣服里藏了一把剔骨刀　　　　061

05 一个"特殊"的盗窃犯，被偷的人都帮他打掩护　　　080

06 粉色手机案：来自死者的礼物　　　　　　　　　　　099

07 陪酒女死亡前，曾接到四通神秘电话　　　　　　　　119

08 处长遭遇"仙人跳"，却替罪犯隐瞒　　　　　　　　153

09 从广东到吉林，我和大毒枭贴身共处五天五夜	169
10 最狠心的母亲：刚出生的小孩被用作犯罪工具	188
11 把对方打成植物人，他只说了两个字：好玩	204
12 只身卧底毒窝，对方问我要不要吸一口海洛因	233
13 只爱种向日葵的老农，竟是贩毒高手	246
14 办案老手只通过一个空水瓶，就找到了强奸犯	255
15 禁忌游戏：有个男人每天打10个电话催我自杀	270
16 被性骚扰后，家人成了嫌疑犯	287

序言　刑警刘星辰想对读者说的一些话

　　因为要参加同事的告别仪式，我起了个大早，出家门的时候，天刚蒙蒙亮。一道霞光从两栋高楼之间透出来，大街上零星的汽车轰鸣好似城市刚醒来的呼吸声。到达殡仪馆的时候，天空被不知什么时候出现的浓厚的乌云遮住了，让我感觉整个城市又沉寂了下来。

　　今天是我同事的告别仪式，放眼望去，来的几乎都是警察，里面有的我认识，有的不认识，大家几个聚在一起低声私语。忽然外面响起了轰隆隆的雷声，像一曲悲怆的奏鸣，为告别仪式增添了几分伤感。

　　"你怎么才来？快把这个挂上，仪式快开始了。"

　　身后有人拍了我一下，我回头一看，是我的同事黄哥，他顺手递给我一枝白色的奠花让我别在胸前。我跟着黄哥走到告别厅门口，随着涌动的人流去见同事最后一面。

　　我们从殡仪馆出来，发现外面的地都没湿，凭空打了几声雷却没下雨，可是刮起了风，让人冷得禁不住一阵哆嗦。我和黄哥一起找了个早餐店坐下，打算吃点东西，这时候喝一碗热豆浆是最舒服不过的了。

　　我和黄哥都想聊些什么，却都不知道该如何开口。人生路漫漫且岔口多，谁知道下一个路口会是什么样？谁能想到我上周还在食堂打过招呼的人，会在前几天抓捕嫌疑犯的时候被车撞上，当场牺牲。

　　最后还是黄哥打破了沉默。

"你工作几年了?"黄哥忽然问我一句。

"我想想……十五年了。"

"时间真快。"

"是啊,我开始工作的时候你女儿刚上学,现在都出门念大学了。"

"你现在和我一样了。"

我没听懂他说的意思,愣了一下才反应过来。我刚从警校毕业参加工作的时候,遇到的第一个同事就是黄哥。而那个时候,黄哥和现在的我一样。一转眼十五年过去了,我现在和当时的他一样,而现在的他则是将来的我。

现在我和黄哥虽然在同一个分局,但属于不同的部门。曾经我俩几乎天天见面,一同办案,出差抓捕,押解嫌疑犯,转眼间,我忽然发现好像有一年没见到黄哥了。而这一年对我来说就好像不存在一样,眼前的黄哥依旧是那么熟悉,而在他身边,我依旧像是刚参警的新人。

吃完早饭,黄哥独自开车离去,而我坐在车里一直没去扭动钥匙。十五年了,这次参加告别仪式看到消逝的生命才让我感受到时间的流逝,才让我停下来去追忆过往。时间让我们得到了许多东西,也让我们失去了许多东西,但幸好我们有记忆,能回想起发生过的事情,让自己通过回忆把时间留在记忆里。那一刻我感觉自己似乎能触摸到一分一秒,那一刻即使是十年前,也让我感觉历历在目,铭记于心。

穿上警服宣誓的那一刻就好像发生在昨天……

01 资深刑警因被嫌疑犯咬了一口，离开了刑警队

苑刚这个案子就是朱哥一手主办的，四个凶残的歹徒前后跨越三省残杀了五个人，最后是当地一起失踪案的报警记录引起了朱哥的注意，顺藤摸瓜，用了近一年的时间将这四个歹徒抓捕归案。用朱哥的话讲，干这个活儿费的心血顶上干一年的工作了。

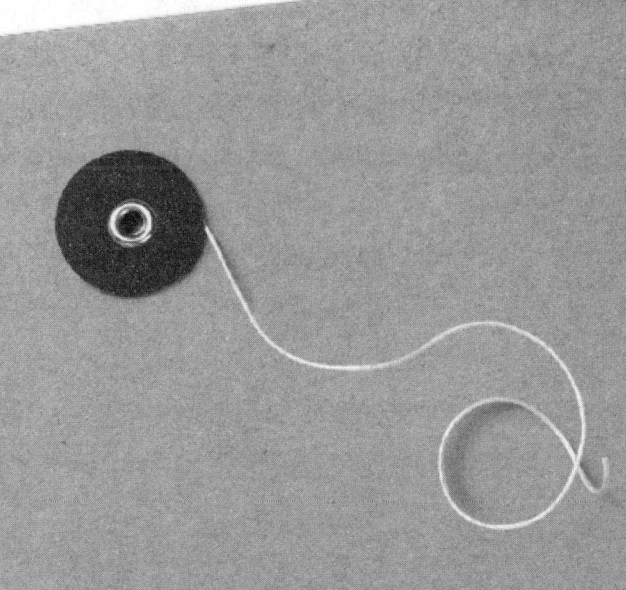

细数工作这些年，与我共事时间最长的就是黄哥，但是我刚参警时侦办的第一个案件却不是和他，而是和朱哥一起的。那个案件在我脑海中印象最深，对我的影响也最大，当然也最让我感觉难过。

那天在单位报到后，政治处宣布分配部门，我被分到了重特大案件侦查队，也就是俗称的重案队。宋国峰队长来接我去队里，我们都喊他宋队。

我和宋队进到队里的办公室时，朱哥并没发现我们。那时朱哥正在用剪刀修剪他桌上的一个盆栽，也不知道是什么植物，看上去就像一棵缩小版的松树。我看到朱哥弓着身子有些笨重地绕着盆栽转来转去，但是他的手很灵巧，拿着剪刀游刃有余地在"松树"的周围舞动，将超过盆景容器范围的树枝剪掉。

"老朱，你养的这棵树还活着呢？"宋队对着朱哥打趣道。

"看你这话说的，这不是活得好好的吗？你看看，我给它这么一修剪，更精神了。"

"行啦，你别摆弄了。来看看，这是咱们队新来的同事，警校刚毕业，姓刘。"宋队拍了拍我的肩膀，把我介绍给朱哥。

"嘿哟，那这就是刘哥了，欢迎，欢迎。"

朱哥把剪刀放在一边，笑着和我握手。朱哥的手很大很糙，他一使劲把我的手捏得生疼。看见我龇牙咧嘴，朱哥急忙松开手。

"我叫刘星辰,叫我小刘就行。"

"来到我们这儿,无论岁数大小,都得喊'哥',哈哈。"宋队冲我笑着说。

就这样,我从小刘直接变成了刘哥,后来我才知道这算是重案队的一个传统。对于年龄相对大一些的人来说,喊一声哥是尊敬;对于年轻的来说,喊一声哥听着带了几分戏谑,却是大家真心把你当作兄弟的一种态度。尤其我们这个工作,是在和平年代牺牲率最高的职业,俗话说"打虎亲兄弟,上阵父子兵",工作中经常会出现危急的情况,这时候能依靠的只有身边的这些"哥"了。

"其他人呢?"宋队朝四周看了看,偌大个屋子空荡荡的只有老朱一个人。

"苑刚的案子今天开庭,都去看热闹了。"老朱一边说,一边举起盆景上下打量着。

"你怎么没去?"

朱哥笑了笑没说话。朱哥笑得很奇怪,我在一旁都能看出来他的笑并不是愉悦的笑,而是一种意味深长和宋队心领神会的笑。后来我渐渐了解到,苑刚这个案子就是朱哥一手主办的,四个凶残的歹徒前后跨越三省残杀了五个人,最后是当地一起失踪案的报警记录引起了朱哥的注意,顺藤摸瓜,用了近一年的时间将这四个歹徒抓捕归案。用朱哥的话讲,干这个活儿费的心血顶上干一年的工作了。

我刚工作对什么都好奇,就想问问这个案子的情况,宋队让我自己去看案件的复印材料。在档案室,我看到了足有一米高的卷宗,都是这一个案件的。宋队告诉我,这些材料基本都是朱哥一个人做的,天知道在手写笔录的那个年代,光是写这些东西就得下多少功夫。

"这个案子都是朱哥办的,为什么开庭他不去?"我私下里问宋队。

"苑刚一直到最后都不认罪,而且还和朱哥叫板。这个案子我们和检察院、法院开过联席会，他肯定会被判处死刑，朱哥只是不想给他认输的机会而已。"

刚毕业感觉一切都很新鲜，无论队里有什么事情，我都想跟着掺和一下。大家更是照顾我，看到我想学点东西了解侦查工作，于是干什么活儿都会有人带着我。短短一个星期我就发现了，这项工作和我此前在学校学到的以及通过其他途径了解的完全不一样。俗话说"外行看热闹，内行看门道"，原以为侦查会像影视剧上演的那样，几个规定动作做完就能把真凶揪出来，可实际情况完全不同。我现在是初窥门径就觉得别有洞天，才发现自己要学的东西实在太多。

宋队专门找我谈过话，提出让我跟队里的每个人都配合一下，看看我和谁比较搭，找个师父带带我。俗话说"师父领进门，修行靠个人"，但是能领你入门才是最重要的。万事开头难，特别是这个行当。我们队一共七个人，神色各异，形态不一，有的如绿林豪杰，有的精于算计，还有的戴副眼镜文质彬彬（你根本想象不出在犯罪嫌疑人反抗的时候，他能一拳把对方鼻子打骨折）。

就这样过了一个月，我跟着每一个人都跑了一圈，算是和大家都熟悉了。宋队决定开一个全队的会议，主题就是找一个人专门带我。这时我心里也有点数了，队里有两个侦查经验最丰富的，一个是黄哥，另一个就是朱哥。其他人虽然都精明强干，但是和他俩比还是差一丝火候。

我感觉应该是朱哥带我。我刚参加工作，想多学点东西，朱哥主动告诉我先看一些他们以前办理案件的卷宗，好对办案有个大概的了解。朱哥还特意带我去了大队的档案室，以前办理过的重特大案件的卷宗都有复印资料留存。在这里，我看到了纵火、杀人、投毒等各种各样的恶性案件，当然，也有一些未被侦破的案件。这些案件里面也有朱哥办理过的，是他的遗憾。

宋队定于周一开全队会，向大家宣布朱哥将作为我师父带我的事情。

周一队里的人几乎都来了，宋队却一直没来，他平素是最守时的人。大家正琢磨着呢，朱哥的电话响了，是宋队打来的。我看到朱哥的眉头皱了皱，只是对电话那边应了几声"行"，再没多讲一句。挂了宋队的电话，朱哥和我们说："刚才老宋来电话了，有人看见大疤了。他直接开车过去了，让咱们赶紧去支援。"

"大疤他们几个人？"有人问。

"他没说，咱多带几副手铐吧，以防万一。"

几乎再没有其他言语，所有人都开始迅速收拾东西。只有我愣在一旁，看着大家从抽屉里拿出手铐揣在兜里，有人从柜子里拿出警棍，还有人从桌子下面翻出一根胶皮棒子。我是头一次看到这么大的阵势。

出发的时候我本来想坐朱哥的车，可是朱哥已经和另外两个人上了一辆桑塔纳轿车。没等我赶过去，车已经开走了。我只好和剩下的人坐上后面的面包车。随着车启动轮胎快速摩擦地面发出"吱吱"的声响，面包车紧跟着前面的桑塔纳，像赛车一样"轰"的一声从单位大门冲了出去。

在车上我得知，"大疤"是一个人的外号，他是一个无业游民，前科累累，这个人曾经在市里抢劫并打伤两人后逃跑。街面上传说他最近偷偷潜回了市里，不过一直没有准确的消息。今天宋队得到线报，说这个人在桥北出现了。桥北有一个商贸市场，周围全是临时搭建的二层板房，是一个鱼龙混杂的地方，遍地都是网吧和游戏厅。大疤这个人特别喜欢赌博，肯定是在某一个游戏厅里玩赌博机。宋队已经去桥北和线人接头了，让我们赶紧过去。

大疤这个人很凶残，他在抢劫时将两个人打成重伤，一个是被抢的人，另一个是路过的人。这个路人最惨，被大疤用铁棍从侧面击中面颊，眼珠都迸出来了，现在一只眼睛彻底失明。大疤脸上有道明显的疤痕，所以很容易被认出。这次大疤如果被抓住，按抢劫又致人重伤罪名算的话，够他判十年的了。

车子开到桥北农贸市场的后面，我看到朱哥从前面的车上下来，立刻有个人迎了过来和他交谈。这个人我没见过，不是我们大队的人，我猜应该就是之前说的线人。这个人和朱哥窃窃私语几句后就站到了远处。等我们都下车后，朱哥说，宋队已经找到大疤了，正在盯着他，但是大疤身边有人，不知道是不是同伙，到时候要动手了就一个也别放过。

之前我也参与过抓捕行动，在抓人之前基本会将对方的情况摸清：有几个人，身上有没有危险物品，我们也好提前做好准备。可是今天情况有些特殊，现在我们连对方有几个人都不清楚。未知往往隐藏着危险，从朱哥说话时的神情就能看出来，他表情很严肃，声音很小，但是铿锵有力。现场的每个人都绷着脸，我站在一旁心里有些紧张。

大家提起精神。线人在前面带路，我们分散开，装作不认识的样子，一起转进了桥北的商贸市场。整个市场就在一栋筒子楼里，我们要去的地方是市场边的居民区——一幢幢老旧的二层小楼。这些楼都是依托着商贸市场修起来的违建，一楼是菜市场，二楼是服装区，还掺杂着游戏厅和网吧，到处都能看到旅店和住宿的招牌。这里小小的一间屋子常被人打出好几个隔断进行出租，在几平方米的地方常常住了三五个人。

线人领着我们到了一栋二层小楼前指了指，二层有一个灯箱上面写着"游戏厅"三个字，应该就是这里了。这时候从游戏厅旁边的服装店走出来一个人，我一看正是宋队。他微微摆了摆手，我们迅速分散开。宋队又看了眼游戏厅的大门，确定暂时没人会出来之后，走过来与我们会合。

"人在里面？是大疤吗？"

"没错，就是他。"

宋队低声说着，转到一个从二楼游戏厅看不到的地方。

"我刚才把游戏厅的地形摸清了，这个游戏厅有两个门，一个门用于正常进出，在从一楼上二楼的楼梯口；另一个在楼后面，是一个简易的防火楼梯口。不过据说后门被锁上了，但是后面有一个窗户，虽然上面有防盗栏杆，可是使劲一踹就能踢开。二楼并不高，人可以从窗户跳出来。"

讲完地形后，宋队开始制订抓捕计划。我们一共八个人，本以为我年轻力壮，会被安排当作先锋冲进去抓捕，结果宋队让我和另一名同事负责盯着游戏厅后面，防止有人从窗户跳下来。而剩下的六个人则一起从前门冲进去，主要目标就是大疤，要是有人反抗就全铐上。抓住大疤后，就把后窗的窗帘拉开当作信号，我们守着后窗的人看到了就赶紧上楼支援。

虽然心有不甘，但我还是按照要求来到这栋楼的后面。楼后面有一排小窗户，但是游戏厅的窗户很明显，它上面不但有一层防盗栏杆，还拉着窗帘。大白天只有这扇窗户拉着窗帘，很容易分辨。不知道窗户另一侧抓捕的同事怎么样了，我心里不停地在想。我与他们只隔着一道窗户，虽然这是二楼，但违建的房子层高很低，借助一个能踏脚的工具我就能爬上去。

我曾经听队里的前辈说过抓捕的事，嫌疑人在发现警察后第一反应都是逃跑，有动手反抗的也是为了能够逃脱。如果大疤发现有人冲进游戏厅，他第一反应肯定也是逃，而窗户必然是首选。想到这儿，我感觉到自己心跳加快。窗户里似乎会有人跳出来，我甚至开始在脑海中预想如果有人跳出来我该怎么办。正在我胡思乱想的时候，同事把我往后面拽了拽，我才想起来还有一个人和我在一起。同事比我大，他长着一副圆脸，有个外号叫冬瓜，所以大家都喊他瓜哥。

瓜哥让我离窗户远点，万一真有人跳下来可别把我砸着。瓜哥在周围捡了几块砖头和一些碎石头扔到二楼窗户下面，告诉我要是真有人跳下来，先让石头垫他一下，到时候我们再抓能省不少力气。我不禁对瓜哥的经验心生拜服。

我又抬头看向二楼的窗户，当空的烈日照在脸上，窗帘一动不动，周围的一切好像静止了一样，我似乎能感受到自己的呼吸声。时间在一秒秒流逝，我不知道过了多久，也不知道上面情况怎么样。

忽然二楼的窗帘一下子被人拉开，宋队探出头对着我们大喊道："快上来！"我和瓜哥急忙跑上去。

我刚冲到二楼游戏厅门口，就看见朱哥捂着手，接着被宋队从里面推了出来。

"你快领朱哥去医院，这里不用你了。"宋队几乎是扯着嗓子在对我喊。我这时才看见朱哥的左手流着血，他用右手捂着，血顺着左手的手腕往下流。

"我自己去就行。"朱哥对宋队说。

"不行，小刘你和朱哥一起去医院，拿着我的卡，密码是我警号。"宋队说着从身上掏出一张银行卡塞到我手里。

我急忙扶着朱哥叫了一辆出租车赶往医院。在车上我看到朱哥的表情没那么痛苦，只是坐在出租车的后座闭着眼，手上的伤口被他用袖子包着。我问朱哥怎么样，朱哥告诉我被咬了一口，掉了一块肉，没什么事。说完朱哥就闭上眼，我能看到他头上冒汗，袖子已经被浸湿，血不停地流下来。

到了医院我去挂号，朱哥直接被送到外科急诊。等我再去看的时候，医生戴着医用手套已经在给朱哥包扎了。我这时才看到朱哥伤口的模样，左手小指后面一整块皮没有了，隐隐约约能看到灰色的骨头。

这一口咬得非常深，已经可以说是穷凶极恶了，看上去就像是被野兽咬的。朱哥告诉大夫是人咬的，大夫还瞪着眼，似乎不太相信。

包扎完我把药领了，送到护士站等着挂吊瓶。大夫给朱哥打了一针止痛针，这时我才看到朱哥的脸色缓过来。

"行了，你不用陪我了，你走吧，等会儿我在这儿自己打吊瓶就行。"朱哥靠着椅子对我说。

"不行，宋队安排我照顾你，我不能走。"我斩钉截铁地回答。

"又不是什么严重的伤，不用你了，你赶紧回去吧。"朱哥还在劝我走。

"你别说了，我去给你倒点水。"

"你走吧，赶紧走，我没什么事，打吊瓶不用陪。"

我没回答，心中早已打定主意要陪朱哥，这也算是任务，没能参与抓捕，没能参与后期审讯，陪护病人总应该做得到吧。我起身去找饮水机，打算给朱哥倒杯水，等我回来的时候发现朱哥人不见了，推着吊瓶车的护士正在到处喊他。

这是怎么回事？我感觉事情不对劲，急忙往医院外面跑，刚冲出医院就看到朱哥上了一辆出租车。

"朱哥，你干什么？"

"咦，你怎么又跟来了？我说过不用你陪了，赶紧走，赶紧走。"

"你怎么不挂吊瓶就走了？你要去哪儿？"我一把拉住出租车的车门。

"这儿治不了，我换个地方，你别跟着去了。"

"怎么治不了？你要换地方我陪你。"我说着坐进了出租车的后座。

"司机，去疾控中心。"朱哥对司机说了地点。

疾控中心？我心里咯噔一下，脑袋里好像出现一道霹雳，接着一阵阴霾浮现出来，本来想问，但是生生地被噎在嘴里说不出来。通过后视镜，我能看到朱哥的眉毛拧在一起，一脸沉重的表情。

到了疾控中心，朱哥下车直接就往里面走，本来我是负责照顾病人的，可现在我只能跟着朱哥走。朱哥没有去挂号，而是直接朝登记口走过去。我看他从衣兜里掏出警官证握在手里。这时候，他的左手经过包扎已经不流血了，只有干涸凝固的血迹留在手腕上。

"警察。抓捕受伤了，开阻断药。"朱哥直接把警官证递进一个登记窗口。登记的护士看了下，急忙拿出一个粉色的小本填上名字，从窗口里递了出来。

不用挂号？我跟在后面觉得奇怪。虽然我是第一次来疾控中心，但是我看到旁边有一个挂号的窗口。朱哥进了医院却直奔这个登记口，好像知道流程一样。难道朱哥以前来过？我不由得想。

"三楼左拐进去第三个房间。"

我感觉自己跟着朱哥帮不上什么忙，只是陪着他履行宋队交给我的任务而已。我跟着走楼梯上了三楼，越往上走越感觉不对劲。从二楼开始，墙上的宣传画已经变成了艾滋病预防和管控，而三楼左拐的走廊的墙上有个牌子，上面写着"艾滋病防控"几个大字。朱哥走了进去，我看不到他脸上的表情。朱哥走到第三个房间推门进去，我挪到门口想了想，没再推门，而是站在外面。门没关紧，还有条缝隙，我隐隐能听见里面的对话。我走到门口的时候刚好听见朱哥低声说了一句"他说他有病，还是活跃期"。

我站在门外，不知如何是好。抓捕的时候，谁也不知道犯罪分子有什么传染病，真正到了动手的时候，谁也不会顾及那么多，毕竟被嫌疑犯传染是小概率事件，可是现在却发生了，还是在我身边发生的。我眼睁睁地看着朱哥从门诊出来，进了处置室。

朱哥在里面待了大约二十分钟，出来的时候左手换了一副绷带，右手拿着一盒药物。他的脸上布满阴霾，我看不懂那是悲伤还是哀痛的表情。从抓捕到来医院开药，前后不到半小时，对于朱哥来说经历的却是人生转折般的半小时。我看到他手中拿着的药盒上写着茚地那韦（第一个字还是我在网上查了之后才知道念什么）——艾滋病毒阻断药物，人类在遭遇艾滋病毒高危侵害后七十二小时之内的唯一希望。

"朱哥……"我本来想说几句安慰的话，可是却不知道该说什么。

"行了，你回去吧，今天我就不回队里了，你告诉宋队一声。"朱哥和我打了招呼后就转身走了。我望着朱哥的背影，他一步步走得并不坚实，在门口的时候还跟跄了一下。我本应该和他一起走的，因为队里安排我照顾朱哥，我起码也应该打车把朱哥送回家，可是我的腿像灌了铅似的，站在原地一动也动不了。

我回到队里，宋队和其他人急忙过来问我情况怎么样。当我说到医生给开了阻断药物的时候,我看到大家的脸色都变了,队里顿时静悄悄的。

后来我才知道,抓捕大疤的时候,他身边还有一个人,是我们曾经处理的一个小偷,这个人患有艾滋病。他与大疤只是凑巧在游戏厅里遇到,我们冲进去抓大疤的时候,这个人以为是来抓他的,情急之下拼命反抗。朱哥一下子将他压在身子下面,结果谁都没想到他竟然狗急跳墙,张嘴一口咬住朱哥的左手。等到拉开他的时候,这个人满嘴是血,也不知道这些血是他的还是朱哥的。

第二天,宋队带着我去商店买了一些东西,开车和我一起去看望朱哥。我问他为什么只有我们俩,宋队说这件事可不是什么好事,去的人越少越好。因为当时是我送朱哥去医院的,所以我去的话朱哥应该不会太介意。宋队对去朱哥家的路很熟,一会儿就开到了。他连电话都没打,带着我一直到了朱哥家门口,那一片是一个老居民区。

宋队敲了敲门,开门的是一个女人,看见宋队先是愣了一下,随即笑着打招呼。

"我家老朱说今天队里休息,你怎么还来了,也不提前打个招呼。"

"嫂子,朱哥昨天抓捕的时候受伤了,我们过来看看他。"

"哎呀,不就是把手磕破了嘛,这么点小事,快进来,别在外面待着了。"

原来这位是朱哥的爱人,她热情地把我们请进屋。我进屋看了下,这是一套两居室的老房子,虽然有些老旧,但是干干净净的。朱哥这时候从里屋走出来,看见我们时愣了一下。

"你们怎么来了?"朱哥的表情很奇怪,他的眉头皱着,嘴巴撇着,说不出是埋怨还是其他情绪。

"我们过来看看你。"宋队走进屋。

"我昨天打了破伤风针,应该没什么事了。"朱哥这句话说得声音很大,我知道他是说给他爱人听的。看来嫂子还不知道朱哥究竟受了什么伤。

"你们坐着聊啊,我去给你们泡茶。"嫂子把我们买的东西接过去,又转回厨房了。

宋队朝厨房看了一眼,朱哥的家不大,从卧室到厨房一个拐角也就两三米,我们在屋里说话,嫂子肯定能听见。

"怎么样?"宋队压低了声音问。

朱哥没回答,摇了摇头。我的心忽的一下子又沉到底,昨天大夫肯定根据伤口的情况对感染率做了分析,但是昨天看到朱哥沮丧的样子我没敢问他。今天来的时候,我心中还抱着一丝幻想,结果现实是那么无情。这时候,我心里有种憋屈的感觉。厄运怎么会降临在朱哥身上?像他这样专心工作的人,等待他的应该是好运,可是事与愿违。

"确诊了我再向领导汇报。"宋队轻声说。

朱哥依旧没答话,只是点了点头。

没等朱哥爱人把茶沏好,我们就离开了。是朱哥让我们快点走,他觉得我们待的时间长了会惹嫂子怀疑。这件事他不想让嫂子知道,能拖一天算一天。

大约过了半个月,那天我和黄哥正在外面查一个线索,队里突然来电话让我们回去。我和黄哥回到单位直接被带到大队长的办公室。我看见朱哥爱人也在大队长的办公室里。朱嫂眼睛红红的,一看就是刚哭过。我看到她手里攥着一个药盒,正是朱哥在疾控中心拿的艾滋病毒阻断药物。我知道坏事了,朱哥受伤这件事怕是让嫂子知道了。

宋队也在办公室,大队长和政委也在,办公室里一点动静都没有,只有烟缸里没掐灭的烟蒂一点点升腾起烟雾来。朱嫂的抽泣声在这寂静的屋子里格外明显。我进了办公室像要窒息一样,大气都不敢喘,所有人的脸色都很凝重。我进屋后往门口靠了靠,尽量让自己不那么显眼。

"小刘,朱哥当时去医院,大夫怎么说的?"政委忽然问我。

原来我被喊来是因为陪朱哥一起去医院了。我虽然去医院了,但实际上却什么也不知道。但是现在这种情况可不允许我这么说，我硬着头皮想了想才张嘴，声音低得我觉得只有自己才能听清。

"大夫没说什么，只是让等待检查结果，结果得一个月才能出来。"

其实艾滋病毒筛查一小时就出结果了，我记得朱哥出来后，大夫说了句"现在是潜伏期，想要查准的话最好一个月后再来"，于是编了个谎话。

"咱们现在还不知道朱哥身体的真实情况，所以……嫂子你先别激动，不光是队里，全局上下都挂念着朱哥呢……"大队长开口劝道，他说话更是细声细气的，声音我感觉只比我大一点点。

"不激动？我能不激动吗？换你出这事你能不激动吗？出了事还不告诉我！如果不是我发现了，现在还被蒙在鼓里！你们这么做不过分吗？你们还有脸和我说不激动……"朱嫂开口如同机关枪一样，每一句话都像子弹一样打在人的心里。一屋子人就这样硬挺挺地站着，朱嫂的声音充斥了整个房间，我把头几乎要埋到衣服里面了。

"丁零零"，朱嫂的电话响了。朱嫂接起电话的一瞬间，整个屋子安静得掉根针都能听见。

"我在哪儿？我在你单位呢！"

"怎么，我不能来啊，出这么大的事还瞒着我！"

"你来？你来正好，咱们当着你们单位领导的面好好说道说道。"

"啪"，朱嫂挂掉了电话，走到沙发边坐下。我们都知道电话另一头是朱哥。朱嫂这次来单位找我们领导，朱哥并不知道，听电话里的口气，朱哥也在往单位这边来。连同领导在内，所有人都没再继续说话，大家都想等朱哥来了再说，生怕哪句话说错再惹朱嫂生气。

过了不一会儿，朱哥就来了。他推门进来的一刹那，我看到大队长和政委的脸好像霜打的茄子。现在的局面只有朱哥来了才能解决，但是朱哥来了，领导心里更难过。朱哥是因为工作才受的伤，作为领导，他们对朱哥充满了愧疚。他们希望朱哥能来，但是他们又不敢面对朱哥，连我都能体会到这种矛盾感。

"你怎么还来单位了？赶紧跟我走。"朱哥冲着嫂子说。

"走什么走？出了这么大的事，没解决完能走吗？"

"出什么事了？我不是还好好的吗？"

"你好好的吃这个药干什么？"朱嫂说着把手中的茚地那韦药盒举起来。

"这是阻断药物，能杀死艾滋病毒细胞的，我吃这个药是为了以防万一。"

"还以防万一，都吃上药了还瞒着我，你就从来没和我说过一句实话！"朱嫂的吼声达到了顶点，然后她忽然像泄了气一样一下子靠在沙发上，眼泪开始流下来。她来单位找领导并不是想闹出什么结果，只是想找一个发泄的渠道而已。

"行啦，快和我回家吧。"朱哥走过去拉起朱嫂。朱嫂甩了两下手臂，但最后还是被朱哥拉着走出了屋子。我们一屋子人跟着往外走，做出迎送的姿势，但是没人说话，就像几个兵马俑似的立在门口，看着朱哥和朱嫂下了楼。

接下来一连半个月我都没见到朱哥，而我们队里也没有人提朱哥，好像这个人凭空消失了一般。

终于有一天，朱哥来了。那天我和黄哥出去办完事回到队里，看到朱哥坐在他的位置上收拾东西。

"怎么样了？"黄哥走过去给朱哥倒了杯水。

"你这杯子不想要了啊？"朱哥笑着问，但是他眼角的皱纹没有叠起来，只是嘴在笑，笑得很假。

"出结果了？"黄哥继续问。

"还有两次才能确诊。"

"那第一次呢？"

"大夫说潜伏期查不出来。"

"吃个饭再走吧,人都来了,别夹生了。"看到朱哥把东西装到包里起身要走,黄哥从后面拉了他一把。

中午朱哥在单位吃的午饭,黄哥坐在他旁边,我坐在黄哥旁边,偌大的圆桌只有我们三个人,单位不时有人过来打招呼,但都是站着打个招呼就去别的桌了。朱哥表现得很自然,但那是他刻意表现出的自然。我不停地往食堂门口看,希望能看到我们队的其他人。今天除了我和黄哥,其他人都去蹲坑守候了,中午很难赶回来。我多希望我们队的人现在都在这里,他们肯定都会坐到朱哥身边来,像往常一样,把圆桌坐满,让朱哥像平时一样吃一顿午饭。我觉得朱哥没和我们说实话,也许这是我们一起吃的最后的午饭了。

吃完饭,朱哥离开了,他这一走,我就再没看见他。只有他那个盆栽还在,黄哥有空就给浇浇水。不过盆栽需要修剪,我们都不会弄,再加上工作时间不规律,正好有个案子需要出差办理,等我们回来的时候,盆栽已经从青绿变成了淡黄色,没过多久便干枯死掉了。

直到三年后,我才又见到朱哥。朱哥的眼神不再锐利,说话的口气不再铿锵有力,一个在我心中神探般的刑警就此消失。他被分配到一个轻闲的部门,负责管理辖区内的停车场。至于朱哥到底有没有感染艾滋病毒,谁也不知道,谁也不敢去问,谁也不会去问。这就像留在我们心中的一道伤疤,永远无法痊愈,揭开了只会流血。

渐渐地,我对朱哥的印象越来越模糊,就像那棵盆栽,黄哥一直留着底座,也尝试过种点别的,却都没能养活。五年后队里搬到新的办公地点,那个盆栽底座就再也找不到了。

02 深井中被剖开的猫，藏着命案线索

这只死猫被我拎上来扔在地上的时候和在井里一样背朝上，等一翻面，把我们吓一跳。猫肚子中间有一道长长的豁口，而豁口里面是空的，也就是说猫身子里的内脏和肉都被掏空了，只剩下一副皮囊扔在井里，怪不得我拿着的时候感觉很轻。

一

　　三年的时间一晃而过,三年前的那次抓捕后,朱哥再没来上班,宋队安排黄哥带着我。黄哥不让我喊他师父,他说自己技艺不精,当师父还不够格,顶多算是前辈。

　　这三年里,我跟着黄哥一起经历了各种各样的案件,也算是长了见识,开阔了眼界,再遇到各种类型的案件都能处事不慌。但是有一起案件令我印象深刻,现在想想我还会觉得毛骨悚然。

　　那是一个夏天。

　　老城区的小巷子里每天晚上都会有人坐着小板凳、拿着扇子纳凉聊天儿,一边从国家大事畅谈到家长里短,一边看着孩子们相互追逐嬉戏。直到夜幕笼罩大地、繁星挂满天幕、万家灯火通明的时候,大家才会一点点散去,热闹的巷口才渐渐恢复平静。

　　这个巷子紧靠着一座山,沿着山脚一共有八栋居民楼,住的都是我们这里所谓的"坐地户",也就是一辈子都在这个地方居住的人,邻里之间相互认识几十年,有的关系比亲戚还好。以前山前有一条河,只有一座桥把在山脚住的这些人和外界连通起来,现在河面上盖了一个市场,河早已经不复存在了。但老人们总喜欢把自己住的地方叫作桥西口,街道还专门把这八栋居民楼设为一个社区,叫作桥西口社区。这个社区一年里都没有几起警情,而我经历的这起案子就发生在这里。

三年的工作让我早已经适应了重案队的作息规律,对于假期常常是保证不休息或者是不保证休息,只能靠自己调整,忙里偷闲。早上我到了单位,宋队给我们开会,说最近不忙,大家赶紧找时间休息,能休一天算一天。我煮了一壶咖啡,打算喝一点,中午吃完饭就回家。这时候电话响了,是连山街派出所打来的,说那里出现了点状况,让我们过去看一看。

这位打电话的巡警大叔我以前接触过,挺有意思的一个人,有次接到一个求助警情后帮忙送人,不小心把车开出了辖区没报备,还被给了一个通报批评,属于热心肠但是有时候带点小迷糊的大叔。大叔在电话里也说不清到底是什么事,现在我觉得自己已经能独当一面了,于是让黄哥帮我看着点正在煮的咖啡,自己一个人开车过去了。

到了地方之后,我看到巡警大叔正站在警车边翘首张望。他身边还有两个人,穿着同样的衣服,衣服上脏兮兮的,走近才看清胸前有一行小字"移动通信"。这时我才注意到不远处的地上放着一捆电缆,原来是通信工人。

"周叔,出什么事了?"我和大叔打了个招呼。

"你怎么就自己一个人来了?快过来看看,我这上岁数了眼睛花,看不清到底是怎么回事。"

周叔一边说一边拉着我往不远处放着一捆电缆的位置走,我这才看到那捆电缆旁边有个井盖被打开了,井盖的周围已经用隔离带围成了施工区。周叔把我带到通信井旁边,让我往里面看。我也是第一次查看通信井,虽然太阳高照,但是这口井在山脚,再加上周围居民楼挡着阳光,里面黑漆漆的什么也看不清,只能看到一堆杂乱无章的电线。

"这个井怎么了?里面这么黑,我什么也看不见啊,究竟是怎么回事?"

我又问周叔，可是周叔说不明白，只是一个劲地让我自己看。因为这是一口通信井，我看着旁边两个穿着移动通信公司制服的人，心想这井盖肯定是他们打开的，于是转过身来直接问他们：

"是不是你们报的警？这到底是怎么回事？"

"警……警察同志，我们……我们今天本来……本来是要在这儿施工，刚才把井盖打开……打开了之后，下了半个身子就碰到……碰到个东西。我们挺害怕的，就……就报警了。"

"碰到什么东西了？"这个人说话的时候一副惊恐的表情，看样子真是害怕了，不像是报警逗公安机关玩的样子。

"毛茸茸的，我也不知道是什么东西，你看！"

这人说着伸出手，我看到他手掌上一点红，好像是蹭到了油漆似的东西。他身上的衣服本来就有很多油彩，我不以为意。

"有没有手电？我看看。"

我说着蹲下身子来到井口边，仔细朝里面看了看。这口通信井是人孔井，井口只够一个人勉强下去。我俯下身子往里面探了探，立马闻到一股淡淡的腐臭的味道。这个井口旁边是三个联排的垃圾桶，我来的时候周围一直有垃圾的酸腐味，所以没注意到这股特殊的气味，但是当俯下身子贴近井口的时候，就能感觉到散发出来的并不是垃圾的味道。

"没有手电。"通信工人回答。

"你们在通信井里拉电缆怎么能没手电呢？"

"今天是加新线，这地方就这一口井，里面只有一个通口，我们下去把线顺过去就完事了。"

我心想，这两个人真能糊弄，因为下新线就连手电筒也不拿。这时候社区有些居民看到停了辆警车，三五个人好奇地围上来看热闹。听说警察找手电筒要照通信井，有个大爷立刻回家拿了一个。我和周叔还有一个通信公司的师傅趴在井口拿着手电往里面探照，只能照亮一小部分，周围还是黑乎乎的。等手电照到梯子的时候，我看到有一个白色的东西挂在梯子最下面，好像一条毛毯。

"你把那个东西捡上来，看看是不是你说的碰到的那个东西。"我对通信师傅说。

"这个……警察同志，我们要是敢的话……就不叫你来了……"

我这才知道，就为这么一件小事打电话报警，原来是这两个通信工人不敢下井。我又看了眼周叔，他正和周围看热闹的人说话呢。我心想，甭问了，肯定是周叔也不敢下井，他不好意思告诉所里让所里派人来，所以才给我打电话。

"这口井多深？"我站起身准备自己下去。

"也就两三米。"

我扶着梯子慢慢往井里下，工人在上面打着手电筒。这个井口太小了，我半个身子下到井里的时候，几乎就把手电的光全挡住了，低头一看，井里面黑乎乎的，只能借着光勉强看到脚下那团白色的东西。我继续往井里下，这个白色的东西挂在梯子最下面，为能用手摸到它得让整个身子下到井里。等我整个人进入井里的时候，浑身不禁抖了一下，外面是二十多摄氏度的温度，可是井里估计只有一两摄氏度，仿佛置身于另一个世界。

我用手摸到那个白色的东西，软软的好像是毛毯。钩住后，我急忙往上爬，两三下就从井里爬出来了。整个人都进入只有一人见方的井里的感觉太不好了，虽然知道头顶就是光明，可是当你全身置于黑暗之中时，你心里想的也是赶紧离开这个地方。

把这个白色东西拿出来一看，原来是一只死猫，我拎着的正好是它的背部。这只死猫是背朝上挂在梯子上的，所以从外面看上去就像一条毛毯，加上这只猫的毛比较厚，摸上去毛茸茸的。

"就这玩意儿你们还害怕啊？"我一边拍打身上的灰，一边说。

"这猫怎么能死在井里？"

周叔一边说，一边用脚踢了下猫的身子，把猫翻了一个面。这只死猫被我拎上来扔在地上的时候和在井里一样背朝上，等一翻面，把我们吓一跳。猫肚子中间有一道长长的豁口，而豁口里面是空的，也就是说猫身子里的内脏和肉都被掏空了，只剩下一副皮囊扔在井里，怪不得我拿着的时候感觉很轻。

"这谁干的？这么过分！"

"哎呀，恶心死了。"

"现在这种虐待动物的，你们警察不管吗？"

对于虐待动物的案件管理比较特殊，它原属于《野生动物保护法》，但《野生动物保护法》执法力弱，因为对动物的虐待界定非常难，要明确规定出何种行为算虐待动物更难，所以没法对虐待动物的人实施有力的处罚措施。后来有专家提议将虐待动物罪加入《刑法》中，提出在扰乱公共秩序罪名中增加一个虐待动物罪；还建议加入传播虐待动物影像资料和对动物进行遗弃的罪名。这项罪名最高可处六个月以上三年以下的有期徒刑。但它目前处于拟订状态，现实工作中并没有这个罪名。对于虐待个人饲养的宠物只能根据情况按照故意毁坏公私财物来定罪，至少处三年以下有期徒刑。

周围看热闹的老百姓开始纷纷议论，我急忙给周叔使了个眼色，想和他赶紧离开。通信师傅就为这点事报警，我也不和他们深究了，现在看热闹的人越来越多，人言可畏，到时候如果真有动物保护主义者非要我们找出谁害死的这只猫，我上哪儿找去！再有好事者给你来个投诉，到时候我真是吃不了兜着走，得不偿失了。

既然问题已经解决了，那我们就可以撤了。队里还煮着一壶咖啡呢，我心里想。

"你们这井盖平时是封死的吗？"周叔没理会我的眼色，而是继续问通信工人。

"这是通电井，平时不封死。"

"那这个井盖随便来个人都能拉开呗。"周叔低下身子用手指头钩住气孔拉了下井盖。井盖微微动了一下，看上去挺沉重的。

"对啊。"

"你看看这猫。"

周叔推了我一把，让我看地上翻过身的猫。这只死猫只剩一副皮囊了，摊在地上乍一看真像一床毯子。这只白猫身上脏兮兮的，我从旁边花园用树枝围的栅栏上抽了一根树枝，捅了捅、翻了翻死猫，也看不出什么端倪，不知道是谁这么狠心搞的恶作剧。我记得有段时间还有人在网上散布虐猫的视频，没想到自己还能遇上这种事。

目前对于网上散布虐猫视频在《刑法》中没有明确定罪标准，但如果散布视频造成严重影响，可以按照扰乱社会秩序罪进行治安处罚，如果情节不严重，一般是拘留十天以下并罚款。如果情节严重，最高可拘留十五天并罚款。情节特别严重的可以按照寻衅滋事罪来进行刑事处罚，最少可处三年以下有期徒刑。但在实际操作中很少会出现这样的情况，目前全国也鲜有此类案例。所以我没想去追查这件事，于是便劝周叔："行啦，就是只死猫呗，这边也没咱的事了，赶紧撤吧。"

结果周叔没搭理我，而是走向周围看热闹的人，问他们有没有人见过这只猫。看来周叔是要管这件事了。围观的老百姓对于周叔的提问倒是非常热情，七嘴八舌地开始回答，还有人抢着回答，不过谁也不知道这只猫到底是被谁弄成这样的，也没人能提出什么有价值的线索。眼看着周叔问了一圈没什么结果，我又继续劝他："行啦，周叔，就是一只死猫，我估计也问不出什么情况来，咱回去得了。"

"这可不行，你看看这人，把这只猫祸害成这样，这种人心理一定极度变态，今天是祸害猫，要是明天祸害人怎么办？这事我得再问问，好歹这是我们所的辖区，出了事不就是我们的事？你有事吗？你要是有事就先走，忙你自己的。"

周叔看出来我不想搭理这事。本来我是打算先走的，结果周叔这么一说，我就不好意思走了。

那两个移动通信的员工开着车又回来了，刚才没拿手电，两个人立刻回公司拿装备去了，这时候一个人戴着头灯，另一个人拿着一只强光手电从车上下来。他俩正准备拎着电线再次下井的时候，周叔又把他们喊住了，让他们先别下去。

"小刘啊，你再辛苦一下，下去看看，井里面还有没有死猫。我想看看这个人是一时兴起还是干了挺多这种缺德的事。"

我这次可算是躺枪了，周叔不但要把这件事查到底，还得拖着我下水。不过看着围观群众那股子兴奋劲，我现在是被周叔弄得骑虎难下，不下井就说不过去了。我只能硬着头皮再次来到井口边，准备顺着梯子下去。这时周叔把移动通信员工的头灯给我戴上，然后他从上面用强光手电帮我往下探照。

"得了，周叔，这个手电你就别照了，晃我眼。"

井口只勉强够一个人下去，手电光几乎全照在我头上，除了晃我的眼睛，没有什么其他作用。我戴着头灯往下爬。跟头一次一样，当我整个身子进去的时候，腰部以下都能感觉到发凉。怪不得这只死猫被扔在井里连个苍蝇都没招过来，苍蝇在这里面早就冻僵了。

我顺着梯子一点点往下爬，一直到全身下到井里，这时候按照移动通信的员工说的深度已经快到底了。我用脚在下面四处踢了踢，能感觉到脚碰到的本应该是墙壁，实际却是空荡荡的。这应该就是通信电缆走的内管了，通信井为了防止积水，最下面与井底齐平的是一条排水管，走电缆的内管在排水管往上十几厘米的地方，也就是说我再下两到三个阶梯就到底了。

我把头灯摘下来，用手拎着，贴着身子沿着井壁放到身下手臂能伸到的最远的地方，开始往井底探照。这一照不要紧，我看见井底有一个东西，乍一看像是一件白色的衣服，但是这个东西鼓鼓的，好像包裹着什么。等我再仔细照了照，真正能看清的时候，我看见井底蜷缩着一个穿着白色衬衫的人！

我差点把手中的头灯扔了，两只脚快速踩着梯子往外面爬，恨不得一下子从井里蹦出去，伴随着大喊一声：

"哎哟！"

"怎么了？怎么了？"在井外的周叔急忙问。两个移动通信公司的人也凑过来往里面看，但他们什么都看不见。这口井太窄了，井道被我堵得没什么空隙。

"噜噜噜"，我一只手拎着头灯，单手扶着梯子几下就爬了出来。

"你们还有警戒带没？赶紧把这片区域全拦上。"我一边对着两名移动通信的施工人员说，一边开始打电话。

"怎么了？"周叔在一旁问。

"下面有一具人的死尸。"

我没再继续和周叔说话，急忙打电话向大队汇报了情况，那边立刻组织人往这边赶。等拉好了警戒带，我缓口气坐在道边，这时才慢慢从刚才的惊异中缓过来。周叔买了一瓶水递给我，有点不好意思地问："刚才吓着了吧？"

"还行吧，比死猫更吓人些。"

"还是你们年轻人胆子大。"

我无奈地笑了笑，心想：都是因为你我才被吓了一跳，不然也轮不上我发现这具尸体。

二

大部队很快就赶到了，不过这个井口太小，一次只能进去一个人，而且人在井里面连腰都弯不下去，尸体根本没法往外运，拿着牵引绳都没法把尸体捆住。最后还是技术中队的王大拿用脚把尸体的胳膊钩上来，用手拽着一点点给拉上来的。"王大拿"是我们给他起的外号，他是技术中队做现场勘验的一把手，而且专门完成一些别人做不了的工作。曾经有一起杀人案，嫌疑犯到案后交代抛尸到大海沟子里面去了。最后是王大拿穿着海靠子，拿着耙犁，一寸一寸地扒，才从海沟子里把尸体摸出来的。

井里面温度低，但外面温度高，将尸体从井里捞出来以后还得用防腐袋盖上，以免招苍蝇。就在这盖袋子的一瞬间，周围有胆子大的、凑得近的人喊了一声："这不是老刘头吗？"

原本我们以为这又是一起无名尸案，没想到身边就有人认识死者。我们急忙把这个人喊到旁边，当着他的面掀开防腐袋让他指认。他几乎没仔细看，只是匆匆瞅了一眼就斩钉截铁地说："就是他，老刘头，住在三号楼里的。"然后又指了指周围的人，说这边的老住户都认识他。

尸体没有大面积腐败，只是面部瘪下去了一些，除了有些脏之外，五官的特征都挺明显，熟人肯定能认出来。

"这具尸体是你发现的是吧？"大队长过来问我，其实他们到了之后我就把情况介绍了一遍，这次他又来强调一遍。我心里忽然有了种不好的预感，但还是点了点头。

"对，是我看见的。"

"好，你发现的第一现场，做起工作来比较方便，现在人员身份也能确定，这个案子就交给你们队了。"大队长说完看了看宋队。宋队眨了眨眼没吭声，我估计他心里肯定在想早上刚和大家说相互串着休几天，这下又泡汤了。

我们一共有三个重案中队,平时分配案子一般都是按照顺序来回轮换,这次是一队,下次就是二队;也有例外,比如有些时候是在侦办其他案件过程中发现的线索,就会直接交给正在侦办的中队继续办理;还有就是本来轮到二队,但是二队正好有一半人在外面出差,人手不足,就会顺延让三队上。至于今天这种情况也算是一个特例,因为当时派出所报增援的时候安排我们去,所以算是在工作中发现线索了。

现在我可不是担心自己煮的咖啡凉没凉的问题了,而是得向黄哥确认下电源关了没有。一起案件连干三五天都是常事,可别把咖啡壶烧干了。黄哥拍了拍我的肩膀,告诉我放心,他接到电话说发现了一具尸体后,就直接帮我把咖啡壶断电了。

我和黄哥把向我们提供这具尸体信息的人带到车上,打算就地开始询问,以便发现新的情况后立刻展开工作。

"这个人你认识是吧?"

"对,他就住在前面的三号楼,叫什么名我不知道,我们都叫他老刘头,也是坐地户,一直住在这儿。"

"他和谁一起住?"

"应该是自己住吧,他老伴死得早,以前有个儿子和他一起住,后来结婚搬出去了。"

"怎么联系他儿子?"

"我们这里的社区都有电话登记,他属于孤身老人,一般社区每周都会去他家看一看,有什么情况也会给他儿子打电话。"

我看了下时间,现在是周三。

"社区每周都去他家?"

"对啊,这事你可以去社区问。"

等我们来到社区时,他们早就知道在井里发现死人这件事了。我们刚一进门,整个社区的工作人员就围了上来,七嘴八舌地开始说,结果我一句也没听清。好不容易把他们安抚住,我选了社区的一个负责人询问。

"你们每周都去死者家里吗?"

"正常应该是每周都去,但是这周好像没去。"

"你们这工作做得也不到位啊。"

"哎呀,我们这社区除了桥西口这八栋楼外,在市场那边还有六栋楼,全是坐地户,孤身老人估计有三十多户,根本走不完。还有的老人耳朵背,你敲门他听不见,我们还得咣咣地砸门,我们手都敲肿了。你说我们要是天天挨家挨户走,手还不得骨折啊。"

"好,这些先别说了,你先告诉我们最后一次去他家是什么时候。"

"快,你们快去看一下记录表,最近一次去刘青山家里是什么时候。"

社区人员很快查出来了,本子上登记的是上周一曾经到过老刘头家里,算上今天一共过了八天,这个时间段有些长了。

"你把这附近能出门活动的坐地户信息给我下,我们挨个走访一下,问问这些人最近看到老刘头是什么时候。"

"哎呀,这个事得我和你们一起去。"

社区主任表现得还挺兴奋。他们的社区工作无非就是填表格、报材料,再就是走访这些老头老太太,这个社区治安状况又好,连个小偷小摸的案件都没有,平时很难遇到这种事情,他这股子兴奋劲让我觉得他是不是有什么警察情结。

不过多亏了这个社区主任,他在这里工作了八年,对每一个住户的情况都如数家珍,在他的带领下,我们一共找了四户人家,都是坐地户,而且和老刘头认识。最有价值的线索是有人曾经在三天前,也就是周日那天看到老刘头在楼下晒衣服。

案发时间一下子缩短到了三天之内,怪不得尸体并没有出现腐败,不光是因为井里温度低,主要原因还是老刘头被害的时间短。这四户人家对于老刘头的情况表述几乎都是一致的。老刘头是一个普通的退休职工,和前后这几栋楼里的大多数人都认识,大家关系也不错,没听到过他有什么仇人。他经济条件一般,要图财害命也轮不到他。至于他和儿子的关系,邻居也说不错。以前每周他儿子都会回来,不过老刘头身体好,自己能做饭、能干活儿,慢慢地,他儿子回来的次数也就少了。

社区主任一直陪着我们问完这些住户,出来的时候已经下午四点多了。队里传来消息,说已经联系上老刘头的儿子了,但是他儿子正在出差,现在往回赶得明天上午才能到。不过他儿子在电话里已经同意法医进行解剖了,尸检结果出来之后也许会对案件有所帮助。目前来说,案件前期工作已经做得差不多了,还没有任何和案件有关的直接线索,我有点郁闷地开着车和黄哥往队里走。

"黄哥,你说为什么会把人杀了之后扔到井里?"

黄哥一下午几乎没怎么说话,只是静静地听我询问周围的住户,自己默默地拿笔记录。黄哥这个人心思缜密,在案件没有找到突破口的时候从来不信口开河,什么东西都装在心里,所以我故意引逗他说话,看看这一下午他能不能分析出什么。

"这么大一个人被杀死之后想运走太难了,扔在井里确实是一个好方法。如果不是正好赶上移动公司在装光纤,这个人估计就这么没了,谁也发现不了。"

"那你觉得什么人会干这种事?"

"现在不好说,等明天他儿子回来,咱们对老头家进行现场勘验再说吧,现在连老头被害的地点都不知道。"

我看黄哥对案件也没什么好说的,于是换个话题开始瞎扯,不然开车也闷。"我今天还是第一次进通信井,又黑又窄,现在才知道这帮通电缆的也挺辛苦啊。"

"这个井多深?我以前也没注意这事,只是看见过有人下去通电线。"

"三四米吧,一开始我以为也就两三米。"

"这么深啊。"

"对啊,你说通信井就是为了通电线的,挖这么深干什么,排水井也不过就三四米吧。"

"排水井我没下去过,多深我可不知道。"黄哥笑了笑说。

"他要是把人扔排水井了,是不是就被冲到河里了,更发现不了了,旁边不就是条暗河吗?"

"你是说市场下面那个,对啊,那以前是条河,后来上面建了个市场,估计河还在呢,不然这些污水都往哪儿排?"

"那他为什么没把人扔到排水井呢?"

说完这话,黄哥突然一愣,对啊,这件事有些奇怪。如果说要把人扔到井里,排水井肯定是首选,遇到下大雨了,水流变大,人再发生腐烂,也许就冲走了。排水井没有排气孔,即使腐烂了,出现异味也发现不了。通信井有两个提井的孔,时间一长,尸体腐烂那个味道可不小,即使是井盖上只有一个小孔,上面的人也能闻到这股怪味。

那罪犯为什么把人扔到通信井里呢?

三

晚上队里召开案件研讨会,技术中队的王大拿开始讲他们下午的勘验情况。

"老人死的时候身上只有一件白色的衬衫、一条短裤,两只脚是光着的,脚后跟的皮肤纹理里有泥土,应该是在拖行尸体的时候沾上去的,所以现在怀疑老人是在其他地方被杀害后,被拖到通信井边进行抛尸的。"

"脚上有泥土?这附近有带泥的地方吗?"宋队问了句。

"下午我和黄哥在这几栋楼附近转了好几圈,发现除了楼与楼之间有一个花坛里面有泥土之外,其他的地面都铺着方砖。"我说。

"这泥土哪儿来的？"宋队继续问。

"泥土没什么特殊的，就是普通的小黄土，随处可见，判断不了位置。"王大拿回答。

"我是问老人的脚上怎么沾上泥土了？如果他是在家被害的，罪犯难道还能把他专门从花坛上拖过去？"

"……"

"这事得查清楚，继续说。"

宋队看到自己提的问题大家都没法解释，知道现在掌握的案件情况和信息不够，对于每一处疑点只能做推测，没法给予明确的答复。

"尸体脖子的右侧动脉被割开，创口呈刺入式，除此之外没有其他外伤。凶器推测应该是匕首之类的东西。正常来说，案发现场附近应该有喷溅的血迹，但是我们目前确定不了案发现场，通信井周围也没发现明显的血迹。"

"只有一个创口，你的意思是被人一击毙命，是吗？"

"对。"

"那死亡时间呢？"

"目前正在解剖，等胃内提取做完后就能初步确认死亡时间了。"

"大家伙对这个案子有什么看法？"

宋队问完之后没一个人回答，会议室里只剩下各种笔在本子上写字的沙沙声，透过日光灯射出的白光能看到空气中弥漫着蓝色的烟。

"等明天死者儿子回来了，咱们对他家进行勘验后再说吧。现在咱们连杀人动机都不知道，如果家里没被盗，那这老头就应该是被仇杀了。"

"这么大岁数还能有什么仇人？"

"那可不好说，尤其是邻里邻居的，看似挺祥和，其实相互之间矛盾大着呢，说不定什么事想不开下死手也有可能。"

大家七嘴八舌地说了几句，但对案子的侦破都没什么帮助，几乎所有人都在等着明天对死者的家进行勘验,而且大家似乎都认定了这个人应该是被入室抢劫或者盗窃了。

如果是入室抢劫杀人,那案件性质就更严重了。抢劫罪起刑三年,最高十年,但入室抢劫直接十年起刑。相比之下盗窃罪量刑要轻很多,入室盗窃一般量刑是三年以下有期徒刑。但入室盗窃很容易转化成入室抢劫,因为进屋盗窃被发现依然继续犯罪行为,在被人阻拦时用暴力手段强行将东西掠走,那就是入室抢劫,刑期一下子从三年以下变成十年以上了。

虽然案子现在没什么头绪,但是大家并不是很担心案件的进展,这种有着固定生活习惯、没什么不良嗜好的人,只要出了事都会有迹可循。这个社区比较老旧,没有什么监控摄像头,但是社区的地理位置封闭,只有一座桥能通到其他地方,而且桥上有一个高清摄像头,大不了一点点梳理监控排查,案子肯定会有眉目。对于我们来说,如果出事的是那种社会上闲散游荡的人员,那才是最麻烦的。

第二天上午,死者的儿子来了,一个身高一米八多的小伙子,眼睛红红的。小伙子带着我们来到他父亲家,我们队的连同现场勘查的一共二十多个人,浩浩荡荡地来到桥西口社区。开门之前,技术中队的同事先把死者家的门检查了一下,确认锁没有任何问题。他儿子用钥匙轻轻一扭,"咔嚓"一声门就开了。

和我们预想的完全不一样,屋子是两室一厅,而且十分干净整洁,没有任何被翻动过的痕迹。桌子上还有两碗剩饭,用防蝇盖扣在里面,整整齐齐地摆在桌子一侧。

"都别动,让技术先进去。"

技术中队的三个人换上鞋套,戴上手套,小心翼翼地走进屋子,开始用胶带采集指纹,不过单从屋子这个情况看,恐怕采集不到什么指纹了,根本就是没人进来过的样子,看来老头不是在家中被害的。

"你父亲和别人有什么仇怨吗?"

宋队转过来问他儿子。他儿子被问了之后，愣了老半天才回答。

"父亲在这里住了三十年了，和周围的邻居都认识，从来也没听说过和谁红过脸。"

"这事奇怪了。"

我们几个人站在门外陷入沉思，找不到一点突破口，看起来这是一起没有任何作案动机的案件。

"你父亲养宠物吗？"黄哥突然问。

"不养啊。"

"那么那是什么东西？"

黄哥指着屋内放在门口的一个纸袋子。袋子上画着一个卡通猫的头像，袋子有一块透明的地方，能看到里面是一块块像小饼干似的东西。

"这不是猫粮吗？我没听我爸说过养猫啊。"

黄哥这么一说，让所有人都想到一个问题，在通信井里除了死者之外，还有只死猫。他儿子说老头没有养宠物的习惯，但是家里却有一袋猫粮，这两者间说不定有什么关系。

"你确定你爸没在家养过猫？"宋队加重语气又问了一遍。

"确定，我上个月回过一次这里，要是养猫的话，我肯定能知道。"

"这袋猫粮也没用多少，要养说不定是这个月的事。"

"养猫不光得要猫粮，还得要猫砂，你们仔细找找，看看还有没有其他什么东西。"

技术中队的三个人几乎把老人家找了个遍，除了这袋猫粮外再没有找到任何与猫有关的东西。结果显而易见，老人买了一袋猫粮很可能只是单纯地为了喂猫，而这附近的流浪猫特别多。

"你们所有人分成组，挨家挨户打听，问问有没有人知道死者喂猫这件事。还有，如果有知道的，一定要问清楚，老人一般习惯去哪儿喂猫。"

我们十个人分成五组，一组一栋楼开始挨家挨户地打听，没想到案件最后的侦查竟然转移到了猫身上。

我和黄哥负责走访的是四号楼,也就是和死者家并排的那栋楼。现在是周四上午,一般住户除了老人之外都上班了。我们敲第一家住户的门就有人给开门了,那是一个年轻人,看上去二十多岁的样子。

"你好,我们是警察,来了解点事情,就你一个人在家吗?"黄哥出示了下警官证。

"家里还有别人,不过现在不在家,你们进来吧。"

年轻人把我们让进了家门。我打量了一下,这户人家里还是二十年前的装修风格,墙角线还刷着油漆,地面铺的是地板革。和现在的地板不一样,地板革是一种塑料类的东西,直接铺在水泥地面上。

"我们简单问你几个问题,你叫什么名字?一直住在这儿吗?"现在是由黄哥来问,我拿着本子记。

"我叫黄清,不住这儿,这里是我爷爷奶奶家,我只是偶尔来陪他们住一段时间。"

黄哥和他站在门口,我往里面跨了一步打量了一番,这是一套两居室。一间屋子里是木制的桌子和床,桌上摆着两个老人的合影,一看就是他爷爷奶奶的屋子。另外一间屋子有一台电脑,机器开着,旁边的路由器的灯一闪一闪的,看来他正在家上网,不过不是玩游戏,屏幕上显示的像是一个论坛似的网页。

"你爷爷奶奶是一直住在这儿吗?什么时候回来?"

"对啊,他们一直住在这儿。他们去市场买菜了,等会儿就回来了。"

我和黄哥起身准备走,打算继续找其他的住户。这个小伙不常来住,问他估计也回答不上来,还是等他家老人回来再说吧。我们正准备推门走,门被人拉开了,是两个老人。这两个老人一开门看见屋子里出现两个人,吓了一跳。我们一看就知道这两位应该是小伙子的爷爷和奶奶,急忙拿出警官证解释,说我们来走访下住户,了解点情况。两位老人虚惊一场。我们急忙让开身子,看着两位老人拎着菜回到家,等他们简单收拾一下后,我们便开始询问。

"住在你们旁边那栋楼的姓刘的老头你们认识吧?"

"认识,认识,他不是出事了吗?昨天你们来了好多人,说是在下水井里发现的尸体。"老奶奶把他的孙子赶回屋,然后自己去了厨房,老爷子在客厅里回答我们的问题。

"我们想了解点事,就是这个姓刘的死者平时有没有养猫的习惯,或是喂猫?"

"这个我们还真不清楚,不过这周围流浪猫挺多的,平时我们吃剩的东西都用报纸垫着放到外面给它吃。"

"你们也喂猫?都把东西放在哪里喂?"

"这都是老太太去喂,我从来不喂,我不喜欢那东西,看着犯邪性。喂,老婆子,你喂猫都把东西放在哪儿?"

老爷子冲着在厨房的老奶奶喊了一嗓子。老奶奶没搭理他,而是拎着一壶开水从厨房走进来给我们泡茶。我们坚决没让,只是让她倒了两杯开水。然后老奶奶从墙上摘下来一把剪子,那是挂在墙上一根钉子上的红色把柄的剪刀,她转身回到厨房开始处理鱼。他们回来的时候买了一兜子黄花鱼,老太太虽然年事已高,但是剪子用得挺利索,唰唰唰几下子就把一条鱼的鱼头剔开,鱼肚子剖开,然后把内脏拿出来,用水一冲,一条鱼就处理完了。

直到开始处理第二条鱼时,老奶奶才开始回答老爷子刚才问的话。我们不禁为这老两口如同小孩子斗气一般的行为抿着嘴笑了笑。

"猫这玩意啊,都有灵性,现在让人逼得没地方住了,平时多喂喂也是行善积德,就你那样,我把喂猫的东西放哪儿告诉你干什么?"

"人家警察问,你当是我问你啊,我才不愿意问那事呢。"

我一看这两人还斗上嘴了,急忙起身来到厨房,把我们刚才想问的事重新和老奶奶说了一遍。老奶奶这才和我们说:"你看这些鱼头咱们不吃,但我都留着,然后把东西放到后院,晚上猫就自己来吃了,第二天早上我再去把东西收拾一下倒进垃圾箱。"

"后院是哪儿?"

"你们往后面走,这几栋楼后面、山脚根下有个大花坛,那就是后院。早些年,冬天家家都在那儿挖坑埋白菜,本来这是公共区域,结果现在都被人围起来了,自己圈个地在上面种菜,街道也不管管。"

"好,好,我们知道了,等会儿我们去看看。"我一看老太太把话题越扯越远,只怕再问下去就开始和我们讲陈年往事了,急忙打断她的话。可是老太太继续在那里喋喋不休地说:

"以前猫都是从山上下来吃,现在让人吓唬得都不敢下来了,这几个鱼头正常来说一晚上就能被吃没,现在放两晚上还有剩的。"

"那被害的老刘头在哪儿喂猫,也在后院吗?"黄哥这时也走过来问。

"我做好自己的事就行了,管人家干什么?喂猫这个都是行善,自己做成什么样自己心里清楚就行,你是做给老天爷看的,又不是做给别人看的。"

听完这话,我和黄哥对视了一眼,老太太这几句话听着有些不对劲啊,不是所答非所问,而是听着感觉话里有话。

"老婆子你废话怎么那么多,人家警察问老刘在哪儿喂猫,你说那些乱七八糟的玩意儿干什么?"老头在里屋也听见了,冲着厨房喊道。

"我说得不对吗?咱们是吃什么就给猫喂什么,咱也不图什么,就是行善积德。你说你弄些乱七八糟的东西给猫喂,喂得猫一个个嘴都奸馋了,你这是喂猫吗?你这是祸害猫。"

"老奶奶,你这是说的谁呢?是老刘头吗?"

"不是他是谁?桥西口就这么几户人家喂猫,他就觉得能显出他来,非得弄些什么乱七八糟的东西喂。"

"老奶奶，我们现在是为了调查案子，你们喂猫的恩怨就别提了，先配合我们一下，告诉我们老刘头在哪儿喂。"

对于这种上了岁数的，我们也不能强求，只能慢慢哄着问，不过我们还真没想到这个老奶奶竟然为了喂猫的事和遇害的老刘头还有点不对付。我们一开始觉得一个独住的老人能和别人有什么仇怨？现在看，可能一些鸡毛蒜皮的小事最后都能发展成不共戴天之仇。

"一开始大家都在后院喂猫，后来他弄了些乱七八糟的东西喂。我为这事吵了他几次，结果他就不在后院喂了，仗着自己身体好，走几步上山去喂，结果让他弄得猫现在都不下来吃东西了。"

"人家喂的东西猫爱吃，你喂的猫不爱吃，你就吵人家。猫爱吃谁家东西就吃谁家的呗，你怎么那么小心眼？"老爷子一直在客厅里冲着老太太嚷嚷着。

"啪"，老太太把剪子往水槽边上一拍，把剪了一半的鱼扔进水槽，叉着腰冲着客厅开始吼："喂猫讲究的是心诚，咱们是吃什么喂什么，他买那些乱七八糟的东西喂是什么意思？那些东西他吃吗？他要是也吃，我就没意见。他不吃然后来喂猫，这不是明摆着没事找事吗？"

我和黄哥一看老两口开始吵吵起来了，急忙起身往外走。这该问的也问了，可别弄得好像是我们引起家庭矛盾。老爷子和老太太也顾不上我们，两个人一个在客厅一个在厨房，你一句我一句，没完没了地吵吵。黄哥先穿上鞋出了门，我在穿完鞋抬头时，忽然看见他们的孙子从另一个屋里出来，倚着墙看着我。那种眼神很奇怪，透出一股邪魅，脸上却看不出一丝笑意，而是冷冰冰带点木讷的样子，看得我浑身不舒服。几乎是一瞬间，黄哥就把刚穿好鞋的我从屋子里拉了出去，啪的一声带上了门。

四

"看到这情况不赶紧撤,还在里面待着干什么?还想拉架吗?"黄哥戏谑地冲着我笑。

"不是,我刚才看到他孙子出来了。"

"你啊,以后遇到这种事赶紧走。"

"咱们现在还用继续走访吗?"

"还走访什么,没想到第一户就把事查明白了,咱俩现在去后面的山上看看。昨天开会不是说老头光着脚,脚后跟上有泥吗?我还琢磨什么地方能造成这种情况,就没想到后山。老头很可能是在山上遇害的。"

"谁能在山上杀一个老头?"

"不知道,去看看再说吧。"

桥西口这八栋楼是靠着山根建的,往后走到头就是山脚。这座山不高,但是连绵得很远,大约能有十公里长。我们走到后院还能看见在一棵树下有一张报纸,上面放着一些剩菜,估计是别人用来喂猫的,看来这个地方喜欢喂猫的人还不少。山下面有破旧的台阶通往山上,但台阶只有二十几级,然后是水泥砌成的一个小平台,有一个"禁止烟火"的牌子,再往里面走就都是土路了。

城里的林子长得都不高,最高的树也不过七八米,而且山的面积也不大。人走在里面不会迷路,只是林子里的岔道比较多,一不小心走下山,就会发现不是自己想去的地方。山里的土路都是人踩出来的,大约有三十厘米宽,两边都是能到小腿肚子高的杂草。现在是夏天,山里看不见人,要是入秋了就有人专门来山里挖野菜、捡松子。山不高,但是一个坡接一个坡,土路边偶尔能看到山沟,虽然不高,但是真摔一下也够呛。我们曾经就接到过报警,说有人从山上摔到山沟里了,最后是用担架抬出来的。

我和黄哥刚进山没走上几步就看到一个岔路口,一条道是继续往里面延伸,另一条岔路沿着走下去就下山了。

"怎么办,继续走?"我问。

"听老太太说死者腿脚挺利索,这才没几步路,咱继续往里面看看,起码得把他喂猫的地方找到,说不定那就是他遇害的地方。"

我和黄哥继续往里面又走了一小段,看到有一小块空地,地上放着一个纸盒盖,盖子里面有些碎渣,这些碎渣的颜色和在死者家里看到的猫粮一样。

"应该就是这里了。"黄哥说。

"这里也不像啊!"

我向周围看了看,地面的草连被压的痕迹都没有,而且也看不到一丁点的血迹。根据法医的说法,老头是被锐器刺进颈部动脉,正常来说会出现喷溅血迹,即使罪犯清理了现场,多多少少也会留下一些血迹的,难道这里不是杀人现场?可是被害者家里更整洁,除去这两个地点,老刘头也不会去其他地方啊。

"咱扩大范围找找看。"

"这么大地方,不如把全队人都喊来得了。"

"时间还早,反正中午咱也得回大队,到时候再和他们汇报,下午一起过来。"黄哥看了一眼手表说。

我和黄哥以喂猫的这个纸盒盖为中心,开始四处转悠。其实能转悠的地方也不多,这是一个山脊垄,土路两边不远处都是斜坡。我正在往草里走的时候,黄哥在另一侧喊我过去。我走过去一看,在山脊垄下面斜坡约十米的地方有一个小土包。这个土包特别显眼,正常来说,山脊斜坡长满了杂草,但这个土包周围没有草,土又是从旁边翻出来埋上的,一看就是人为的。这种地方能有土包就很奇怪了,土包在斜坡上,如果不是我们特意站在坡边往下看,平时从土路走过根本发现不了。土包看上去很小,也不像是坟头。

"走，下去看看。"

我和黄哥顺着斜坡慢慢往下蹭，幸亏这个土包离山脊不远，要是再往下一些，估计我裤子都得被剐破。到了下面我们才发现，不止这一个土包，沿着斜坡能有五六个，因为其他的土包都很矮，被草丛遮盖住了，唯独这个土包高一些，所以我们才能在山脊边看见。

"你看！"

黄哥不像我来了之后注意力都在这一排土包上，而是指着我们下来的方向。我抬头顺着看过去：草被压倒了一片，正好是从我们这里往山脊走的路，大约有一人宽。这边的草很高，而且是长在斜坡上，我们从上面往下看一切都很正常，但是我们从斜坡往上看就不一样了。草明显被压过，而且是很长的一条压痕。我和黄哥蹲下来绝对不会形成这种压痕，只有从下面拖着东西往上走才会造成这种现象。

我只觉得脑袋里好像忽然被人点了一盏灯，豁然开朗。有人把重物从这里拖回到山脊才会出现这种痕迹，案件好似拨开云雾一般，没想到竟然被我和黄哥误打误撞找到关键点了。

"找找周围，看看有没有血迹！"

几乎不用细看，这一排土包周围的杂草上全都沾有血迹，而且血迹的范围很大，符合喷溅特征。拨开杂草，下面的地上还有一大摊已经干了的血迹。虽然需要做DNA检测才能认定，可是我们已经可以确定这里就是死者被害的地方。

我和黄哥在周围简单看了看，最后我还是把注意力放在了这一排土包上。这些土包明显是被人用土堆的，还能看到旁边有掀土的痕迹。我用脚踩了踩土包，发现很软，不像是实土，感觉里面好像有什么东西。接着我用脚拨了拨泥土，土层很薄，露出一块灰色的布。

"黄哥，这土包里有东西。"

"弄出来看看。"

"不用等技术来提取吗？"

"现场都被咱俩踩成这样了，不差这一点了，弄！"

我用手拽住露出的布块的一角，轻轻往外一拉，埋在土包里面的东西就被我抽出来了，那是一件灰色的短袖衫，上面有一大半都是深红色、已经干了的血迹。我顿时吐了吐舌头，尴尬地看了看黄哥，心想这下坏了，这件衣服一看就是罪犯穿的，结果被我直接用手给拽出来了。土包很浅，所以衣服用土堆完后会形成一个鼓出来的包，而其他那几个土包看着就不是很明显了。

"这估计是罪犯穿的衣服，没想到直接埋在这里了。赶紧放下吧，等技术来了和他们说一声吧。"

黄哥挠了挠头，他也没想到土包里埋的竟然是一件重要的证物，不过这事换了谁也想不到罪犯能把行凶时穿的衣服直接埋在案发现场。现在几乎可以确定这里就是案发现场，技术会做详细的勘验。在这之前最忌讳对现场造成破坏，结果我俩就破坏了。不过也是没办法，发现了重要的线索，换作任何一个警察都会立即进行侦查。

"这边还有几个土包。"我指了指后面的四个土包，这四个比埋衣服的土包小，里面埋的东西应该没衣服那么大。

"你找个木头掘开看看。"

"还继续弄？我刚才手都摸了血衣了，咱们这不是在破坏现场吗？"

"没事，弄，挖开看看，我就不信了，这几个土包里能全埋着证物？"

我从旁边的树上掰了一根粗一点的树枝，然后开始掘地。这个土包边缘有明显的挖掘痕迹，应该是被人挖过一个坑再填上的。今年夏天没下几场雨，山里的土特别干燥，坑不好挖，但是这种填埋的坑好掘。我用树枝鼓捣了几下，把埋在坑里的东西弄出来一半，两个爪子赫然可见，看得我倒吸了一口气：是一只死猫。等我把这只死猫全弄出来，发现和之前我在通信井里捡出来的猫一样，肚子被割开，里面的内脏全没了。但是这只猫腐烂的程度要比通信井里的高，我刚把它从土里弄出来就有绿头苍蝇飞过来。

"行了，不用挖了，你拿树枝挨个把坑捅一捅，看看是不是都是死猫。"

我拿着树枝轻轻拨了拨剩下的坑的泥土，有两个坑里土不厚，拨几下就能看到绒毛，可以肯定这四个土包里埋的全是死猫，而且应该都和我之前见过的那个一样，肚子被割开，内脏被掏空。

"这是个变态吧。"

黄哥没回答，现场的情况有点出乎意料，这个人看来是个虐猫狂，如果算上我在通信井里捡的那只，他一共杀了最少五只猫。

"来，咱们把现场恢复一下，然后回大队汇报。"

"怎么？不直接打电话叫技术来取证吗？"

"别，死者死的时间不长，也就是前几天的事，罪犯把衣服埋在这儿也不是长远之计。加上他还把死猫一起埋在这儿，除非他不想活了一心求死，不然肯定得来处理这些东西，咱们在这儿等着他。"

"等着他？"

"对。"

我和黄哥匆匆把这些东西又恢复了原状，选了另外一条路下山。回到队里，黄哥不但把我们发现的情况向宋队汇报了，还直接把接下来工作方向的建议也提了出来：在案发现场附近守候，等待嫌疑人返回那里。

宋队并不赞成这种做法，首先，虽然按照目前的情况看，嫌疑人是一个变态，有虐杀猫的情结，但是并不能肯定他一定会返回案发地点；其次在山里面蹲坑守候，条件太艰苦，虽然现在是夏天，晚上温度不会很低，但是山里各种蚊虫滋扰，蹲守是下下之策。

可是到现在，案件有进展却没有曙光。黄哥说的这种蹲守的方法是没有办法中的办法，衣服上的DNA采集之后虽然能做比对，可是这个人如果没有前科也比对不出来。按照这种喜欢虐待小动物的人员分类，这种人一般都是平时生活里很普通的人，隐藏得很深，想要靠侦查辨别有一定的难度。

正在讨论的时候，法医的解剖结果也出来了，死者的死亡时间应该是周一到周二，也就是我们发现他的前一天或者前两天，距离现在最多也不过三天时间。三天时间，最多七十二小时，还没过案件侦查的黄金时间。最后宋队心一横，两边同时干，一组人蹲坑，另一组人继续工作。

由于这个提案是黄哥拿出来的，我自然被分到了蹲坑的一组，当天晚上就开始行动。

半夜在山林里蹲坑我可是第一次，不过黄哥有经验，他们曾经办过一个案子，去大兴安岭，在一个柴火点蹲坑了两天两夜。柴火点是大兴安岭林区在山里建的房子，供巡山员和其他人使用，里面放着一些日常用品。当时也算是天公作美，次日大雪猛降，嫌疑犯进山准备不足，返回柴火点避寒，他没想到警察竟然能跟着他来到山里，在进门的一瞬间就被扑倒抓住。不过那次他们还有间房子，这次我和黄哥可是连顶帐篷都没有。

晚上我穿了一条最厚的牛仔裤，里面还套了一层厚裤子，防蚊液喷得相当于用它洗了个澡，清凉油擦了整整一盒，拿着充电宝，戴着帽子和口罩，从另一侧和黄哥一起进了山。黄哥准备得更充分，直接背了一顶蚊帐，在现场附近的一道山脊旁找了一个不错的地方，所谓不错是正好能看到山坳那个位置，能清楚看到下山的人。

说实话，对于这种蹲坑，我们心里也没有把握。一个心理变态的人的想法和正常人是不一样的。如果是一个正常人，那么他很可能来处理这些东西。因为这个人不像是流窜犯，能在一个地点进行虐猫行为的，十有八九都是对此地环境相当熟悉，甚至就住在附近。

太阳慢慢落山了，整个山里变得特别安静又特别嘈杂，各种虫鸣好像就在耳边一样，蚊子嗡嗡的声音好像你头顶上有一架直升机。平时能让蚊子退避三舍的花露水和防蚊液在这里根本不管用，这些东西喷得我都感觉刺鼻子，却依然感觉蚊子毫无顾忌地落在我身上。这一夜我无法用言语形容，我蹲守在山林里，眼前不远处就是几栋楼，里面的人家亮着灯。我第一次感觉自己处在文明的边缘，站在蛮荒之地望着触手可及的文明社会。第二天早上，我腿上被叮了七八个包。我估算了下牛仔裤加上厚裤子能有两毫米厚，真不知道蚊子是怎么叮的我，难道蚊子的嘴有三毫米那么长？

好消息总是在不经意间传来，蹲守后的第二天，我回家休息了，当天晚上换另外一组人去。大约晚上十点，我接到队里的电话，说嫌疑人抓住了。

犯罪嫌疑人叫黄清，就是那天我和黄哥走访的第一户人家暂住的小伙。

被害人喂猫有一段时间了，后来由于被老太太吵了，他就自己把猫粮带到山里喂。这些野猫都是在山里住的。那天被害人下午去山里喂猫，结果黄清在后面跟着他进了山，用剪子直接刺穿被害人的颈动脉，然后把被害人拖到山坳处，等到晚上再把他拖出来，扔到了通信井里。而一起被扔到井里的白色野猫则是黄清打算埋进土包的，后来黄清发现自己衣服上都是血，就把衣服埋进了土包，死猫扔进了通信井。

案件过程很清楚，凶器就是那把红色手柄的剪刀，也就是我在老太太家看见她用来剪鱼的剪刀。黄清对自己的犯罪行为供认不讳，唯独问到他为什么要杀害老刘头的时候，他沉默不语。正常来说，杀人都会有一定的原因，有不少是心理变态者杀人，但真正无差别杀人的案件寥寥可数。心理变态者是为了满足自己的欲求，他们都将杀人作为一种发泄的手段，通过杀人这个途径来使自己得到满足，他们有时候享受的是杀人的过程。这种人大多是反人类性格，但并不反社会，他们平时很容易就能融入社会中去。无差别杀人是完全以杀人为目的，想尽各种办法来进行杀人行为。同事遇到过一起无差别杀人案件，发生在20世纪90年代初期，凶手前后杀了三十多个人，持续了七八年，这个凶手每隔一段时间就想杀人，完全不顾后果，在公安机关开始大范围侦查的时候还顶风作案，可以说是丧心病狂。

我觉得黄清虽然心理有点变态，但还不至于是无差别杀人，直到我和黄哥去看守所对他进行提审，才让我大开眼界。

我在看守所见到了黄清，他进入提审室时的表情和眼神与我见过的嫌疑犯都不一样。他的嘴角微微上扬，好像是在笑，面色淡然，眼睛则是不停地到处看。我从他脸上看不出一丝悔恨的态度，他很自然地坐在铁凳子上，隔着铁栏杆和我们说话，就好像是坐在咖啡厅聊天一样。

"黄清，你对之前问你的事实还有什么要说的吗？"

"没有。"

"对你将刘某杀死的事，没有什么改口吗？"

"没有。"

"那我问你，你为什么要杀他？"

"因为他必须死，我们的使命就是杀死他们，不然我们就得死。"

"什么？你们？还有别人一起？"

"是的，其实我们都是受害者，我们都被控制了。如果我不杀死他，那么我就会死。"

"等会儿，你说你被控制了？谁控制了你？"

"说了你也不懂，控制我的人随时都能要我的命。他在我的大脑里控制了我，我知道他要利用我，但是我没办法，只能听他的，不然我就得死。"

"在大脑里控制你？怎么控制？"

"他能控制我的大脑，让我去做一些事。当他控制我的时候，我只能听他的，我不想干也没用。"

"那么那些猫也是你杀的？"

"也是他控制我杀的。"

"他到底是谁？"

"他在宇宙里面,我也不知道是谁,他无所不在,他用电波控制我的大脑。"

我还想继续问,黄哥在后面拍了拍我的肩,把我拉出了提审室,小声说:"你还问上瘾了,看不出来吗?他有精神病。"

"精神病?我看他挺正常的啊。"

"我们访问过他的家属,他确实有精神病,天天靠药物维持。咱们去他家那天,他早上刚吃完药。"

"……"

我也曾经侦办过精神病嫌疑犯的案件,还带着嫌疑犯去做过精神病鉴定。精神病患者有很多种,真正能免除刑事处罚的是完全无责任能力人,这类人很少,而且社区街道乃至派出所对他们都有一定的管控,这类人反而是最安全的。大多数涉及精神病的嫌疑犯都是症状轻微,比如抑郁症,平时不发病和正常人一样,可是一旦发病就能做出极端的事情来。所以在办理精神病人的犯罪案件中,我们的标准只有一个,那就是精神病鉴定,只要鉴定结果表明嫌疑人具备责任能力,那么这个人就得受到法律的制裁。

如果一个人想伪装成精神病患者来逃避处罚基本是不可能的,我曾经陪着很多个自称有精神病的嫌疑犯去做鉴定,其中也有真正的病患。鉴定的时候是六七个专家大夫一起会诊,然后进行提问,最后根据你的回答来判断到底是不是患有精神病。这些专家见过的精神病人比我当警察办的案件都多,想在这六七个专家的眼皮子底下假装精神病人,就相当于一个初中生在警察面前想撒谎一样,都不用审讯,几句话就把他的实话诈出来了。

黄清的情况和我遇到的不一样。我感觉他和正常人没什么区别,思维和语言很正常,只是脑袋里想的东西有些天马行空,和纯头脑类精神病患者相比,他更像是有妄想症。

这次我没有听从黄哥的建议,而是选择继续和黄清聊天。黄清看到我对他说的事情表现出相信的意思，而且愿意听他说这些东西还有些高兴，于是开始滔滔不绝地和我说了起来。

黄清说自己被脑控有好几年了，刚开始他还能抗衡，后来对方的力量太强了，自己现在已经彻底被控制了。不过黄清找到了一些和自己一样的人，他们经常在一起讨论抵抗控制的方法，已经有了一些效果。但我知道所谓的方法是他家人给他吃药。据我们了解，黄清有时候骗过他的爷爷奶奶，没吃药，而是把药扔了。

和黄清聊得越多，我对这件事就越发好奇，于是我向黄清表现出了充分的信任，从他那里要来了和其他人联系的方法：网络论坛。这个论坛里面全是和黄清一样的人，主题就是讨论脑控，我感觉在里面看他们说的故事比《科幻世界》还夸张。本来我还打算进一步了解一下，可是没过几天，这个网站就登不上去了，而我对这个案子的记忆也随之被其他更棘手的案子覆盖，最终沉在了我脑海深处。

黄清最后的精神病鉴定结果是完全无刑事责任能力，也就是俗称的精神病人，在发病的时候完全是另外一个人。这也是我见过的唯一一个和我有交流能力的精神病人，完全不负刑事责任，法院宣判后直接将他当庭释放，然后责令家属严加管教。

03 城管秉公执法,被殴打致死

人送来的时候意识已经不清楚了,我以为是脑出血之类的,我一边询问他受伤情况,一边带他做CT。他当时说话不清楚,我只能听清是被人打了,但是CT显示头部没有损伤,我这时一边打电话报警,一边组织把人送到抢救室。这时候人开始抽搐,送到抢救室的时候已经回天乏术了。

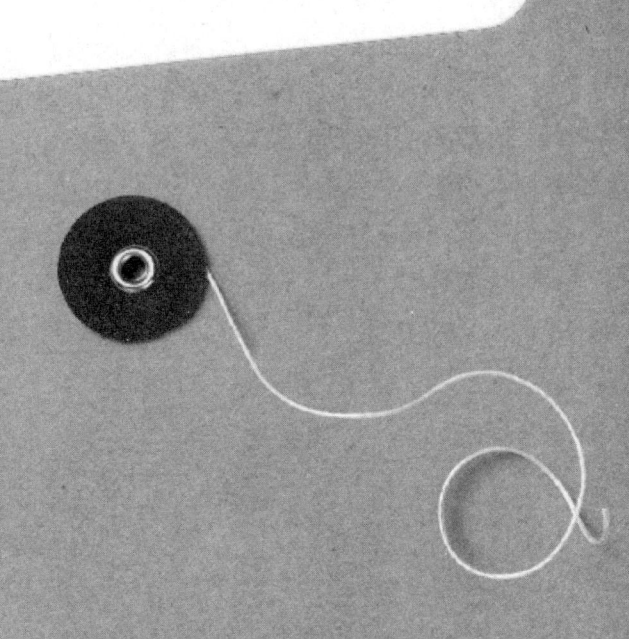

在那起脑控杀人案件结束后的很长一段时间，我都没再遇到过类似的奇特的案件。也是因为这起案件太过奇特，之后的大多数案件对于我们来说显得都很普通，就像融入了自己的日常生活一样，整日寻找线索，抓捕嫌疑犯。

一年时间转瞬即逝，又是冬去春来，万物滋长。我们依旧日复一日地侦办案件，茫茫无期，没有尽头，有犯罪发生的一天，就是我们继续奋战的一天。四年的参警生涯并没有把我磨炼得心如止水，发现恶劣的案件，我依旧会愤涌心头。

我们打击犯罪，是为了帮被害人追寻正义，而这一次我感觉自己是为了守卫正义而去打击犯罪，这个正义也是被害人守卫的正义。

死亡并不总是伴随着阴雨绵绵，那天晴空万里，那个电话则像是凭空一道响雷。

"喂？"我看到是黄哥打来的电话。

"你在哪儿呢？发案子了。"

"怎么了？"

"你赶快来七一医院，有个城管被人打了，送到医院已经快不行了。"

"城管被打""已经快不行了"，这几个词太敏感了。尤其是这段时间关于城管的负面新闻报道满天飞，让我感觉这很可能是一起聚众事件，这类案件的治理得看情节严重程度，如果情节轻微，则按《治安管理处罚法》处罚，殴打他人，故意伤害他人身体的，处五日以上十日以下拘留，并处二百元以上五百元以下罚款；合伙殴打伤害他人的，处十日以上十五日以下拘留，并处五百元以上一千元以下罚款；如果情节严重，造成严重后果，则要按《刑法》中的聚众斗殴罪处罚。对首要分子和其他积极参加的，处三年以下有期徒刑；对多次聚众斗殴的，在公共场所或交通要道聚众斗殴、造成社会秩序严重混乱的，持器械聚众斗殴的，处三年以上十年以下有期徒刑。另外，聚众斗殴，致人重伤、死亡的，需按故意伤害罪或故意杀人罪处罚。

这种案件涉及人员多，情节复杂，想梳理清楚得下一番功夫。而被害人是城管，这个时候从舆论上就容易让人产生误会。

我刚到医院的抢救室，就看到一张盖着白床单的病床从抢救室里面被推出来。床单把整个人都盖住了，床边露出一条手臂，上面还有一截制服。抢救的时候，衣服都被剪开了，只剩下手腕上挂着的这一截制服，上面留着半个臂章，写着"执法"两个字。

死者的妻子比我到得还晚，护士把床推到过道边，等着家属来安排后事。女人来到后一下子扑到床边，抱着被白床单裹着的人开始哭喊。我隐隐地听到她诉说着和爱人早上道别，可是转瞬之间就变成了生死两隔。

这时候，黄哥从后面走上来拍了我一下。

"咱们先出去，这种情况留在这儿也不太合适。"黄哥拉着我往医院外面走。

"现在是什么情况？"我急于弄清现状。

"死的这个人叫王建，是一名城管，受伤后被人送到医院。医生检查的时候发现这个人有点不行了，当时他说自己被人打了，于是医生打电话报警。我来的时候，这个人已经进抢救室了，一句话也没问上。"

对于我们来说，当务之急是查明王建的死因，能得到王建自己的叙述是案件侦破最重要的线索，可是现在人已经没了，失去最重要的线索让我心里顿时感觉有些没底，这恐怕又是一个麻烦的案子。

"王建是被人送来的？那个人是谁？"我问。

"是一个出租车司机，他说有事，我让他先走了。不过留电话了，咱们可以让他下午来配合调查。"

"王建是被人打了？"我往医院里看了眼，王建的家属还在围着病床哭喊，我知道这个时候可不能找家属了解情况。

"这是王建被送到医院后自己和大夫说的。"

我和黄哥来到医院二楼的医生办公室，找到了当时接收王建的医生，也是给王建做手术的医生。医生正在办公室写病情诊断，他从手术室出来之后口罩还挂在脖子上。

"你好，我们是公安局的，想问一下……"

"公安是吧，太好了，我和你们介绍一下情况，就是我报的警。"医生抬头看了我们一眼，急忙停下手中的工作，把凳子往前挪了下，坐到我们面前，开始向我们讲当时发生的事情。

"人送来的时候意识已经不清楚了，我以为是脑出血之类的，我一边询问他受伤情况，一边带他做CT。他当时说话不清楚，我只能听清是被人打了，但是CT显示头部没有损伤，我这时一边打电话报警，一边组织把人送到抢救室。这时候人开始抽搐，送到抢救室的时候已经回天乏术了。"

"那究竟是哪里受伤致死的？"黄哥问。

"这得等做全面的检查了，尸检就得换你们来了。"

医院这边毫无所获，我和黄哥约了把王建送到医院的出租车司机，打算进一步了解下情况。司机下午来到我们单位。

"说下今天早上你送的这名乘客的情况。"

"我早上正在开车找客，你知道吧，这一大清早的人不多，我在街上转了几圈也没看见人……"

"说重点。"黄哥打断了一下。

"我正开到世贸商城附近，看到这个人站在路边招手。我停下来看到他捂着脑袋上车，我问他去哪儿，他告诉我去医院，然后就倒在后座上了。我一边开车，一边和他说话，问他怎么了。他告诉我说被人打了。他从上车倒在后座之后就一直没起来，我问他哪儿被打了，他就不回答了。我就想被打也不是什么光彩的事，人家不愿意说咱就别问了。我就一直开车，等到了七一医院，我告诉他到了，他在后面没动静。我下车一看，他躺在后座晕过去了，我急忙把他从车上拖下来送进了医院。"

"你把他送医院后为什么离开了？"黄哥问。

"我怕被人讹上啊，我就是开出租车正常拉客，谁知道他在我车上晕过去了。打车的时候人还好好的，真要是出什么事，我不就倒霉了？要不是你们叫我，我才不来呢，这一天真是倒了霉了……"

本来挺简单一件事，由于这司机嘴比较贫，光他的口供我就录了五页纸，不过好歹知道了一点，那就是王建打车的时候还是清醒的。

我和黄哥来到了王建打车的地点，正好是王建从家通往单位的路。早上王建应该是在往单位走的路上被人打的。我和黄哥决定顺着这条路一点点地往回查，找到王建被打的地方。

这条路两旁有不少商店和饭店，有些商铺自己在门前安装了监控摄像头，我和黄哥就这样一家一家地找着看。我们在距离王建上车十几米的地方找到了一个监控，看到王建正捂着头一边冲着大路招手一边走。我们又往前走了一段，在一个超市门口的监控录像里看到了这样一幕：

一开始屏幕上空荡荡的，忽然王建从屏幕边缘扑倒在地，后面冲出来两个人，拿着木棍一类的东西开始殴打王建，王建则蜷缩在地上抱着头。他们抡着棍子朝王建的腿上打了七八下，之后转身便逃；王建从地上爬起来坐了会儿，然后晃晃悠悠地站起来继续往前走，接下来就延续到之前的监控画面。

"这不像是要他的命啊？"我看着屏幕对黄哥说。

"王建扑倒在镜头里应该也是被打的，但是接下来这两个人拿着棍子一直朝他的腿打，明显不是奔着要人命去的。"

继续往前查是一片老式的居民区，我和黄哥再也没能找到监控摄像头，但是我们查出了一点线索，殴打王建的是两个人。

现在事情有了眉目，如果说行凶的人真是为了要王建的命，那细细盘算，与王建矛盾最深的人嫌疑最大。但是监控录像里显示对方并没有要将王建往死里打的意思，说明与王建的仇怨并不是很大，这样的人能有几个呢？我们决定第二天向王建身边的人了解情况。

我们第一个见的是王建的领导，他是区城管大队的领导，一个胖乎乎的人。他上来先把王建平时的工作情况表扬了一番，当我们问他王建平时和谁有矛盾时，他先是愣了一下，然后告诉我们没人和王建有矛盾。我们又想从侧面问问王建在工作上会不会与谁结怨，结果他一概不知。

第二个也是王建的领导，是一个中队长。对于同样的问题，他的回答很干脆，说王建和他有矛盾。我们问什么矛盾，他告诉我们王建平时在单位不给他面子，两个人曾经当着其他人的面吵过好几次。不过这个人信誓旦旦地说王建被打的事肯定和他没关系，他不会做这种事，让我们尽管调查。他说自己主动承认是为了减轻我们的工作量，因为我们这样查下去迟早会找到他的。

第三个是王建的同事，也是唯一一个主动来找我们的，他和王建曾经搭档过一段时间，后来王建得罪了领导，他不想受到牵连，主动提出将他和王建的班换开。他告诉我们王建在单位里外都得罪了不少人，包括领导对王建也不满意。

"为什么会对王建不满意？难道王建工作不认真？"黄哥问。

"不，正是因为王建工作太认真了。"

"这是怎么回事？"

他停顿了下，我能看出来他有些犹豫，不太想回答这个问题。

"没事，我们只是从办案的角度了解情况。"黄哥在一旁鼓励他。这个人四十多岁的样子，在这个单位工作了十多年，顾虑比较多。

"我们平时的工作就是对自己片区内的一些违法乱纪行为进行纠正，比如摆摊、摩托车和黑车载客。一般这些人多多少少都会与我们单位的人有关系，有时候单位的同事会找到王建让他帮忙照顾一下，但是王建从来都不给面子。只要是违规摆摊的，包括那些门市房将摊位探出楼房范围的，王建全让他们撤回去。至于摩托车和黑车就更不用说了，王建肯定不会让他们在自己片区内载客的。"

对于违规摆摊的管理就是根据市政府出具的城市建设规范要求，严禁一些大的街面有摆摊的行为，一般遇到这种情况，第一次警告，再次发现城管就会没收摆摊的工具，比如桌子和秤砣，但售卖的东西会返还给商贩。摩托车和黑车更是违反营运车管理规定，正常机动车营运牟利的必须去道路交通局备案登记接受管理，这种私自拉客载人的黑车就属于违反道路交通法。摩托车就不用说了，现在大多数城市很少会发摩托车牌照，骑摩托车的大多是无证驾驶，没有摩托车驾照就载人的更是违规了。

光是管理这些违规情况，那王建肯定"得罪"了不少人。"王建管理哪个片区？"

"就是火车站北广场靠东边的那片地方。"

"那可是黑车载客最多的地方。"

"是啊，但是只要王建在执勤时发现，肯定就要进行违法纠正。有一次王建给一辆黑车下了处罚单，黑车司机找到我们领导，王建照样把处罚信息给录到网上了，这件事把我们领导气得够呛。"

"这么说王建可得罪了不少人啊。"黄哥感慨了一句，像做王建这种工作的，越是一丝不苟，就越容易得罪人。

"你觉得谁最有可能报复王建？"我问。

这个人抬着头，眼睛盯着天花板想了半天，然后苦笑了下，摇了摇头。如果说从王建的片区内找一个想报复他的人，那么随随便便就能点出十个八个来。

调查到这儿变得越来越困难。本以为能通过王建的单位了解下他的对外关系情况，找出蛛丝马迹，然后顺藤摸瓜，结果调查一番后，发现能对王建进行报复的人就像是一个灌满雨水的坑，看着坑挺浅，结果一脚踩下去，能把整个人都陷进去。

正在这时候，技术中队那边传来消息，他们从监控录像的排查中发现了两个打人者的踪迹，这两人跑进了一辆黑色的轿车里。我们兴奋地跑过去看监控，以为案件有了突破，结果空欢喜一场。粗糙的摄像头映射到屏幕上的图像就像是用马赛克拼接上的，别说车牌号了，就连车的型号都看不清。

我们把和王建搭档执勤的同事找来了，这个人是自考到城管队的一个毕业不久的大学生。小伙来的时候情绪很低沉，毕竟和王建搭档一年多，还是有些感情的。我们问他王建在工作中有没有和什么人发生过矛盾，他告诉我们和王建有矛盾的人太多了。王建对责任区内所有不合乎规定的事，一律按照条例进行处罚。从车站附近宾馆举牌拉客，到商贩把摊位摆出商铺，王建只要遇到，一定会进行处理。有几个商贩通过关系找到城管队的领导，想让通融通融，为这事领导还找王建谈话，结果碰了一鼻子灰。此后领导越来越不待见王建，还曾经放言要让王建吃点苦头。

我和黄哥不由得想到了那个胖胖的家伙。

第三天案件没有任何进展，大队加大了工作力度。为了侦破此案，情报技术部门全体跟上，从各个方面入手。案件就像是一颗洋葱，被层层剥开，露出真相，而我也终于在两天两夜之后睡了一个囫囵觉。

技术决定生产力，就在我们用传统的摸排手段进入死胡同的时候，情报技术那边传来消息，确定了嫌疑犯逃跑乘坐车辆的车牌号。原来这辆车在逃跑的时候为了避开主干路上的交通摄像头，特意绕了一个弯，开进了一个新建的购物中心，在里面绕了一圈后从另一侧的出口离开。新建的购物中心使用的都是高清摄像头，车牌号清晰可见。

第四天傍晚，交警队传来消息，这辆车刚通过解放路卡口，我们急忙开车沿着解放路开始寻找。在交警队的配合下，我们在建设街和中华路交叉口看到了这辆黑色的轿车。

我们一共两辆车、六个人，慢慢地从马路边开过去。透过玻璃，我能看到黑色的轿车顺着马路停在一个洗浴中心门口。

"车上有人。"黄哥拿着对讲机说。

"是啊，车尾排气管子还在冒烟，没熄火呢。"对讲机另一头传来声音。

"怎么办？动手吗？"

"动手！不然接下来他跑了，咱跟不上怎么办，过了这村就没这店了。"

我们看了下现场情况，车子停在洗浴中心的马路边，它的左边停满了车，右边一拐就能开上马路，但它前面有一辆车是顺着停的，而且已经熄火。只要我们用一辆车从后面顶住它，另外一辆车从侧面别住它，就可以来个瓮中捉鳖。我看了下停在他前面的是一辆丰田吉普车，估计凭他这辆车也撞不开。

事不宜迟，立刻行动，我晃晃悠悠地从车侧面走过去瞟了一眼。一个二十几岁的人抬着一只胳膊在窗外掐着一根烟，另一只手在玩手机。我走过去上了洗浴中心的台阶，然后蹲下装作系鞋带等待机会。我看到其余的人都下车从四个方向慢慢围过去，我们的车子也从后面顶住他，这个人依旧在无动于衷地玩着手机。我心想有戏了，只见宋队一摆手，所有人一齐行动。

我们单位负责别住外道的人可能有些紧张，车子冲得太猛，来到他的车旁边时猛地一刹车,发出吱的一声长响。这人在车里听见声音一抬头,正好我们队最年轻的高伟冲到他身边。

高伟是警校的学生,今年才毕业,现在在我们队实习。小伙子年轻气盛,宋队安排他在最后面跟着大家伙就行,结果他抢先几步冲了过去。

"别动,警察!"高伟一把拽住他搭在车窗上的那只手。

这时我冲到高伟旁边,用力一拉车门,咔嚓一声,我几乎把车门把手拽下来了,可是门没开。我心里顿时慌了,这小子把车门锁上了!

"你们干什么?"车里人一边喊一边想把手从窗外抽回来。高伟死死地抓住他的手,可是车窗太小,高伟整个人贴在上面,我连个下手的空隙都没有。

"警察,别动!"

"把门打开!"

大家冲到车旁猛拉车门,发现车门全锁死了。

呜的一声,这人在车里猛地一踩油门,车子往前咣的一声撞到了丰田吉普车上。我拉着高伟,高伟拉着他的手,一起被车子带动往前跟跄了几步。

"把他车玻璃砸了!"有人在一旁大喊。

又呜的一声,他单手把方向盘转死,车子顶着丰田吉普车往外车道开。这时候又来一个人到我们这边帮忙,可是面对锁上的车门,我们毫无办法。这个人坐在车里靠着车的惯性把我们三个又往前带了两步,一时间我就感觉我拉着高伟的胳膊好像被放进了洗衣机里,强大的惯性把我整个身体都甩了出去。高伟更惨,他在我前面被车的惯性一带,身子往前一下子撞到了吉普车上。不过他这一挪露出了一个空当,我从后面抓住了这个人的手腕。

整辆车只有我们这边的车窗有空隙,不过车窗实在太小了,这个人靠车子两次启动的惯性把本来搭在车外的胳膊缩回去了。现在是我和高伟的胳膊伸到他的车里面拉着他的胳膊，几个人挤在一个窗户前，我觉得自己的手都快断了。

这时候前面的丰田吉普车尾灯亮了，原来丰田吉普车里有人。紧接着丰田吉普车发出呜的一声轰鸣，开走了……

"快把手拿开！"队里的人在一旁大喊。

这辆轿车前面已经没有阻挡了，我意识到情况不妙，这个人在我们亮明身份之后坚决不开车门，而且两次踩油门向外车道开，拒捕之意很坚决，如果再继续撕扯，他一脚油门我就得跟着飞出去了。我急忙往回抽胳膊。这时我看到高伟还在死死地拽着他，我一把拉住高伟，身后两个同事也使劲把我们往外拉。几乎是同时，这个人一脚油门踩到底，我都能听见车子轮胎和地面摩擦打滑发出吱吱的声响。轰的一声，我一下子被甩到路旁，而高伟则被甩出去更远，跌到地上还滚了好几下。

"追！"宋队大喊一声，其余人急忙上车冲了出去。等我爬起来的时候，马路上三辆车都没了踪影。

"这个傻×丰田车。"高伟愤愤地骂着。我把高伟扶起来，幸好他只是胳膊上有些擦伤。

我心里虽然也在骂娘，但更后悔没准备周全，没注意到前面的车里有人。换作任何一个人看到自己的车被人从后面连续撞了两下，而且一群警察围着这辆车大呼小叫，肯定都会把自己的车开走，躲得远远的。

当天晚上，这辆车疯狂地奔逃，连续闯了几个红灯。为了防止出现意外事故，我们放弃了追捕。

虽然人没有抓住，但是我们得到了一条重要的信息。根据交警队反映，这辆车曾经被他们处理过，当时是联合执法，名义是非法营运，这辆车是私自拉客的黑车。

非法营运案件不好管理，因为没有明确的界定，主要针对没有营运资格的车辆通过拉人载客进行牟利，只要没有交易就不算非法营运，所以很多时候执法必须要等到乘客将钱给司机后才能处罚。非法营运是对黑车载客行为的一种称呼，大多数的黑车指的是那种固定在两地拉客的车辆，俗称返程车，比如火车站附近叫喊到某某地多少钱一位的那种，私家车做网约车兼职的并不属于这类黑车。

线索已经明了，洋葱最后一层皮被剥开，我们开始对王建所管辖的责任区拉客的黑车进行排查。

黑车虽然是非法营运，但是他们有固定的组织，一般几辆甚至十几辆黑车组成一个团队，有人负责安排车次，有人负责拉客，有人负责开，分工明确，管理严格。对他们来说，最大的威胁就是城管，因为城管可以对在其责任区内运营非法的黑车进行查处。一般的黑车团伙多多少少都会与当地城管有关系，但并不是所有的城管都会买他们的账，比如王建。

这时王建的父亲找到我们（在王建头七的日子里，我们没敢去打扰这位送走黑发人的老人），老人告诉我们，曾经有人来过王建的家里送东西，正巧他在家，被他拒绝了。王建下班后，他还和王建说过这件事。王建说这个人是个黑车司机，被自己处理过，曾经给他送过东西，但是自己没要，没想到能找到家里来。

一个知道王建住处的黑车司机，也是知道王建上班途径的黑车司机，这是一个巨大的突破口，我们把有嫌疑的黑车司机的照片全部打印了出来。没想到老人还没把二十多页一百多张照片看完，翻到一半就指认出了曾经来过他家的那个黑车司机——孙兵。

我不禁对老爷子惊人的记忆力和决断力感到惊讶，老爷子告诉我们他是一名退休警察。

嫌疑人身份确认。如果说在茫茫人海之中找一个人如同大海捞针，那么对警察来说，确定身份的嫌疑人就像是一根带了定位仪的针，假以时日，必将落网。

同月25日，我们查出了孙兵的下落，在内蒙古。我和黄哥、瓜哥一起启程前往内蒙古。

初春的内蒙古依旧是白雪皑皑，白天被太阳照射融化的雪到了晚上又结成冰，周而复始。我们通过孙兵使用的 QQ 登录信息找到了他暂住的地方，那是一栋四层的民宅。可惜这栋楼是老房子，用的是老式的宽带上网，所有的住户都是同一个 IP 地址。我们只知道孙兵住在这里，却不知道具体是哪个屋子。

挨家挨户地找怕惊动孙兵，最后我们决定就地蹲守。孙兵也得吃饭，总得出门买东西吧。

从西伯利亚刮过来的风非比寻常，到了晚上我们在车里开着空调都能感觉风顺着车门缝吹进来。车子的空调几乎发动了全部马力，但只能是要么开上风，要么开下风，上下一起开吹出来的就是凉风。我们只能蜷在车里开一会儿上风，暖暖身子，然后开一会儿下风，暖暖脚。到了后半夜，身子没暖和过来，脚就开始冷，在开空调的车里张嘴都能吹出冷空气。不过有一点好处，就是人被冻得格外精神，一点睡意也没有。

最后瓜哥受不了了，他说孙兵天天在家上网，我们却在楼下受冻，绝不能让他这么舒服地待在家。瓜哥找到楼外面的宽带通信，把电缆给掐断了。事实证明瓜哥这个办法立竿见影，断了网的孙兵在家待不住了。到了下午，我们看到一个包裹得严严实实的中年人从门里走出来。我们早预料到内蒙古气候寒冷，出门的时候人们会穿戴严实根本看不清脸，没法辨认，所以我们带了一个认识孙兵的人来。他立刻对我们说这个人就是孙兵。

孙兵没想到自己捂得严严实实的还能被认出来。被抓住后一问，果然孙兵是想去网吧，因为家里网断了，在家待着实在无聊。

瓜哥不懂宽带箱里的线路，一下子扯掉了一半。事后我听说断了半个区的网，当地为这件事还追查了好久。

在审讯时，孙兵交代，根据黑车团伙之间的划分，王建负责的那片地区本来是他拉客的主要客源地，但是王建每次发现违法情况都会对他团伙的车辆进行处理。孙兵也曾找到城管部门的领导，但是没用。而王建负责的地区客源又多，孙兵实在不忍放弃，最后打算找人吓唬王建一下。于是他安排自己的侄子和另一个从内蒙古找来的老乡，拿着木棒守在王建每天上班的必经之路上。他们第一下想打王建的后背，把他直接打倒，也就是我从监控录像里看到王建扑进来的那一下，可是棒子却打在了脖子上，让王建倒下了。这一棍子直接导致王建下丘脑受损，进而抢救无效死亡。

最终，孙兵被以故意伤害主犯定罪，因为他组织人殴打王建主要是想教训一下对方，并没有想要杀人，只是没想到一棍子打下去出了人命。所以孙兵在对王建补偿后可以取得被害人亲属的谅解书，谅解书可以成为法院在定罪量刑时从轻的一个依据。孙兵被抓后，他的家人积极筹款对王建的家人进行补偿。在走后续的诉讼程序时，我见到了孙兵的家人以及他的朋友。他们对我说孙兵并不是一个坏人，他们从没把孙兵当作一个杀人犯。可我不这么认为。这个案件对我来说是经办的众多命案中的一个，但当我得知王建是因为秉公执法被人打击报复后，我对这个案件突然有了一种使命感，这种使命感就是为了王建所坚持的正义。

04 怀疑女友出轨后，他在衣服里藏了一把剔骨刀

他感觉到自己的右手拿着刀子捅到了东西，一个软软的东西，就像自己切猪肉的时候第一刀竖切下去的感觉。多年的厨房经验让刘国光能通过刀感受到肉的黏性和韧性。眼前的这个人，身体忽然僵硬了，直挺挺地往后倒去。

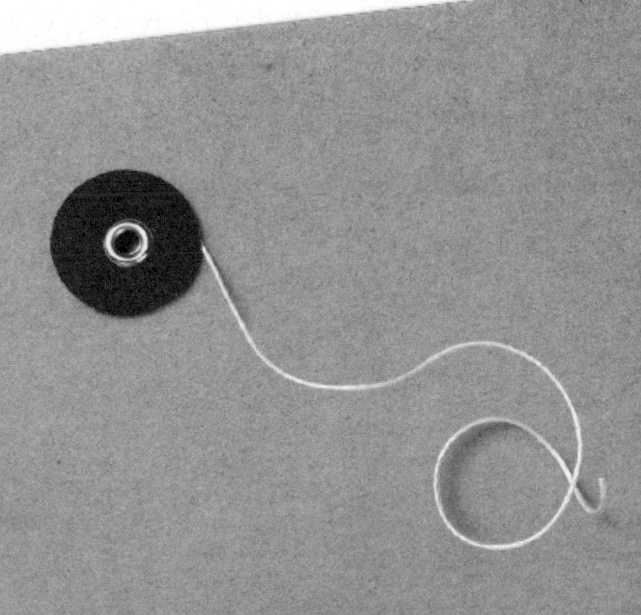

王建被害的案件已经过去很久了，刚过完年的时候，检察院给我来电话，让我帮忙联系被害者的家属，说孙兵方已经筹集了钱款，想取得被害方的谅解。

　　本来我不打算管这件事，可是想起王建的爱人以后要独自带一个孩子，与其让孙兵被判处最高刑期，还不如让王建的家属获得一笔赔偿更实际些。于是我向被害人家属转达了孙兵方的意愿。

　　结果在我意料之中，王建的家属拒不接受赔偿，只要求重判孙兵。事后孙兵的朋友来找我，希望我能帮忙做工作，被我拒绝后，我们聊了几句。我挺好奇他作为一个朋友为什么愿意帮孙兵拿出这么多钱，据他称自己卖了一套房子。这个人告诉我说孙兵是他的哥们儿，为了哥们儿义气，他这么做都是心甘情愿的。

　　我这时对义气这个词有了些贬义的认识，望着桌子上的一沓卷宗，一个讲义气的人的面庞浮现在我面前，而他就是我现在正在办理的案件的犯罪嫌疑人。他叫刘国光，只有二十四岁。究竟什么是义气？我也曾试着从他的角度来理解这个词。

　　时间是在年前，距离过年只剩下两周了，整个城市早已进入过年的氛围。

一

刘国光从宿舍走出来的时候已经快上午十点了,望着大街上背着行装、喜笑颜开地准备回家的人,刘国光的心又开始按捺不住了,好像肚子里揣了一只小耗子一样,似乎觉得昨晚用了一晚上做出的是一个错误的决定。刘国光本来决定这次过年不回家,留守在单位,可是距离自己做出决定不过八小时,他就开始后悔了。怀着对自己的决定持反对态度的心情,刘国光都忘记在沿途的小店买早餐吃,一路胡思乱想地走到自己上班的地方——富华海鲜饭店。

刘国光是一名厨师,他并不是专业烹饪学校毕业的,他选择厨师这个行当颇有些故事。刘国光刚开始来到这个城市时是在一个娱乐城打工,身为服务员的他是里面最勤快的。有时候晚上人多,后厨忙不开,刘国光为了自己负责的包间能快点送上果盘,就帮着后厨一起切水果摆果盘,一来二去也算练就了一点手艺。后来娱乐城的老板要开一家饭店,由于当时这个老板没有开饭店的经验,所以厨子和帮厨都是现招现找。刘国光看到一个帮厨比自己干服务员赚得多,就主动提出想去饭店干。正好店里人都知道刘国光手脚麻利,还会摆弄果盘,老板也就答应让他去饭店做帮厨了。就这样一来二去,一个不会做饭、来大城市闯荡的小伙子变成了一个帮厨。

做帮厨这几年,刘国光延续着自己勤快的特点,后厨只要有活儿他就干。有时候大厨和主厨累了,一些毛菜懒得摆弄,就指挥刘国光颠勺炒菜。刚开始本来是为了偷懒糊弄,可是刘国光有一股认真劲,愣是把用来糊弄的菜做得有模有样。俗话说,厨子这行饿死同行,刘国光本想着好好干,好混上一个颠勺的位置,结果就让大厨和主厨使了个坏,被饭店开除了。

不过刘国光这两年在大饭店也没白干,算是练就了一身本领,随后自己又找了一个工作,就是现在的饭店,直接当上了大厨,这一干就是两年。

富华海鲜饭店不大,大厅有十几张桌子,里面有八个包间。后厨除了刘国光还有一个主厨，岁数比刘国光大很多，刘国光喊他刘叔。饭店的老板也是外地人，在这个城市摸爬滚打这么多年，终于开了间属于自己的饭店，他对同样是从外地来谋生的店员们很照顾，专门给他们租了一套房子。虽然是几人同住一间小屋，但是已经让刘国光感激不尽了。

宿舍是一套两室一厅的屋子，一共住了四个人，刘国光和饭店里的传菜员张伟住一个屋，另外一个屋住着两个服务员。张伟和刘国光不是一个地方的，但都是东北人，感觉就比较亲切，再加上两个人又是住在一个屋，一来二去就熟悉了。去年过完年，张伟从老家回来还给刘国光带了一些特产，这让刘国光感到挺不好意思的，总觉得欠人家点什么。

刘国光走到饭店的时候，正好赶上货车来卸货，刘叔已经在那里开始往饭店后厨搬东西了。刘国光赶紧快走几步上去搭把手，这时候老板出来了，看到刘国光便打了个招呼：

"怎么样，事定下来没？"

老板说的事就是刘国光昨晚想了一晚上的事，过年到底回不回家？刘国光在富华海鲜饭店干了两年，每年都是回家过年的，但饭店过年期间生意好，所以一直保持营业，全倚仗刘叔在这儿撑着。今年刘叔早早地就和老板打招呼，说要回家过年，可是老板又不想把饭店关了。要知道，过年这几天的收入能赶上平时的好几倍，于是老板来找刘国光，问他能不能留下来过年，顺便还能多赚点钱。

"还没想好。"

"你这得快点决定啊，不然晚了的话，回家的火车票就不好买了。"

"好，好。"

过年不回家也没什么要紧的，只是一到过年回家就像是一个盼头，自己年年都回去，今年突然决定不走了，心里还是感觉有些别扭，尤其是自己来饭店的路上看到匆匆忙忙拿着行李往家赶的人，刘国光心里特别失落，本来打定主意的事反而越来越动摇了。

"刘国光，我听说刘叔今年要回家过年，你要留下来帮忙吗？"看到刘国光搬着东西走进来，早到饭店的张伟便过来问。

"我还没想好。"

"我今年不回家了，要不然你也别回家过年了，留下来陪我得了，咱俩还能做个伴。"

"你有对象还用我陪？"

"我对象过年也得回家，你走了哪有人陪我！"

张伟处了个对象，是邻市的，刘国光见过一次，感觉挺不错的一个女孩。听到张伟过年也是一个人留在这儿，刘国光不禁有点心动了。当天下午，刘国光决定留在这儿，不回家过年了。

二

腊月二十五，城市里堵得水泄不通，一大早刘叔就坐上了回家的火车。饭店就剩下刘国光一个厨子了，好在客不多，过了年正月那几天才是最忙的时候，年前反而轻松点。刘国光坐在饭店的大厅里发呆，心里还是有些失落，往年自己这个时候也应该坐上回家的火车了，虽然家里条件并没有这边好，每天早上得起来生火炉，上厕所还得跑到院子里，尤其是大冬天的还特别冻屁股，但那也是家，任何地方都比不了。

"啪"的一声响，刘国光回头看，张伟的手机掉在地上，而张伟并没去捡，而是坐在那里直勾勾地看着手机。刘国光这才知道手机不是他失手掉在地上的。

"怎么了？今早就看你有些不对劲。"刘国光走过去，坐在了张伟旁边问。

"我女朋友好像劈腿了。"

"啊！真的假的？"刘国光虽然没有女朋友，但还是知道劈腿的严重性的。张伟能留在这儿过年多半是因为女朋友。要是出了这档子事,那对张伟的打击可真不小。

"我昨天在她手机里看见一个电话号码,都是半夜联系,而且打得很频繁,我刚才给这个号码发短信,基本确定了对方是一个男的,感觉岁数也不大,这里肯定有事。"

"你凭发短信就能知道对方是男是女?"

"那当然,我装成女的给他发的。"

"这事你最好还是和你女朋友确认下,可别是什么误会。"

"这种事还用找她确认?问她她也不会承认。我打算把这个男的骗出来,直接问他。"张伟盯着摔在地上的手机气呼呼地说。

刘国光也没什么好办法,只能劝张伟。但是张伟情绪太激动了,对刘国光的话一句也听不进去,只想着和对方见一面。就在张伟盘算着怎么发短信把对方骗出来的时候,地上的手机响了,对方打电话过来了。本来张伟是想着骗对方出来,现在人家直接把电话打过来。张伟干脆一不做二不休,直接拿起电话接通。

刘国光听不到对方说什么,只能听见张伟说的话。

"你他妈的是谁?"

"你别管我是谁,你大半夜给王慧打电话干什么?"

"对,我就是她男朋友。"

"放你妈的屁。"

"你在哪儿,敢不敢告诉我?"

"好,你等着。"

"喂!喂!"

张伟还想讲点什么,但是对方把电话挂了。

"怎么了?"刘国光在一旁听张伟打电话的口气也猜得差不多了,但这种事还是得让张伟说,自己也不能妄自猜测。

"那小子说他正和王慧处对象呢,还在电话里骂我,他妈的,这件事绝对不能就这么算了。他还在电话里约我晚上六点在友谊广场见面。他要是敢来,我非得揍死他。"张伟气呼呼地说。

"他是在那儿骗你呢,你俩都不认识,怎么见面啊!我觉得这件事你还得先找王慧问清楚。"

在刘国光的劝慰下,张伟冷静下来。他觉得刘国光说得有道理,又拿起电话打给女朋友,可是王慧没接电话。王慧在商场做导购员,上班的时候不让用电话。张伟一般都是给她发短信,等到午休的时候她再回过来。

接下来,张伟在饭店里几乎没心思上班了,一会儿坐下,一会儿站起来,心绪不宁,中午更是每隔一分钟就拿起手机看一眼,看看王慧回没回短信。但是这次不知道为什么,整整一个中午王慧都没给他回信息。这让张伟越来越焦急,心情也是越来越烦躁,在收拾桌子的时候直接把盘子打翻了。

下午三点半,饭店人最少的时候,刘国光从后厨转到前面,看到张伟魂不守舍地在翻弄手机,实在忍不住了,便主动说道:"你也别太着急,不然晚上我陪你一块儿去找王慧。"

王慧工作的商场营业到晚上九点,王慧下班大约得九点半,到那个时候,饭店也没多少人了,刘国光打算陪张伟一块儿去接王慧。刘国光见过王慧几次,算不上太熟,但也不陌生。他怕如果没人陪,张伟一冲动,再闹出点什么事情来。

还没等张伟回答,手机响了。张伟接起电话,正是张伟怀疑和王慧有关系的那个男的打来的。张伟在电话里没和他多说,刘国光就听见张伟一直在应答着"好、好"。等挂断电话,张伟抬起头对着刘国光说:

"这个男的约我今晚九点在友谊广场见面,我要去见见他。"

"你别去了,九点半王慧不就下班了吗?咱们直接去问问她就行了。"

"不行,捉奸还要捉双,不问清这个男的,我怎么能知道他和王慧到底是什么关系！我一定得去。"

"那好，我陪你去。"刘国光怕张伟一冲动和别人动手打起来。虽然两个人在电话里说是见面谈谈，但谁知道能谈出什么结果。两个人年轻气盛，一言不合就能动起手。要是打起来，刘国光还能帮忙拉个架，不然就凭张伟那小体格肯定得吃亏。

晚上八点半的时候，张伟来到后厨找刘国光。这时候，刘国光看见张伟从厨房拿出一把剔骨刀，塞进了自己的大衣里面。

"你拿刀干什么？"刘国光问。

"防着点，你放心，我最多就是吓唬吓唬人。"

和张伟相处这段时间，刘国光对他还是有所了解的，这个人虽然嘴上不饶人，但是胆子小，真让他拿一把刀去打架，他也不会用刀捅人的。

三

腊月的寒风能穿透所有的棉大衣，刘国光感觉一出门，走几步身体就开始发凉。友谊广场离饭店并不远，大约有一站地的距离，两个人就这样裹着大衣往那边走。这时候还有许多拎着行李的人穿过大街，走向火车站。他们和这些人一起穿过马路，只不过他们没拿行李，也并不是回家。

友谊广场是一个环岛形的交通转盘，中间有一个巨大的花坛，花坛中间有一尊球形的雕塑，晚上会不停地闪烁各种光。这个环岛并不允许人走上去，而且周围都是马路，六条出入口把环岛包围得严严实实。这个时候天已经完全黑了，刘国光和张伟走过去张望了一眼，沿着转盘一侧的马路上看不到几个人，不知道约张伟的人到底在不在。

两个人沿着环岛外侧走了一圈，时间已经快到九点了，大街上也已经没有多少人了。刘国光和张伟站在马路边跺了跺脚，又哆嗦了几下，从饭店出来到现在，冻了这么长时间，张伟的脑袋清醒不少。张伟感觉对方好像在戏耍自己，今晚应该不会来了，和刘国光一商量，两个人决定打个车去商场接王慧，现在这个时间正好能赶上。

两个人正在路边张望出租车，但是天冷得让他们不舍得将手伸出来摆动。这时候张伟的电话响了，张伟拿出来一看号码，是那个男的打来的电话。

"喂！"

张伟接起电话，但是没人说话，这时他们身后有人说："就是你小子在电话里骂骂咧咧的啊，你还真有胆子过来啊。"

刘国光和张伟转身一看，对方有四个人，看上去岁数都不大。其中一个刚把手中的电话挂断，张伟手里举着的电话就断线了。原来是他打的电话，那么这个人就是约张伟见面的人了。

"我们就想来问问你和王慧到底是什么关系。"刘国光主动上前一步，他怕张伟一冲动再让矛盾激化。对方来了四个人，一看就不是打算好好谈一谈的，万一动起手，自己这边可要吃亏。

"有什么可谈的？我们和王慧什么关系，和你有关系吗？"中间最高的那个人挑衅似的问。

"王慧是我朋友的女友，你说有没有关系吧？"

"噢，就是你啊，在电话里骂我，你是不是觉得自己挺牛啊？"旁边拿着电话的小子上前一步，推了张伟肩膀一下。张伟往后退了两步。

"你们想干什么？有话好好说。"刘国光抬手拉了一下推张伟的那个人。张伟这时候一句话也说不出来，只是站在那里张着嘴。刘国光知道张伟胆小，对方一下子来了四个人，他肯定害怕了。不过这样也好，刘国光打算好好和对方商量一下，实在不行就认怂，总之别挨打就行。

"好好说？跟你有什么好说的？你以为我叫你过来是来说话的啊。"中间最高的那个人看到刘国光伸手来拉，动手打了刘国光一下。这时候，另外两个人从两边围了上去，把张伟和刘国光围在中间。

"和你说个屁。打！"

刘国光本以为对方人多势众只是来吓唬吓唬，没想到对方一开始就是按照动手打架准备的。最高的那个人喊完这一句，刘国光就感觉自己后腰被人踹了一脚。穿的棉大衣虽然厚实，但是这一脚也让刘国光感觉挺疼。还没反应过来，刘国光便眼前一黑，不知道谁一拳打过来，正好打在他鼻梁上。刘国光只觉得腿发软，一下子坐在地上，接着鼻腔内一股滚烫的液体涌出来，捂着鼻子的手上立刻传来一阵腥臭的味道。

拳脚一起涌向坐在地上的刘国光。不过张伟更惨，他已经被打倒在地上，一个人用脚使劲地踩张伟的头，张伟只能紧紧地抱着脑袋，蜷着身体。看到张伟被打的惨样，刘国光忍不了了，一下子从地上爬起来，冲着正在用脚踩张伟的人扑过去，一下子把他推开，将蜷在地上的张伟扶了起来。

"还想跑，打他！"又有人喊了一句，刘国光扶着张伟往后才走两步，就感觉后背被人狠狠地打了一拳，踉跄了两步，差点趴倒在地。

张伟这时候想跑，但是被人揪住了衣服，挣扎间又被人打了好几拳。刘国光看见张伟想把被人揪住的衣服脱下来，可是一个袖子还缠在手上，刚跑了一步又被人抓住拽倒在地，然后又被一顿拳打脚踢。

"别打了。"刘国光又冲过去，将围打张伟的两个人推开。这时最高的那个人拎着一根木棒，朝刘国光和张伟横着抡过来，正好砸在刘国光的肩膀上。这根木棒又粗又重，刘国光感觉胳膊好像断了一样。

对方竟然还抄家伙了，刘国光想起张伟走之前拿了一把刀藏在大衣里，正好在衣服内侧别着，刚才拉拽张伟的时候，把他的衣服翻了过来掉在地上，刀就露在了外面。这把刀是黑背黄柄的，现在是夜里，周围的路灯又不是很亮，昏暗中看不清东西，谁都没注意扯下来的衣服里还有把刀。

刘国光顶着对方的拳脚和肩膀的疼痛，一下子冲了出去，来到张伟的大衣边，把别在里面的刀拿了出来。

"你们都别打了，别打了。"

刘国光拿着刀比画了两下，冲着对方大喊。看到刘国光掏出刀子，围着张伟打的两个人也停手了。

"你拿把破刀出来想吓唬谁啊？！"拎着木棒的高个子往前走了两步说道。

"你别过来，再过来我就捅你了。"

"你看你个熊样，你想捅谁啊。来，你捅试试。"

高个子举起木棒，一步向前，朝刘国光的脑袋就打下去。刘国光后退了一步，但是高个子一棒子挥空，立刻又把木棒甩起来，像刚才一样横扫过来。刘国光曾经被这一棒子砸到肩膀，现在左胳膊被打得还没知觉，而且这下是横着来的，再后退也躲不过去。忽然刘国光心中涌起一股恨意，肩膀的刺痛让他的肾上腺素一下子迸发出来。眼前这个素不相识的人为什么会对自己下这么狠的手！刹那间，刘国光没再继续躲闪和后退，而是不由自主地举起刀子也向前迈了一步。

棒子仍然砸在刘国光的左肩膀上，但是刘国光没感觉到疼痛，他身上所有神经触觉都在右手上。他感觉到自己的右手拿着刀子捅到了东西，一个软软的东西，就像自己切猪肉的时候第一刀竖切下去的感觉。多年的厨房经验让刘国光能通过刀感受到肉的黏性和韧性。眼前的这个人，身体忽然僵硬了，直挺挺地往后倒去。他身上的大衣变了颜色，在幽暗的路灯下能看出好像春天的冰迅速融化一样，大衣外的颜色扩散成一摊深色。

"他有刀，他有刀。"对方三个人一边大喊，一边往后退。而刘国光的脑袋一片空白，愣着站住。刚才的感觉很熟悉，是他每天无数次切肉剁肉的感觉，可现在不是在厨房，自己手里拿的也不是菜刀。

等刘国光缓过神来，眼前只剩下张伟了，其他三个人都不见了。张伟这时还蜷在地上。刘国光看了眼自己手中的刀，上面暗红色的血正在一滴滴地从刀柄处滴落，而倒在地上的人的腿在不停地抽搐。

"我把人捅了！"刘国光终于反应过来。他张嘴想喊出来，可是喉咙好像被人掐住，一点声都发不出来。他看着自己手里的刀，崭亮的刀身能映出自己的脸，而上面流淌着的血把自己的脸映成了红色。刘国光猛地一下子把刀扔到旁边的花坛草丛里，拉起还蜷在地上的张伟就走。

"怎么了？他们人呢？"

"他们都走了。"

"都走了？"

"我把人给捅了。"

"什么？"张伟吓了一大跳。

"我现在不回去了，你帮我回宿舍把东西收拾一下。我去市府广场等你，我今晚就回家。"

"啊？好，好。"张伟有些不知所措，但还是按照刘国光的意思，起身往宿舍走。

刘国光孤身一人往市府广场走。从友谊广场到市府广场只有两站地，虽然这时候寒风拂面，但是刘国光一点也不觉得冷。他现在脑袋乱作一团，已经无法思考了，只是想着：该怎么回家，现在自己身上一点钱都没有，该找谁帮忙呢？张伟现在帮自己收拾东西，因为自己不能回宿舍。被捅的那个人还倒在路边，一会儿就会被人发现，然后报警，自己得快点离开这里。刘国光忽然想到一个人——饭店老板，这个人对自己最好，肯定能帮自己。刘国光拿起电话打了过去。

"王哥，是我，刘国光，我这儿出了点事，我想今晚就回家。"

刘国光一直称呼老板为王哥。

"对，实在不好意思，我这儿真出了点事。我刚才把人给打了，现在打算回家躲一躲。

"打得不严重，真不严重，但是我想躲几天。

"我在市府广场这儿。好的，好的，谢谢王哥。"

打完电话，刘国光松了一口气，想着王哥对自己真的很照顾。在电话里，王哥说了，让刘国光等着，一会儿开车去给他送点钱和衣服。刘国光在市府广场找了一个避风的角落躲了起来，等着王哥来。如果王哥能送来衣服和钱，他拿到后直接就上火车，不等张伟了。刘国光心里做好了盘算。

四

晚上九点十二分，我正在家里看电视，电话响了，是单位值班室打来的。

"刘哥，你快点去春德派出所，有人在友谊广场发现地上躺着一个人，初步看应该是被捅死了。"

我接完电话还没出门，黄哥就打来电话。他说自己正好在外面，接到电话后发现自己的位置离我家不远，于是直接开车来接我。

黄哥和我几乎是在接到报警后十分钟就到达了现场，比痕迹检验队的人还快。我看到这个人躺在地上，出血最多的位置上的血还没凝固，巡警也正在围警戒带。

我和黄哥在现场仔细观察了下，黄哥在死者倒下不到五米的花坛中发现了一把刀，这把刀上都是血，应该就是凶器，被罪犯扔在现场了。

"罪犯看起来应该是激情杀人。"黄哥说。

我们在案件侦查中，习惯从犯罪主观故意来对案件进行分析和推断。激情杀人也属于故意杀人，但它没有预谋，也不一定是熟人作案，侦查的时候就要扩大范围，所有和这个人有交集的人甚至是路过的人都要考虑进去，但同时缩小了犯罪时间的范围，凶手肯定是死者最近接触过的人，不像预谋杀人会制造自己不在现场的证明，只要把死者生前最后见到的那个人找到，那么他肯定就是凶手。

在现场附近就能找到凶器，说明嫌疑人没有想把凶器藏匿消除的反侦查意识，或者说他根本就没想过去做一些掩饰自己犯罪行为的活动。再进一步推断，就是很可能他对自己的犯罪行为没有预料，将人杀死这种情况并不在他的计划之内，所以才会将凶器丢在附近，让我们一下子就找到。

"不是抢劫之类的案件吗？"能是抢劫吗？我看了看躺在地上的死者，衣服兜没有被翻动的痕迹。

"不像，抢劫不可能选这种地点的。虽然现在是晚上，但是大街上随时都会有人路过，要抢也不会在这里抢。"

巡警从车上拿出一副手套，黄哥戴上，翻了下死者身上的东西，一部手机、一个折叠钱包，里面的卡和钱都在，兜里还有两百块钱和一些零钱。

"那可能就是寻仇了？"我说。

"这倒是有可能，但是怎么会挑这种地方动手呢？而且凶器还扔在旁边。"黄哥说。

"你们在这儿呢。"这时走过来一个人，远远地对着我们喊。我一看原来是狐狸哥。

狐狸哥是我们给他起的外号，因为有段时间他特别喜欢穿一件带狐狸头标志的衬衫，大家就都叫他"狐狸"。我岁数小，觉得直接喊狐狸不尊重，就在称呼后面加了个"哥"字，变成了"狐狸哥"。后来我才发现，他也经常穿一些老虎、鳄鱼之类标志的衣服，叫他狐狸是因为这个人太精明了。用宋队的话说，他要是能把精力的一半用在破案上，肯定比其他人都厉害。

狐狸哥家住在附近，也是接到电话后赶过来的，只比我和黄哥晚了一点点。我把我们发现的和分析的情况和狐狸哥说了一下。

"这不明摆着是寻仇吗？"狐狸哥说。

"你见过寻仇的把刀扔现场的吗？怕别人不知道人是他杀的啊？"黄哥反驳道。

"那就是走大街上你瞪我一眼，我看你一眼，相互看不顺眼，先开骂，后开打，最后直接动刀了。"

"这倒是挺符合现场情况的。"我说,"不过在大街上碰见了就能拿出刀来捅人,那么这个人得天天带把刀在身上啊。"

"说不定是约好的,见面直接动手。"黄哥说。

"打定点呗?"狐狸哥问。

"我觉得差不多。"

"打定点"是我们的一句俗语,意思就是约定地点进行殴斗的行为。一般这种情况大多是两群人进行互殴,也有少部分是几个人相互殴打。这种案件困难在如果拿刀的人多,那么究竟是谁捅了致命的一刀就不好认定了。不过这个案子应该不复杂,因为凶器扔在现场,这个人肯定知道是自己把对方捅死的。

"九点零六分接到的报警,现在九点半,正常来说,友谊广场这个地段人比较多,案发时间应该和报警时间差不了太多。如果真的是打定点的话,说不定还有参与的人在附近。"黄哥说。

"老黄,你比我到得早,对现场了解比我深。这样,我带着小刘去周围转转看看,现场这不是还没处理完嘛,等有信了告诉我。"狐狸哥拽了我一把,让我跟着他走。

"也行,大队的人还没来,你去附近找找监控,我在这儿等他们。"

我满腹狐疑地跟着狐狸哥一起离开。我觉得案发过了半个小时,而且还是命案,罪犯早就跑没影了,现在去周围转,恐怕什么也发现不了,只能找找监控。

"这种不是抢劫的案子,双方很可能都认识。要是打定点的话,之前都会有联系,等明天手机信息调出来了就都清楚了。现在唯一的问题是快过年了,年前抓不着就得去犯罪分子家里过年了,那可就倒霉了。"狐狸哥自言自语地说。

"我晚上没吃饭,你先陪我去面馆吃个面。"狐狸哥发动车子时,忽然冒出这么一句话。我这才知道,原来他出来是为了吃口饭。

"这都几点了，你怎么还没吃饭？"

"唉，在家辅导孩子写作业，我都快气饱了，这出来了才觉得有些饿。"

狐狸哥分析得有理有据，这个案子可以追查的线索很多，周围的摄像头几乎没有死角，罪犯插翅难飞。狐狸哥开车来到市府广场后面的一家面馆，这家面馆在当地很有名，我和狐狸哥九点半到店时，这里还有不少人在吃面。狐狸哥要了一碗面，我在旁边坐着等他。他刚吃了几口，我手机就响了。

"狐狸呢？给他打电话怎么不接？你们现在在哪儿？"是宋队打来的电话。

"他手机扔车上了吧，我们在市府广场附近转悠呢。"

"手机落车上？大冬天的你们不开车，自己在大街上溜达啊？狐狸是不是跑茶馆猫着去了？就他那点小心思，还想糊弄我，让他接电话！"

我做了个鬼脸，把电话递给正在吃面的狐狸哥。

"你跑哪儿去了？"宋队的声音特别有穿透力，我在一旁都能听得清清楚楚。

"我在市府广场这边啊。"

"你少来这套，我到现场听老黄说你要去周围转转，我就知道你肯定找个地方猫起来了。"

"我晚上没吃饭，这不是考虑可能要熬一晚上，提前吃点东西……"

"好啦，你别贫嘴了，我现在在现场接到个信息，派出所接到报警电话，说在市府广场附近有打架的，我想是不是和这个案件有什么联系。你俩在附近仔细找找，我们现在正在联系举报人核实信息。"

挂了电话，狐狸哥的面是吃不下去了，只得和我按照宋队的指示出发。不过我心里有几个疑惑，宋队怎么能确认一个举报电话里所说的打人的事和我们正在侦办的捅死人的事是一件事呢？这是谁举报的？而且怎么能知道行凶者就在市府广场周围呢？一连串的问题我一个都想不通。虽然不清楚事情的来龙去脉，但是我们现在的任务很明确，在市府广场周围找可疑的人。我和狐狸哥上车打着火，宋队的电话又打过来了。他告诉我要找的人身高有一米八多一点，穿一件灰色的羽绒服。

不知道宋队是从哪儿得到这些消息的，竟然连人员的体貌特征都已经摸出来了，看来这个举报信息应该挺靠谱。想到这儿，我不禁认真起来，扒着车窗朝大街两侧仔细地看，生怕漏掉一个人。

市府广场是一个正方形的广场，最北边就是市政府，两侧分别是海关和博物馆，我看了下表，已经九点四十多了，大街上没有几个人，从整个市府广场望过去空荡荡的。

"宋队说人在这附近？"狐狸哥一边开车一边问。

"对。"

"好，那咱在这儿多转几圈看看。"狐狸哥说着打了一把方向盘，把车开到了最外侧车道，慢慢地开始绕着市府广场转。

我们开的是单位的瑞风面包车，就在我们转到第二圈的时候，我看到从博物馆门一侧的雕像后面快步跑出一个人。这时我们的车离博物馆还有几十米的距离，这个人一直冲着我们车开的方向跑过来，裹着灰色的羽绒服，身高有一米八多。

"狐狸哥，那边有个人。"我急忙说。

"我看见了，我停过去，咱们问问他，你警官证带没带？"

"带了，带了。"

这个人一路快跑，奔着我们的车来。我们的车超过了他，狐狸哥将车放慢速度。我看到这个人从后面追上来，停下来的那一刻，这个人正好跑到车旁边。我从面包车的副驾驶跳下去，这个人看到我愣了一下，张口问了一句："王哥呢？"

这时借着幽暗的路灯，我能看到这个人穿的羽绒服前面有一大块暗红色的斑点。狐狸哥这时候从汽车前侧绕过来，他也发现这个人身前的深色斑点了。

"警察，别动！"我大喊一声，一下上前扣住他的手。狐狸哥一步冲到他身后，从后面直接勒住他的脖子，往后一拽，把他摔倒在地上。他本来想反抗，但是听到"警察"这两个字后没再挣扎。狐狸哥按着他，我从车上拿出手铐给他戴上。从我喊出"警察"，再到将他摔倒，最后给他戴上手铐，全程不过十几秒，其间他一声不吭，从这点我和狐狸哥可以确信，这个人肯定有问题。

五

刘国光给王哥打完电话就躲在市府广场旁边的博物馆门一侧的雕像后面。这座雕像不但能让他隐藏起来，还挡风。外面已经起风了，这时候站在马路边，不用十分钟，人就能被冻透。在昏暗的路灯下，刘国光没注意到自己的羽绒服前面有一大块血迹，那是他刚才拔刀的时候带出来的喷溅的血迹。而刘国光从被人殴打再到跑过来，身上已经出汗了。他全身黏黏的，内衣也湿透了，根本分不清胸前湿漉漉的是自己的汗，还是羽绒服上的血。

等了大约半个小时，刘国光有些着急，王哥的家离饭店不远，如果开车过来的话，十分钟足够到了。又等了十多分钟，这时刘国光看到市府广场旁有一辆车在慢慢地开，那是一辆面包车，和饭店运菜的车一样。原来王哥是开饭店的车来了，刘国光心里想着，急忙从雕像后面跑出来，迎着这辆车奔过去。

车子也在减速，刘国光有些着急，根本没去分辨车牌。而且路灯昏暗，刘国光也没看清是不是自己饭店送货的车。车子终于停下了，刘国光刚跑到旁边，就看到从副驾驶上跳下来一个人，不是王哥。刘国光忽然有些害怕，不是王哥的话，车子为什么迎着自己停下来了？难道是刚才那伙人又来找自己报仇了？

"警察！"从车上跳下来的人大喊一声，顿时刘国光的脑袋一片空白。在路灯的映照下，刘国光这才发现自己的胸前有一大片血迹。这片血迹好像唤醒了刘国光的记忆，他用刀子捅进人胸部的一幕像影片一样在他的大脑中播放了一遍又一遍。这时刘国光感觉自己的脖子被人从后面勒住，他想跑，但是身体动不了。刘国光忽然觉得自己的手上全是血，自己的身上也是血。直到冰冷的手铐碰触到他的手腕，刘国光才终于反应过来，自己被警察抓住了。

六

事后我才得知，饭店老板王哥在接到刘国光的电话之后，先向饭店的员工打听，得知刘国光和张伟一起出去了。然后王哥给张伟打电话，才知道刘国光把别人给捅了。王哥毫不犹豫地报了警。在警方联系上王哥后，王哥将刘国光和自己在电话里约定的地点也告诉了警方，所以宋队知道准确的地点。当时宋队也不敢肯定罪犯如同电话里报案人说的那样，只是抱着试一试的心态让狐狸哥和我去附近找一找，没想到竟然真的被我们找到了，所以这起命案在一小时之内便告破了。

至于这件事情的起因，我分别找张伟和他的女朋友王慧做了笔录。原来王慧在玩游戏的时候认识了一个男的，这个男的开始对王慧展开追求，但王慧没同意。于是这个男的不停地骚扰王慧，结果被张伟发现了。不过那天也是巧合，快过年了，逛商城的人特别多，王慧中午忙得没工夫看手机，自然也没给张伟回信息。接下来就发生了张伟和对方约时间谈一谈的事。这个男的本身就是骚扰王慧理亏，怕张伟揍自己，于是编了个理由叫了三四个朋友一起。当看到对方只有两个人的时候，这个男的当即改变了主意，决定教训教训对方，结果酿成了惨剧。

05 一个"特殊"的盗窃犯,被偷的人都帮他打掩护

这对我们来说只是工作中遇到的一个案子,但对王宝来说却是他人生的转折。王宝犯过错,对他的惩罚也很客观,但我并不认为作为嫌疑犯的王宝是一个坏人,我甚至觉得他有点可怜。如果他有父母或者哪怕一个亲人,王宝也许都不会走到这条犯罪的路上。

岁月留下的不仅是面庞上的皱纹，更是一段段深刻的记忆。参警这些年，我遇到过各种各样的事，见到过各种各样的人，深感人生不易，且行且珍惜。这天我接到法院的电话，电话里，法院告知我们刘国光杀人案件已经开庭了，定性为故意伤害致死，刘国光被判处了十二年有期徒刑。他为了一时的哥们义气，就这样将自己最宝贵的十二年青春搭在了铁窗里。不知道张伟会不会去看望他，会不会对他心存亏欠。我给张伟做过笔录，根据我对他的感觉，他并不是一个像刘国光那样讲义气的人。

张伟虽然带着刀具，但只要他的主观故意不存在，那么就没法将他定为同案。除非张伟说他带着刀具就是要打架或捅人，但事情发展到这个地步，他即使曾经有这个想法也不会这么说，在这种情况下我们对张伟带刀具这个行为无能为力，只能按照治安处罚法来裁定。

我将这件事告诉了狐狸哥，狐狸哥也惋惜不已。我们在抓刘国光的时候，他没有一点反抗。我们在对他进行审讯的时候，他也没有一丝隐瞒。我们感觉他只是一名嫌疑犯，但不是一个坏人。

人非圣贤，孰能无过。世间更是没有完人，每个人都可能犯不同的错误，有些错误触及了法律的红线，就变成了犯罪。我抓捕过穷凶极恶的嫌疑犯，面对警察，他们拿出刀具负隅顽抗；我也遇到过投案自首的凶手，他们诚心悔过，希望重新做人。但有一个嫌疑犯给我留下的印象最深，他的犯罪行为在我看来甚至不能用可恶来形容，而是有些可怜。

那一年奥运会，举国上下日日欢腾，那段时间每天都仿佛是一个节日，中国每得到一块金牌都会有人奔走相告。而越是愉快的节日，越是需要我们备勤重岗。重案队一半的警力下沉到派出所，我和瓜哥就一起被暂转到春德派出所。原以为我会和黄哥在一起，可那段时间黄哥的孩子正在准备考试，于是大队就没安排他去派出所。

那段时间，我们吃住在派出所，几乎以所为家，而最终目标就是要使辖区内治安状况稳定，在特殊的日子里绝不能发生恶性案件。全所上下本着"小案可发，中案不出，大案必破"的原则，所有人在所里硬生生地挺了十六天。

可是第十七天就出事了。

那天晚上十一点，我们接到一个警情，上面写的是有人称被抢劫了。这段时间是治安状况最好的时候，别说光天化日之下抢劫，就连普通的小偷小摸案件都没有。

抢劫案件，是一种性质很恶劣的犯罪行为，早些年公安机关还专门配置了针对两抢犯罪的侦查队，这里的两抢指的就是抢劫和抢夺。抢劫与抢夺的界定就是有没有暴力行为，直接抢了就跑，如果在跑的过程中与人发生撕扯斗之类就会变成抢夺。20世纪90年代初期震惊全国的飞车抢夺党就是抢夺犯罪，他们骑着摩托车物色目标，真正做到了抢了就跑，被害人想追都追不上。也就是从那时起，各地的公安机关专门成立了打击两抢犯罪的队伍，一般称为便衣侦查队。现在社会治安越来越好，抢劫这类犯罪大大减少，便衣侦查队也从打击两抢犯罪变成了打击两抢一盗犯罪。

我和瓜哥急忙赶到现场，发现一个蹲在路边战战兢兢的女人，旁边有一个男的陪着她。这个男的是路过的，女人说遭到抢劫，男的帮她报了警。

我们把女人带回所里。在灯光下我才看清，女人的腿上有一道长长的血痕。她说是被人推倒之后拖拽了一段路，腿被地上不知道什么东西给划破了。女人是一个连锁便利店的夜班员工，她下班沿着马路往家走的时候，突然一辆面包车停在了她身后，从车上冲下来两个人，其中一个人一脚把她踢倒，另一个人去抢她身上的包。包是背在女人的身上，被拽的时候，她死死地拉住包，结果又被另一个人踢了几脚。最后，女人受不住疼才松了手。这两个人抢下包，上了面包车走了。

我问女人被抢了多少东西，女人说包里有八百块钱和一部手机。我说遇到这种事就别护着包了，一旦对方有刀捅你一下，多不值得。女人听完后，说自己只剩这点钱了，她有个弟弟在老家，马上就要开学了，好不容易才凑齐学费，包里的钱是她下个月的房租，这下全都没了，怕房东不让她继续住。

这种事如果换作狐狸哥来处理，他听了只能是安慰劝抚，因为就算是黄哥也不敢在没了解案情的情况下保证每案必破，但现在在场的是瓜哥。瓜哥听完之后怒火中烧，这种带着凄惨背景的案件让他再一次正义感爆棚，当即对女人表示肯定把这些人抓回来。

"警察同志，我先谢谢你们了。"

女人被瓜哥的表态感动得要给他磕头，被我和其他值班的同事好一顿拦才拦住。女人千恩万谢地走了。我看着瓜哥略显陶醉的表情，先给他泼了一盆冷水。

"行了，瓜哥，人走了，咱牛已经吹出去了，接下来怎么办啊？"

"怎么办？抓呗，你怎么说得好像抓不着似的？"年过四十的瓜哥精气神比年轻人还足。

"只要使劲，案子肯定能破，但是你得看情况啊，现在是什么时候？主要精力都在巡控管防上，而且咱们是在派出所，不是在重案队，一个案子全队八九个人一块儿干，你看咱现在这配置。"

说完我朝值班室看了看，屋子里的人加上我和瓜哥一共六个，这就是我们一个值班组，也是接下来要侦破案件的主要力量：两个负责管理社区的老警察，一辈子基本没办理过刑事案件；一个负责治安案件的警察；还有一个没毕业正在实习的大学生。

"那就咱俩干！"瓜哥说得斩钉截铁。

工作五年了，我还没碰到过只有两个人侦办的案件。在重案队，任何一起案件都是全队七八个人一起参与，遇到复杂严重的还有其他队支援。我看瓜哥说得很认真，不像是开玩笑，现有的条件也只能我俩侦办了。

我和瓜哥正好值班，便一起研究这起案子。我查了下最近三个月的报案记录，没有像今天这种在大街上明目张胆抢劫的案件，看来这几个人很可能是刚开始作案，还没形成连续性。如果不尽快破案，将他们抓获，那么短时间内，他们很可能继续作案，就会有更多的人受害。

瓜哥直接转回了案发现场，在那里找到了一个卡口，是专门对通过车辆自动进行拍照登记的，接着又在马路边的店铺里发现了几个摄像头，角度正好能拍到案发现场。

第二天瓜哥将案发地点的监控录像拷贝回来，又把道路的卡口信息取回来。根据女人描述的当时情况和报警时间，我们推算出案发时间，在这个时间段里从卡口信息里找到了一辆灰色七座小面包车。查了一下车辆信息，显示车辆处于逾期未检测状态，已经三年没经过年检了，保险什么的也没有。车辆所有人是一家公司，公司的注册地址是距离市区二十多公里的三间房镇。

当天下午我和瓜哥一起来到三间房镇，发现这辆车所属的公司早就没有了，现在这辆车属于一辆黑车。这种黑车在城乡接合部这一类地方很常见，常年不检测，手续不完备。由于这种地方交警少，一般很少遇到检查。所以这种车在城乡接合部大有市场，一辆面包车不到一万块钱就能买到。

从三间房镇回来我们继续去了交警队，通过交警队的监控，我们找到了这辆车的踪迹，这辆车在今天凌晨通过了三〇一国道。这条道就是从市区通往三间房镇的国道，这辆车很可能就在三间房镇，我和瓜哥琢磨着。

但是车能停在哪儿呢？想在一个镇上找到一辆车并不难，但如果这辆车不在镇上呢？三间房镇不大，一条大街贯穿其中，前后也就几百米长，左右两边的高楼加起来不过十几栋，可是这只是镇中心。三间房镇一共有五个村，最远的村离镇上有八公里，这辆面包车如果进了村，我们根本找不到。

现在唯一的线索就是面包车，我和瓜哥又返回了三间房镇，开始找这辆车。我和瓜哥开车经过两个村子，发现村子里面的道路四通八达，随便一个草垛子后面或者后院都能停一辆车。我俩最后在村子里转来转去，差点迷了路也没发现这辆面包车的踪迹。不过我们注意到村子里这种灰色七座小面包车很多。在一个村口，我俩停车向路边的人打听，得知这种车是村里主要的交通工具，村里谁要去镇上或者从镇上回村里就给司机打个电话来接，一趟车近路两块钱，远点三块钱。

瓜哥听了灵机一动，向这个人打听开这种面包车的人都是谁。村里人告诉我们，每个村都有面包车，光三间房镇上开这种小车的就不下十个人，具体都有谁他也说不清。每个人都有熟悉的司机，想出门都会找自己相熟的司机来接。他自己平时出去只找两辆车，其余的从来没坐过。

这种车没有手续，但是便宜，都是别人不要的，甚至报废的车。这边的人买回来只在农村开，从来不进城，所以不会有人查。我们这一天没找到一点关于面包车的线索，不过瓜哥认定这辆车曾经在三间房镇出现过，肯定还会出现。只是我们没办法继续在这儿追查了，因为我要值班。

第三天我值班，工作就是在所里的接警大厅里坐着，对来所里的人进行答疑解惑和做笔录。瓜哥一大早到单位拿起车钥匙就走了，他说他还要去镇上找这辆车，不找到就不回来。我无奈地笑了笑，瓜哥真是说到做到。我心想要是工作思路正确还行，一旦思路偏了，接下来可就是白忙活了。我们只是在三间房镇的监控中看到灰色小面包车而已，说不定根本不是这个镇的，从三间房镇开始沿着三〇一国道走十五公里就到头了，其间还有一个大区和一个镇呢。

第四天我由于值班起得晚，醒来的时候快中午了，别人告诉我瓜哥又一大早就去三间房镇了。

中午我吃完饭打算回家休息，这时瓜哥来电话了。电话那头，他说话上气不接下气，说一句喘一口粗气，讲了好几遍我才听清。他告诉我那辆灰色小面包车找到了，在网吧门口。我惊讶得差点把电话掉到地上，没想到他竟然能如同大海捞针一般把车找到，而且只用了两天时间，用这份毅力去背司法考试题肯定没问题。

"所里现在还有多少人？"瓜哥在电话里急切地问。

"昨天值班，现在就剩我自己了。"

"快，你赶紧过来，咱们准备抓人，快点啊，注意别超速，国道有好几个测速拍照的。"瓜哥说话已经有些语无伦次了。

我准备出发的时候看到实习的大学生还没走，于是便把他也带着，两人一起开单位的车过去。三间房镇不大，车开到路边，我远远地就看到瓜哥在马路边一副坐立不安的样子，直到看到我们的车，他才松了口气。

瓜哥说灰色小面包车一直没动，他怀疑司机在网吧上网，他进网吧转了好几圈，里面人不少。我问瓜哥现在怎么办，他说先把司机调出来，抓住后再找其他几个同伙的下落，有条件的话就继续抓。

听他说话的口气，我感觉我们现在不是三个人，而是三十个人，既然已经发现面包车的踪迹了，无论如何不能放过他们，一定要先把司机抓住。

瓜哥把单位的车开到灰色小面包车的后面，他本意是把车贴上去造成两车相撞的样子，然后以此为借口去网吧找司机。可是实际操作的时候，瓜哥一脚油门踩过头了，这下不用演戏了，"咣当"一声，车真的撞上了。瓜哥对自己的驾驶技术心里很有数，他今天开自己的车来三间房镇，发现面包车后没有立即采取行动，而是等我开着单位车来，用单位车造成假事故。我估计他要是开自己车，十有八九也得真撞上。

还没等我们去网吧找人，门口就有人跑进网吧里开始喊：

"门口那辆车牌8643的小面包是谁的啊？被人开车顶到后面了，是谁的车出去看一下啊！"

这下不用我们进去喊了，我们三个在门口做好准备，接着从网吧里面走出来两个人，其中一个一边往这边走，一边嚷嚷，大概意思是：开车怎么一点不注意，好好地停在路边的车怎么还能撞上呢！

他们来到面包车旁边，绕到车后面准备看车子被撞成什么样了。这两个人看着不过二十几岁的样子，长得瘦巴巴的，从体形上看，瓜哥一个人能顶他们两个。虽然我们只有三个人，但是对付他们俩一点问题也没有。

瓜哥首先动手，趁着这两人背对着我们，从后面搂住一个人的脖子使劲往后拽，这个人软塌塌地倒了下去。另外一个人发现了刚要动手，被我从侧面一把抓住胳膊扭到背后，实习的大学生拉住他的脚往上一抬，这个人也被摔在了地上。

"别动，警察。"瓜哥冲着他们说。这两个人被压在身下连喘气都困难，更别说反抗了。

"这面包车是你的吗？"

被瓜哥压在身下的人点了点头，他的脖子还被瓜哥勒着呢，张着嘴，想说话都说不出来。

"知不知道警察为什么找你？"

"唔唔唔……"这人像捣蒜似的拼命点头。我觉得他现在被压得受不了了，瓜哥问什么他都会点头。

"先带走，回去再问。"我们将这两人带到车上，返回单位。

两个人到了单位就认供了，开车的司机叫王峰，他岁数比另一个人大，但也只有二十岁，另一个才十九岁。两个人是初中毕业后认识的，混在一起许多年。王峰没有工作，他父母为了不让他在外面乱混，给他买了一辆面包车，让他在村里拉点活儿，找个事情做，结果这辆车反而成了王峰实施犯罪的工具。

王峰说当天他们一共三个人，计划弄点钱，但是又不能在附近下手，怕被人认出来。因为王峰的车没有手续，白天怕被交警发现，所以三个人趁着天黑后开车来到市内。三个人对市内的路都不熟，就在大街上漫无目的地转，一直转悠到晚上十一点，才在马路边发现一个独身的背包女人。王峰把车停在女人身后，车上其他两个人冲下去把女人的包抢过来，然后他们开车返回了三间房镇。

王峰说抢回来的包里只有八百块钱和一部手机，他把钱和手机拿出来，包随手丢掉了，手机卖了四百块钱。这几天他们吃喝玩乐，这些钱也花得差不多了，最后剩不到一百块钱全充了网吧的会员，本来想今晚再出去弄点钱，结果就被抓住了。

听到这儿，我不禁有点惋惜，因为我还想在抓获嫌疑犯后能将女人被抢的钱找回来，结果全被他们挥霍了。说实话，案件的侦破对于被害人来说只有挽回损失才有意义。这八百块钱对于其他人可能不算什么，但是对于被抢的女人来说太重要了。虽然我们抓住了嫌疑犯，却没能帮她挽回损失。法律只能惩戒罪犯，帮受害人找回正义，但不能让她回到正常的生活中。这几个嫌疑犯为了满足玩乐去犯的罪可能会让被害人接下来连住的地方都没有，看着眼前这两个岁数不大的毛头小子，我越发生气，恨不得法院能将他们判处重刑。

"警官，警官，我想举报立功。"王峰说。

"你想举报立功？你想被轻判啊？你现在害怕了啊？当时抢劫的时候你怎么不害怕呢？你怎么不想想将来有一天会被抓进来呢？"

"我们当时抢劫一共是三个人，还有个人你们没抓着。他今天没来上网，我帮你们把他抓住，算戴罪立功行不行？"

"还戴罪立功？你做梦吧！我告诉你，剩下的那一个，不用你举报，我们照样能抓住，你就老老实实准备蹲监狱吧。"

王峰低头不再说话，不过通过对他的讯问，我还是了解到了剩下的那一名嫌疑犯的信息。那人叫王宝，他们都是三间房镇的人，王峰和王宝是一个村的，他俩认识得最早，从小两个人就整天到处小偷小摸，弄点钱后就喝酒、吃饭、上网。王峰有了面包车之后，根本没有想老老实实拉活儿赚钱，而是利用有了车之后的方便，开着车到处去偷东西。之前几个人只能偷点小玩意卖，现在有车了，他们开始瞄准一些大物件，以至于三间房镇附近的厂子都被他们偷遍了，适合下手的地方都开始防着他们几个，想偷出东西越来越难，最后王峰提出直接去抢，但是他们不敢在当地抢，这才开车去了市内。

小偷自古有之，偷东西也是常见的犯罪，这类犯罪都叫盗窃，但这里的盗窃罪还分为刑事和治安两个部分。治安案件处置是以《治安管理处罚法》为依据，盗窃的钱物比较少或者罪行比较轻，比如扒窃几十块钱或者从超市偷点吃的喝的，对于这类犯罪一般给予治安处罚，最高拘留十五天。但如果盗窃的数额超过一定的标准，或连续进行盗窃，两者够其一就可以立为刑事案件侦办了，在《刑法》中盗窃罪最高可以判处三年以下有期徒刑。但如果有特别严重的情节，最高可以至无期徒刑。

很多犯罪都是一点点开始的，先是偷鸡摸狗般的盗窃，慢慢发展成去偷一些值钱的物件，最后再到抢劫财物，犯罪分子也是在这个不断犯罪的过程中胆子慢慢变大，贪欲也越来越大，最后不可控制地走向深渊。

关于抢劫罪的量刑很宽，三年起刑最高可至死刑，但有八种情况直接十年起刑，最高死刑，分别是入室抢劫、在交通工具上抢劫、多次抢劫、抢劫银行、抢劫致人重伤或者死亡、冒充军警抢劫、持枪抢劫、抢劫军用或抢险救灾物资的。

两个人已到案，就剩一个王宝了，瓜哥让我去处理。抓一个已经知道名字还是住在这里的本地人，对我来说实在是太简单了，我觉得基本上是手到擒来。

首先我要确定王宝的身份，我在公安网上查了一下当地叫王宝的人，年龄上符合的有四个人。我拿着这四张照片问王峰哪一个是王宝，结果王峰告诉我都不是。我以为王峰想以此为条件让我们给他一个举报立功的机会，于是没再细问。

接着我来到王宝家，发现是一间空房子，房子的墙泥几乎全掉了，露出了红色的砖头，房顶塌了一个大窟窿。我向附近的邻居打听，大家说王宝自从他爷爷去世后就没在这儿住过，房子都塌了也没回来。我又问王宝有什么家人，邻居说王宝生下来，他父亲就出车祸去世了，母亲紧接着改嫁离开了这里，王宝是和爷爷长大的。在王宝七八岁的时候，他爷爷去世了，王宝就彻底没人管了，都是东家一口饭、西家一口汤把他喂大的。

没想到王宝竟然是一个居无定所的人，我又问怎么才能找到王宝。邻居说经常能看见王宝，他时不时地就出现在村里，一般也不和别人打招呼。他们还说王宝这个孩子有点小毛病，喜欢偷东西，今天在别人家偷五块钱，明天去别人家捡两棵菜。不过大家都知道王宝困难，吃了上顿没下顿，于是大家都睁一只眼闭一只眼。

我拿出之前打印出来的四张照片，问邻居哪一个是王宝，邻居告诉我都不是。这下我觉得有些奇怪，名字叫王宝、年龄又符合的只有这四个人，怎么可能没有他呢？我又向邻居确认这个人的姓名。邻居告诉我这个人就叫王宝，全村人都叫他王宝，也没听过他有什么其他的名字。

我问邻居有没有王宝的照片什么的，邻居说王宝从小就是孤儿，哪有什么照片。不过曾经有个厂子里的人来村里找王宝，说他从厂子里面偷了东西，厂子里应该有摄像头照到了王宝的脸，不然不会直接来村子里找他，想找王宝的照片不如去厂子里问一问。

邻居说的厂子是离村子不远的一个锻造厂，市里有一个大型机床厂，不少与这个机床厂做配套生产的厂子都建在三间房镇上，几乎每个村都有一到两间厂房。王峰曾经说过，他和王宝主要的经济来源就是去附近的厂子里偷东西卖钱。我来到这个生产轴承件的厂子，厂子不大，一幢平房被当作办公室,后面就是车间,旁边的仓库只搭建了一个遮雨棚,铁条、钢盘什么的零散地堆在一起。

厂子的负责人得知我是警察后很配合。我表明来意,说想问问有关王宝的事情,问厂子里是不是有他的照片。听完后,厂子的负责人笑了,他带我来到电脑前打开监控,从文件夹里面选了一个视频文件。视频挺清楚,但是安装的位置太高,人虽然从监控下面走过去,可是根本看不清脸,加上视频里的时间是晚上,在厂子夜灯的光亮下,我只能看到一个胖乎乎的人手里提着两根长长的东西从画面中走过去。厂子的负责人告诉我,这个人就是王宝,上个月从厂子里偷了两根铜条。

我问他凭什么能认定这个人就是王宝,厂子的负责人告诉我,厂里的工人有王村的,这些人从小看着王宝长大,就算是一个影子,他们也能认出来是王宝。王宝经常来厂子里偷东西,之前厂子丢过几次东西,装监控就是为了确认是不是王宝干的。结果这次王宝偷东西被监控拍下来,然后厂子的负责人就去王村找王宝。从此之后,王宝再也没来这个厂里偷过东西,估计是听到有监控后害怕了。

"除了你们厂子,他还去别的地方偷过吗?"我问厂子的负责人。

"这附近的厂子他都偷遍了,不过每次偷的东西不多,我们也没太在意,都知道他是一个孤儿,有时候王宝偷东西被发现了,也就是吓唬吓唬他而已,从没想过抓他。"

"他这是犯罪,你们还放任他这样,这么说你们丢东西也没报警?"我又问。

"那点东西也不值几个钱,我们也不是放任犯罪,就是觉得一个小孩自己生活挺不容易的,难道还能给他送派出所啊?不过也不是所有厂子都不管,宋村那边有个钢管厂,被偷了几次后养了一只狼狗,就再也没丢过东西。"

我们知道这人也不算是放任犯罪,放任犯罪是在犯罪过程中实施了间接故意，促成了犯罪行为，这种放任一般是有利可图或是有目的性的，也就是说放任犯罪最主要的因素就是主观因素，他们本身是受害者，没有管这几个小孩偷窃是出于怜悯。

情况有些麻烦了，到现在我只知道王宝这个名字，他长什么样、住在哪儿全都不知道，我只得回到所里和瓜哥说了这些事，一起研究接下来怎么办。

瓜哥也没想到事情这么复杂。我们想用蹲坑守候的办法抓，可王宝不是王峰，他无家可归，到处游荡，我们根本不知道该在哪儿蹲守。只知道王宝爱上网，三间房镇里有两个网吧，我们可以在网吧里面蹲守，可是如果王宝去别的地方呢？王峰被抓这件事整个镇都知道了，王宝很可能躲起来了，所里警力本来就捉襟见肘，我在这儿蹲守一两天还行，时间长了属于严重浪费。

我们又想挨家挨户地排查，寻找王宝的踪迹。可是农村和城市不一样，在城市你排查一栋楼后，周围的邻居毫无觉察，在农村只要你走进一户人家，不到十分钟整个村都能知道，可以说，就算王宝就在我们要排查的村，我们进村后，他也有足够的时间逃走。村里的土路四通八达，我们看见了他，也不一定能追上他。周围的苞米地一眼望不到边，人钻进去，警犬都不一定能找到。

瓜哥和我一起重新对三间房镇周围的厂子进行走访调查，这一调查才知道，只要是建在三间房镇的厂子都曾经被王宝光顾过，少则一两次，多则十几次。而且并不是所有的厂子都像我们刚开始遇到的那个厂子那么大度，有的厂子对王宝恨之入骨，特别是养了条狼狗的那个厂子。王宝曾经从厂里偷走了一卷电线，这卷电线是焊枪的电线，钢管太长没法推进车间，所以只好用电线把焊枪拉出来焊接。那次王宝偷走一卷电线，差点让厂子第二天开不了工。

钢管厂的厂长和我们说，他当时就想把王宝抓起来送到派出所，可是厂子里的工人都是镇上的,只要他们不愿意帮忙,他根本不知道去哪儿抓王宝。没办法,他只好养了一条狼狗,每天晚上解开绳子,等王宝再来偷东西,咬他一口解恨,谁知道王宝再也不来了。

"你厂里的人还挺团结,不愿意帮忙抓自己村的人?"瓜哥问。

"团结什么团结,他们不想白帮忙,说给钱才帮忙抓王宝。"厂长气呼呼地说。

"给钱?他们要多少钱?"瓜哥眼珠一转,显然是又想出了主意。

"要一千块钱。他们一个月工资才八百,抓一个小偷,就问我要一千块钱,我才不给呢。"

"谁能抓住王宝,你把他喊来,我想和他谈谈。"

厂长带了一个人来,这个人一看就和厂里的其他全身脏兮兮的工人不一样,他在衣服外套了一个围裙干活儿,头发梳得油亮。我看到他手是湿的,来之前他应该先去洗了个手,是一个很体面的人。

"你能抓住王宝?"瓜哥开门见山地问。

"你们是警察吧,要抓王宝吗?"这个人没回答,先反问我们。

"对,我们是警察,要抓他,但是王宝不好抓,你能帮忙吗?"

"我不能白帮忙。"

"行,我们知道,你们厂长已经和我们说了。要一千块钱是吧?没问题。"

"那好,你把电话告诉我,到时候我给你打电话。"

瓜哥把电话写在纸上,这个人拿着纸条走了。我们问他什么时候能抓住王宝,他说不一定,但是如果看到王宝,他肯定能紧紧地跟住,到时候就通知我们。

"这个王八羔子,掉钱眼里了,帮警察抓人还敢要钱。"厂长送我们离开的时候骂骂咧咧地说道。

我们把三间房镇的厂子全都走访了一遍,除去损失不计的那种财物,经过统计，价值五百块钱以上的盗窃，王宝一共干了三十一起，其中最严重的是偷了一台电机，价值五千多块钱。丢电机的厂子说，这种电机被他偷走后，只能把里面的铜线抽出来卖钱，顶多能卖三百，可是买一台电机就得五千块钱，里面的铜线被抽走，基本就报废了。

我用了三天把这些案件整理出来，核算损失，有些东西没办法估值，比如合钢线圈，里面一层铜，外面一层铁，只能按照比例差不多核算一下，最后统计出来总价值接近十万块钱。对于这个数值，我也有些惊讶，真是积少成多，看似一次次盗窃的东西价值不高，可是一点点累积起来却变成了这样的一个数字。不过这是按照损失价值算的，王宝偷的这些东西估计连一万块钱都卖不上。

大约过了一个星期，这天赶上我值班，送走了早市为了争夺摊位打起来的两个商户，那两个摊贩为了摊位问题打起来了，只要出现殴打，事情起因就不重要了，而且只要双方都动手了，那么谁先动的手都不是衡量标准，双方都被认定违法，一般处以治安拘留三天；如果两人相互谅解，做一份调解协议也可以了结。

这种情况也不算正当防卫，因为在正当防卫的规定内，你还手的强度要低于对方对你造成伤害的程度，如果对方徒手殴打你，你还手就是相互殴打。如果对方用棍子，你徒手才有可能认定是正当防卫；如果对方对你造成生命威胁了，这时你反击将他打伤甚至打死都是正当防卫。

这个规定是考虑到为了防止有人借正当防卫来实施犯罪，所以正当防卫的强度必须低于犯罪行为。

这时，瓜哥急匆匆地从楼上跑下来，告诉我说那个村里人发现王宝了，他现在就去抓。我急忙跟出去喊，让他慢点开，可还没等我说完，瓜哥的车子就已经发动起来了，一下子冲了出去。

下午四点，瓜哥回来了，他把王宝抓了回来。王宝是一个看上去十七八岁的小胖子，黑乎乎的，被瓜哥几乎是夹在胳膊下面带了进来。王宝在村里被人发现后，这个人一直跟着他，最后看到王宝进了一个网吧，这才打电话通知瓜哥。这个网吧离三间房镇五六公里远，自从王峰被抓后，王宝再也没去过三间房镇的网吧。

我把王宝带进审讯室，王宝战战兢兢的。我看他的手一直在哆嗦，显得很害怕。

"你到底叫什么名？我怎么在公安网上查不到你的信息？"我开始问王宝。

"我叫王宝。"

"我告诉你，王宝，你到了这里就别胡说八道了，说谎可没好果子吃。你还是老老实实地讲，到底叫什么名？"

"我……我就叫王宝，我……我没有户口，我是黑户，所以你们查不到我。"

像王宝这样的黑户有很多，很多人在生孩子之后不给孩子上户口，等孩子到上学的年龄，由于种种原因没有补办户口，这样这个人就成了黑户。对于黑户没有处罚，如果黑户违法犯罪了就会按照他的自报姓名加上一个数字代号作为他的身份进行登记处理。在第七次人口普查之后，对于黑户只要能提供亲戚和街道社区的证明材料都可以补落户口。

原来如此，我恍然大悟。王宝父亲去世后，母亲就改嫁了，他一直和爷爷一起生活，估计根本没人管他上没上户口的事。现在爷爷也去世了，王宝连个亲人都没有，即使想落户口都落不了。我忽然觉得王宝挺可怜，他没有户口，估计学都没法念。而且王宝进了审讯室之后，眼睛都没敢看其他地方，一直低着头望着地板，就好像犯了错的小孩被罚站一样。

"你自己先把你做的那些事讲讲吧。"我一边说一边开始记录。

"我说，我什么都说。"

王宝交代得很好，对自己曾经做的事基本没有隐瞒，除了有些他想不起来了，在我的提醒下，他几乎把我们查到的案子都交代清楚了。而通过他的叙述,我也一点点了解了这个十八岁的嫌疑犯。

王宝记不清自己是从什么时候开始偷东西的,刚开始偷的时候经常会被抓住,但常常就是挨一顿骂,严重的时候会被打几下,王宝也不在乎。后来王宝学会了上网,上网需要钱,王宝从那个时候开始把偷窃的重点放到钱上。其实王宝偷东西的范围仅限于村子里,很少去村外,他自己也不敢去其他地方偷。村子里还有几个和王宝一样整天无所事事的人,其中一个就是王峰。王宝和王峰从小就认识,后来两个人是在网吧熟悉的。王峰平时不在村里,手里经常有钱,王宝便问他怎么能弄到钱。问了几次后,王峰说带王宝去见识见识,这是王宝真正意义上的第一次出去偷东西。

王峰所谓的见识就是半夜带着王宝去厂子,这些厂子围墙不高,一翻就能进去。第一次王峰偷出了几根铜管,两个人卖了二十块钱。这次盗窃让王宝好似打开了新世界的大门,他发现自己之前在村子里偷鸡摸狗简直太幼稚了。从这以后,王宝就和王峰在一起,有时候王峰不在,王宝就自己去偷。他偷的东西也不多,就是几根钢管之类的,卖个几十块钱够吃饭上网就满足了。至于偷电机是王峰告诉他里面有铜线,那玩意值钱,王宝才和王峰一起把电机搬出来,那次铜线卖了一百块钱。

后来王峰身边又多了几个人,他们不再限于偷钢管,而是什么都偷,也不仅限于去厂子里,还去别的地方,看到什么偷什么。后来,王峰提出要去抢劫。起初王宝不敢去,后来怕这些人会不带着自己玩儿,没办法,只好跟着去。当时王峰把车停在路边,让另外一个人和王宝下去抢包。王宝下车了,但是没敢动手,是另外一个人一脚将女人踢倒,王宝才敢上前抢包。

我问王宝:你偷东西只是为了上网吃饭,为什么还要跟着他们去干那些事情?王宝没回答,先问我他会被判几年。我说:与其你在外面天天饥一顿饱一顿,还不如进监狱,一方面惩戒你的犯罪行为,一方面也不用愁吃饭了。

王宝说他偷东西也不全是为了上网，王宝在爷爷去世后没有亲人，全靠村里人接济一口饭。他们村里还有一个小孩，比王宝大一点，叫石头。石头也没有父母，和爷爷住在一起。两个相同家庭环境的人相互间感觉格外亲近，后来王宝就去石头家住，石头的爷爷也没把王宝当外人，这一住就一直住到王宝长大。

　　后来石头出事了，王宝也不知道到底是什么事，反正被抓起来了，还被判刑了，三年半。因为这件事，石头的爷爷一下子病倒了。王宝天天照顾石头的爷爷，给他买药、做饭。可是王宝既不会摆弄果园子，也不会种菜，邻居有时候来搭把手也是杯水车薪，没办法，王宝便开始出去偷东西。偷来的东西卖钱，拿到钱之后先买吃的、用的送给石头的爷爷，剩下的自己上网玩。说到这儿的时候，王宝哭了。他说不知道自己被关监狱了，石头的爷爷怎么办。

　　王宝说的话很真诚，在我看来，他只是一个孩子，一个没受过教育、不知道是非观念的孩子。他作过恶，偷过东西，但他也作过善，照顾石头的爷爷。他真的什么都不懂，还问我能不能给村里的三姑打个电话。三姑是个好人，平时也经常帮忙照顾石头的爷爷。我问他："三姑是你的亲人吗？"王宝说不是，只是村里的人都叫她三姑。

　　我把王宝带上警车，准备送到看守所的时候，已经是第二天过中午了。王宝问我现在进了看守所还能有午饭吗。我给他买了两个面包。王宝又说他想吃根火腿肠。我给他买了根盐水肉肠，他一边道谢，一边拿着东西往嘴里塞。看着他狼吞虎咽的样子，我忽然觉得他挺可怜的，事后证明我的感觉没错。

　　一个月后要对王宝进行逮捕了，我去看守所提审，看到王宝我吓了一跳，他整个人瘦了一圈，王宝看到我，一下子哭了出来，他说他想认一个杀人罪。我问为什么，他说他不想活了，他在监室里受欺负，同监室的人天天让他站岗，晚上不仅没饭吃，这帮人还经常打他。由于他没有钱，监室里什么东西都不给他用,连上厕所的手纸都没有。王宝的哭声很大,以至于看守所的人过来视察了好几遍。王宝那种崩溃式的哭,我至今记忆犹新。我问他这种事没和管教说吗。王宝告诉我,说了,管教也管,可是管教不能一直都在监室,只要一不在,其他人就变本加厉地欺负他,以至于后来他根本不敢和管教说。

又隔了一个月,在起诉前我又去对他进行提审,这次王宝又变了个模样,依旧消瘦,但是见到我的时候没有哭。我问他现在怎么样,他淡然地告诉我,还是受欺负,不过比起刚开始好一些。临走前,王宝问我石头的爷爷怎么样了,我说村委会有人时常去看望。王宝又问我有没有烟,我记得他不会抽烟。王宝告诉我,藏几根烟进去分给别人,别人能对他好一点。说话的时候,我从他的眼里看出了一丝狡黠。

王宝的行为看似很轻,但量刑却很重,他的行为已经构成了连续盗窃,即使每次数额不大,但是多次盗窃后案件性质构成了刑事犯罪,而他下车帮忙抢包的行为构成了抢劫罪的同案犯,数罪并罚他最高可能被判处十年以上有期徒刑。但由于他认罪态度较好,最后被判了七年。

这对我们来说只是工作中遇到的一个案子,但对王宝来说却是他人生的转折。王宝犯过错,对他的惩罚也很客观,但我并不感觉作为嫌疑犯的王宝是一个坏人,我甚至觉得他有点可怜。如果他有父母或者哪怕一个亲人,王宝也许都不会走到这条犯罪的路上。现在已经晚了,我只能期望他在监狱里好好改造,知晓善恶,但不知道他会变成一个好人,还是一个坏人?

也许王宝想做一个好人,但是以前他为了活下去没的选。在服完刑之后,他可以选择做一个好人,但不知道他会不会选这条路。

06 粉色手机案：来自死者的礼物

有时候，犯罪的人不一定是坏人；同样，被侵犯的人也不一定就是好人。那一年夏天，我们抓获潜逃八年的嫌疑犯，这起案件也是发生在那个夏天。

抓捕到潜逃多年的嫌疑犯让我对案件侦办又有了更深的理解：所有的线索和机会都来自看似与案件没有联系的细节。之前我在侦办案件时按着固定的模式思考，机械化地办理，从侦查到抓人，再到逮捕起诉，从来没有去注意案件背后的故事，而往往这些故事才是一起案件发生的根源。

　　你对案件深入地进行剖析之后，会发现有些事情并不像被害人说的那样，也不像嫌疑犯说的那样，真相往往掩藏在更深的地方。之前我们对真相的发掘仅仅是为了达到惩戒犯罪的目的，但现在我知道，对真相的发掘是对案件的一份责任，也是让自己知道在侦办的每一起案件中，正义的天平究竟该倒向哪一边。

　　有时候，犯罪的人不一定是坏人；同样，被侵犯的人也不一定就是好人。那一年夏天，我们抓获潜逃八年的嫌疑犯，这起案件也是发生在那个夏天。

　　那天我睡得比较晚，感觉自己还没睡着就接到了电话。分局值班室告诉我发案子了，在火车站附近。我走出家门的时候看了一眼表，凌晨三点。这时候是城市最安静的时刻，大街上空荡荡的，连出租车司机都找地方休息了，沿途大街上的霓虹灯也熄灭了，偶尔能看到高楼里零星亮着灯的房间，路灯孤单地发出暗淡的光。大街上的昏暗令人恍惚，一阵风吹过去，好似熟睡的人发出的深沉的呼吸声。

我到现场的时候，远远地就看到了警车，红蓝闪烁的警灯在漆黑的小巷里格外刺眼。我看到两个警察正在拉警戒带，正好其中一个我认识。

"发生什么事了？"我问。

"有个人被捅了，被一个环卫工发现，并打电话报警，刚才救护车把人拉走了。"

"人怎么样了？"这是我最关心的事，被捅这种伤害最容易发生意料之外的状况，有时候一刀就能致命，而有时候十几刀都没能伤到要害。

"你看看吧。"值班民警拿着一支强光手电朝警戒带围绕的中心位置照了下。我看到地面上有一大摊血，这摊血要是装到盆里，足足能装满一个脸盆。这摊血还有一个延伸的方向，顺着血迹看去，前面还有一摊血。

"他应该是在前面被捅的，然后往前走了几步才倒在现在这个地方。"值班民警是第一个到达现场的，他在人倒下的位置上插了一个标记；而他指着的前面的那个地方是一栋老式居民楼的单元门口，我能在楼道的大门上看到喷溅的血迹。虽然夜里比较黑，看不太清楚，但是门上和墙上黑压压的一片，足以证明这人当时被捅在了要害部位。

"你到的时候，人还活着吗？"我问。

值班民警摇了摇头。

我赶到医院的时候，黄哥已经到了。我们看到了被害人，大夫已经换成我们局里的法医了。法医正在做检查，被害人身上只有两处刀伤，两个创口仅仅有手指那么宽，推断凶器应该是水果刀之类的东西。

一般刀在刺进人的身体之后，造成的创口会与刀面一样宽，但是刀拔出后，创口会收缩自愈，所以在将被害人的身体擦拭干净之后，不仔细看几乎发现不了他身上的两个刀口，看上去就像是被擦破了皮一样。但就是这两个不起眼的伤口要了他的命，被害人被送到医院的时候，血几乎流尽了。法医初步判断，这两刀分别捅在胸腔和心脏大动脉处，造成被害人很快毙命。

被害人的身份很快通过他身上带着的银行卡核实出来了，他是一名国企员工，今年四十一岁，身上还有一个钱包，经过核实也是他的，只不过里面的钱没了。在他的裤兜里有一部三星手机，也是被害人平时使用的。

黄哥让我先联系被害人的家属。这个人的死因基本清楚了，要出报告书的话还需要做尸体解剖，这得有家属的签字。而且我们还得找家属了解一下情况，这个人怎么会在大半夜出现在火车站附近？

我通过户籍系统查到被害人妻子的电话，打了过去。

"你好，请问是宋莉吗？张广夫是你的丈夫是吧？"

"对，你是哪位？"

"我是公安局的，你丈夫现在在医院，请你赶快过来一下。"

"好，我知道了，哪个医院？"

这个女人给我的感觉不太对劲，正常来说，丈夫一夜没回家，她心中应该是很焦急的，可是这个女人在电话里表现得很平静。即使我告诉她她丈夫现在在医院，她也仅仅是回答"知道了"，甚至都没问我因为什么事在医院。我决定先问问这个女人。

没到半小时，她就到医院了，她穿了一双便鞋，披了一件外套，一看就是匆忙赶来的。从露在外面细细的手腕来看，这个女人很瘦弱，但是她的表情依旧很平淡，见到我才问：

"张广夫怎么了？"

"我们昨晚接到报警，发现有人被捅了，现在经核实这个人就是张广夫。我们现在准备对他的尸体进行解剖来确认死因，这需要家属签字。"

我回身把放在身边需要签字的材料拿出来准备递过去，就在我回头的一瞬间，这个女人扑通一声直挺挺地倒在了地上，晕过去了。我急忙喊大夫把她送进了急诊救护室。宋队这时赶了过来，看到躺在急诊室的被害人遗孀，对我一顿埋怨。

"怎么不注意工作方式呢？这种事情，一般家属都接受不了，通知的时候要注意分寸，你怎么就直接大大咧咧地告诉她了，以前的活儿都白干了啊？"

正常来说，通知家属是一个很需要注意的事情，可是宋莉的表现让我觉得她好像能承受得了这种现实。她从得知张广夫在医院之后就没表现出一丝顾虑和焦急，而且到医院后也是一副无所谓的样子，我甚至一度怀疑他俩是不是已经离婚了。谁知道这个女的实际接受能力这么差，竟然一下子晕过去了。

"那现在怎么办？她也昏过去了，总不能没有家属吧，我再通知一个？"

"还通知什么？赶紧把她先照顾好。"

"给我看看家属还有谁。"黄哥把张广夫的单子拿过去一看，除了妻子宋莉之外，就只有他的岳父和岳母了，两个六十多岁的老人。

黄哥又将单子塞给我，说："别通知了，别再把老人吓昏过去，咱还是在这儿等着她醒过来吧。"

我就像家属一样在急诊室的病床边待着。不过好在宋莉的情况并不严重，只是受到惊吓，加上她身体比较虚弱，支撑不住才倒下去，过了十几分钟就缓过来了。

宋莉醒过来，看到我在旁边，突然伸手一把拉住我的衣服，也不顾鼻子里还插着氧气管，一下子坐起来，拼命地冲着我一边大声喊一边哭道：

"张广夫怎么了？怎么了？他到底怎么了？"

"你先冷静，冷静一下，你丈夫被害了，具体什么原因我们正在调查，你先冷静下。"我一边劝慰，一边用手压着她，怕她起来再晕倒。

女人脸上所有的器官都扭曲在一起，拽起盖在她身上的被子按在自己的脸上，开始放声地哭泣。现在我才知道，这个女人对丈夫有很深的感情，刚才来到医院的反应也许是两个人刚吵过架。我怕她再一激动晕过去，急忙喊大夫。来了一个护士告诉我，她大声地哭出来可缓解压力，不至于再晕过去。就这样，她一直哭了五六分钟，才慢慢缓了过来。

"张广夫现在在哪儿？是死是活我都要看一看。"宋莉一边说，一边开始慢慢下地。

"好，我们带你去，但现在是在医院，你得控制下自己。"

"好，好。"

我本想扶着宋莉，但她没我想象的那么柔弱。她虽然走起路来脚步有些踉跄，加上她瘦弱的体形看上去好像来一股风就能把她吹倒一般，但她一直坚持自己走到地下的停尸间。正常来说，现在医院已经不存放尸体了，有去世的人一般直接拉到殡仪馆，但是我们需要给张广夫进行解剖，必须要得到家属的签字，所以没法把张广夫的尸体一直放在手术室，便转到了地下的停尸间。

宋莉看到张广夫的尸体后又是一顿大哭，我在旁边看着都有些心酸。不过宋莉是个明白事理的人，我向她解释需要将尸体解剖弄清死因后，她立刻就同意了。在我接触的一些死因不明的案件中，不少家属坚决不同意解剖，给我们办案带来了很大的困难。一般出现这种情况，我们还是以家属的意愿为主。

宋莉在看过丈夫的遗容之后慢慢接受了这个现实，心里虽然依旧悲痛，但是可以进行一些思考了。我看她情绪差不多了，便开始询问张广夫的情况。作为张广夫最亲近的人，她的丈夫为什么会出现在火车站附近，为什么会被人捅了致命一刀，她应该能提供最关键的信息。

"你能帮助我们提供一些张广夫昨晚活动的信息吗？"黄哥问得很委婉。

宋莉开始慢慢回忆，她告诉我们：张广夫昨天晚上是在家吃的饭，后来接到朋友的电话，邀请他参加一个饭局。张广夫是个不爱拒绝的人。他不是本地人，在这个城市朋友不多，所以一般别人喊他吃饭的时候，他都会去。宋莉对此也习以为常。张广夫是昨天晚上八点多离开家的，之后在九点半的时候,张广夫给宋莉发了条短信,说要和朋友们换个地方继续喝点。晚上十一点的时候,宋莉给张广夫打电话,可是他没接。之后宋莉就睡了,一觉到天亮后接到我的电话。

我拿着本子画了一张时间线,十一点宋莉给张广夫打电话的时候他就没接,这是个很重要的细节,很可能张广夫这时候就已经遇害了。可是我们接到的报警电话是凌晨两点四十五分,这中间发生了什么?虽然我们发现张广夫的地点是在一条胡同小道里,但是这条小路在火车站附近,即使是半夜也会不时有人经过,如果张广夫在这儿被害的话,不会这么晚才被人发现。

张广夫被害后,钱包在旁边找到了,里面的钱是没了,但是手机还在裤兜里。真是有人图财害命的话,不至于只将钱包里的那点钱拿走,稍微一搜就能发现手机,只将钱拿走更像是做一个抢劫的假象,之前我也遇到过这类案子。

宋莉说一会儿,哭一会儿,她昨晚没和张广夫在一起,能提供的信息有限。黄哥看到宋莉的精神状态不好,怕她再激动,就没继续询问。刚才从宋莉这里得知了昨晚张广夫活动的时间线,对于接下来的侦查工作有很大的帮助,我们需要向宋队汇报,然后大家伙开个会讨论。于是,我和黄哥先离开了医院。

我赶回大队的时候,大家基本都回来了,不过一个个表情都很凝重。到开会时,大家分别汇报,我才知道原来大家忙了一个早上,一点线索也没有。狐狸哥沿着周围找监控录像,虽然在案发现场周围发现了十几处摄像头,可是这些监控不是只对着自己家门口,就是有故障不好用。唯独一个好用的,却为了延长视频保存时间,被人改成了低清晰度,半夜的视频,连里面的影子是车是人都分不清。其他人对周围的店铺进行走访,更是没有发现任何有价值的线索。看来只有我和黄哥从宋莉这儿得到的信息还有点用。

时间线拿出来摆在桌上,所有人都对张广夫十一点没接电话这个关键点产生了疑惑。这样的话,张广夫被害的时间甚至是地点就不确定了。今天早上,其他人对周围商铺的店主进行询问,这些人都声称昨晚没有听到任何动静。张广夫很可能不是在这里遇害的。

　　"张广夫在九点半给宋莉发短信,说换一个地方喝酒,有没有说去哪儿?"宋队问。

　　"没有,宋莉从来也不问张广夫去哪儿。"

　　"接下来得将与张广夫一起喝酒的人找到,确认张广夫的活动轨迹。"

　　"宋莉将她知道的张广夫的朋友的名字都写在纸上了。"我说着将纸递了过去。宋莉与张广夫是大学同学,毕业后过了好几年才走到一起结的婚。张广夫认识的朋友宋莉都见过,不过张广夫的朋友不多,宋莉一张纸上只写出了六个人。这六个人是我们查出张广夫遇害地点的关键。

　　宋队将这六个人的名单分成三组,我和黄哥负责找其中的两个人。我用我们的系统查了下,这两个人一个是张广夫的单位同事,另外一个是开手机店的。宋莉告诉我,张广夫经常去这家手机店买手机和修手机,一来二去两人就熟悉了,两人在一起喝过很多次酒。

　　我和黄哥首先来到手机店,这家店开在火车站附近的一家电子城里,一个留着长头发的男人正在摊位上招呼往来的客人。我走到他的柜台前,亮了下证件。

　　"有点事想问问你。"

　　"好说,好说,什么事?"这个人对我们很客气,也很热情。

　　"你认识张广夫吧?"

　　"张广夫是谁?"这人听完名字愣了一下。

　　"你看看这张照片,认不认识里面的人?"我又把提前准备好的照片拿了出来。

　　"他啊,认识,认识,但我不知道他叫张广夫。他经常来我这儿买手机,怎么了，你们找他？前不久他才刚来过的。"

"对啊，张广夫昨晚遇害了，我们正在调查，想问问你最近和他有没有联系。"

"什么？！遇害了？怎么遇害了？"这人瞪大了眼睛看着我们，一副惊讶的样子。黄哥在一旁一直盯着他，观察他的反应。他这副表情不像是故意装出来的。这个人开了一家手机店，在这繁华的地方开这么一间店铺，收入应该不错，不至于和张广夫遇害这个事有什么牵连。虽然他吃惊的表情着实有些夸张，但我和黄哥都没在意。

"据我们了解，张广夫昨晚和朋友一起吃饭了，你知不知道这个事？"

"哎呀，我哪能知道这些事？我是卖手机的，他是买手机的，我俩也没熟悉到那个地步啊，他和朋友吃饭关我什么事？"

"你没和张广夫一起吃过饭？"黄哥在一旁忽然问道，这个人急于和张广夫撇清关系的言语引起了黄哥的注意。宋莉给我们的名单都是和张广夫关系不错的人，但是这个人的言语里表现出来他和张广夫的关系相当一般，这个情况有点不对劲。

"吃过，饭是吃过的，他在我这儿买手机，我给他便宜一些，然后他请我吃个饭，认识一下很正常啊。我这个人不好意思欠别人人情，完事我再请他一顿也很正常啊。就吃过几次饭而已，没那么熟。"

"我听张广夫的妻子说，他经常来找你摆弄手机，你们应该很熟啊。"

"嗨，我就是干这行的，一天到晚来找我摆弄手机的人多了去了，我还能和每一个都很熟吗？他对我来说就是普通的顾客而已，真没什么其他的关系。"

"好了，好了，我们不管你和他关系到底怎么样，你昨晚见没见过张广夫？"黄哥直接问最关键的问题。

"没见过，昨晚肯定没见过。我们最近一次见面是四天前，我这儿有监控，看得清清楚楚。"这人一边说，一边指着柜台上面的监控摄像头。

"那你知不知道张广夫昨晚和谁一起吃的饭？"

"不知道，我都不知道他昨晚和别人一起吃饭，我对天发誓。"这人一边说，一边举起一只手。

"好了，你把你电话号码写下来，再有什么事情我们给你打电话。"黄哥拿出一张纸，把这个人的电话号码留了下来。

"对了，"我和黄哥正准备离开，黄哥忽然停下来又转身问道，"张广夫经常来找你摆弄手机？他手机换得挺频繁吗？"

"有时候是来换，有时候是来买手机配件、贴个膜什么的，还有的时候是带着同事来，这个我也没注意。再说了，人家换得频不频繁和咱也没关系，我管那闲事干吗啊，你说对不？"

"这个最新的三星手机多少钱？"黄哥指着柜台上摆在最显眼位置的一部三星手机问。

"五千五。啊不，五千四，你要是买，我再给你便宜点，进货价。"

往外走的时候，我总觉得有些别扭，但是又说不出来，就好像是嗓子里有东西却咳不出来的那种感觉。我把自己的感觉和黄哥说了。黄哥告诉我，和这群人接触有这种感觉是正常的。卖手机这个行当的人比较复杂，每一个人多多少少都会有点不清不白的事，所以我们来找他的时候，不管他与张广夫究竟熟不熟，他都不会和我们说实话，生怕有什么事牵连到自己。过段时间等他自己打听清楚了，确认咱们来找他就是为了张广夫遇害的事，到时候再来问他才能有效果。

我和黄哥又去了张广夫的单位特种制钢厂。张广夫大学学的并不是这个专业，结婚后他来到这座城市才进了这个厂子，现在还是管理岗位的一个小领导。我们问的这个人是他在厂子里最好的朋友。这个人瘦高个，戴副眼镜，文质彬彬的。

"张广夫出事了，你知不知道？"我问。

"我听说了，被人捅了两刀，在火车站附近发现的尸体。"

"你怎么知道的？"我有点吃惊，现在才下午，距离最早估算的案发时间也才十几个小时，怎么张广夫厂子的人就知道这件事了？

"之前有公安局的警察来过我们厂子，问了一些问题。"

哦，我这才知道，原来是其他组的人来过厂子了。宋莉一共给了我们六个人的名单，里面有四个都是特种制钢厂的。其他组的一来，整个厂子的人相互一传就都知道了。

"据我们所知，张广夫昨晚和朋友一起喝酒了，你昨晚和他在一起吗？"

"没有，我昨晚下班后一直在家。"

"是这样的，我们只是想通过你了解一下他在哪里喝的酒，并没有追责同桌人的意思，你别多想。"黄哥在一旁安慰地说道。

"我真不知道，我和张广夫很少在一起喝酒。"

"那你能不能告诉我们昨晚张广夫是和谁在一起喝酒的？"

"我不知道。"

"张广夫在这里的朋友并不多，我们翻来覆去找了六个和他最亲近的，其中四个都是你们制钢厂的，就一个饭碗这么大的圈子，怎么昨晚他和谁吃的饭你还能不知道？"黄哥说着用手比量了一个饭碗大小的圆形。

"我真不知道，张广夫和王宇关系最好，你们可以去问问他。"

无论我们怎么问，问什么问题，这个人一概就是不知道。这位眼镜兄的嘴就像抹了固体胶似的，只会动，就是不出声。最后黄哥和他开了个玩笑，问了句他媳妇叫什么，结果他条件反射似的回复一句"不知道"，现场气氛一度非常尴尬。

走出厂子时，我看黄哥深深叹了一口气。真是世态炎凉、人心不古，人在的时候相互称兄道弟，真出了事，一个个像避瘟神似的躲得远远的。这一趟下来，别说线索了，连个有价值的信息都没有。对于这种事情，我们见得多了，每个人都有自己的价值观，正所谓日久见人心。我的情绪也有些低落，忙活了一天，毫无头绪。

对于一桩命案来说，案发后的黄金四十八小时非常重要。过了这个时间段，即使能摸出线索发现真凶，之后的抓捕难度也会变大。这段时间可以让一个犯罪分子做好充足的准备，然后找一个不被我们注意的地方躲藏起来。所谓"兵贵神速"就是这个意思，凡事一拖下去就容易出现变数。

回到大队的时候，天已经黑了，我们队里人又坐在一起开了案情研讨会，把下午工作的情况相互通个气，大家都好掌握一下。本来我以为我们找的这两个人是张广夫最不靠谱的朋友，结果听了大家伙的汇报，我才发现，张广夫身边这几个朋友都不怎么样，几乎每个人都对他闭口不谈或者是一问三不知，六个人里没有一个承认自己昨晚和张广夫吃过饭。更让我们郁闷的是，六个人里甚至没人知道张广夫昨晚和谁一起吃的饭。这个问题就有点奇怪了。

"他们难道有什么顾虑吗？"宋队问。

"不应该啊，我们从工厂侧面打听了一下张广夫这个人，大家对他的评价还不错。"负责找另外一组人谈话的同事说。

"不应该啊，宋莉提供的这六个人应该是张广夫最好的朋友，对他最了解，而且张广夫的圈子很小，按宋莉的意思，吃饭肯定离不开这六个人其中之一。"宋队也开始有些疑惑了。

"有一个人没找到，他叫王宇，今天没来上班，打电话也是关机。"狐狸哥说。

"我们找的一个人说王宇和张广夫关系最好。"黄哥想起了戴眼镜的那个人说的话。

"这样，明天必须把王宇找到。另外你们明天再找宋莉好好了解下情况，看看能不能挖掘出来什么其他线索。今天技术中队把附近能拷的监控全拷贝下来了。我粗略算了算，按照十一点为案发时间计算的话，监控视频加起来能有八九个小时，咱们今晚分工，必须把录像全仔细看一遍。"

这天晚上我看了八小时的监控录像,这些视频大多都是私人安装的摄像头拍摄的,清晰度极差,而且你快进的话还会跳帧,最快只能以两倍速播放。我从吃完晚饭开始看,一直看到半夜,眼睛看到最后看什么东西都能冒出星星,可还是没有任何发现。

第二天我和黄哥继续做宋莉的工作。宋莉来的时候两眼乌黑,一看就是一晚上没睡,状态和我们差不多。宋莉问我们查没查出来是谁害了张广夫,黄哥摇了摇头。宋莉顿时又开始哭,吓得我怕她晕倒,都做好随时掐她人中的准备了。宋莉又回忆了一下,依旧不能提供什么有价值的信息。张广夫平时出去喝酒应酬很少带宋莉。宋莉除了知道张广夫身边这六个关系不错的人之外,对张广夫其他的人际关系没有任何接触和了解。张广夫作为制钢厂的一个小领导,出去喝酒是常事,宋莉平时也不多问。

我们和宋莉聊了一个多小时,宋莉把她能想到的和张广夫有关系的人全回忆了一遍,最后她把手机拿出来,一边翻通信录,一边回忆。

"宋莉,你这手机是什么时候买的?"黄哥忽然问,我这才注意到宋莉用的是一部粉色的三星手机。

"去年买的啊,怎么了?"

"张广夫用的是什么手机?"

"和我一样也是三星的啊,不过比我这款好一点。"

"他的手机是什么时候买的?"

"记不住了,用了挺长时间了。"

黄哥这时候站起来,推门走了出去。我知道他肯定发现了问题,急忙跟着出去。黄哥转到另外一个屋,给我们一开始找的那个卖手机的人打电话。

"是我,公安局的,昨天找过你。"

"你说张广夫前不久来你那里,他是买手机吗?"

"他买的什么手机?

"好,这样吧,你过来一趟,我们还有些事要问问你,你最好快点。"

黄哥挂了电话。我看到他的眉头紧了一下,然后随着他深吸一口气又松开,好像抓住了关键问题。

"张广夫前几天在手机店里买了一部三星手机,还是个最新款的。"

"然后呢?"

"张广夫用的是三星,但一看就是旧的,宋莉用的也是三星,但买了很长时间,你说张广夫新买的三星手机哪儿去了?"

"给别人送礼了?"

"等卖手机的那个人来了,咱好好问问他。宋莉的手机用了都一年多了也没换,张广夫的手机也不是新的,他没事总往手机店跑干吗?"

过了不到二十分钟,卖手机的人来了。我把他带到了旁边的一间办公室。和之前见面时的态度不同,他进来之后先毕恭毕敬地给我们敬烟。我不抽烟,回绝了。黄哥刚接过来一根,他这边立刻掏出打火机给点上了。

"两位警官,之前实在不好意思,你也知道我开这个店不容易,整天都是怕出事,你们昨天来把我吓得够呛,以为是我这儿出什么问题了,所以配合得不好,二位多多担待,多多担待。"

"你开个手机店能出什么事?来,来,你先坐下自己说说,你怕出什么事?"黄哥用手指了下墙边的沙发示意他坐下。不过他没敢坐,依旧站着。

黄哥来了不问张广夫的事,而是突然转移话题问起手机店,是因为看到这个人今天的态度大变,肯定是他昨天已经打听清楚我们找他究竟要干什么了。黄哥早看出了他这点心思,之所以不问张广夫被害的事,而是问其他事,就是想给他个下马威。他打听清楚、做好准备才来公安局,我们岂能让他牵着走!要是让他在公安局想说什么就说什么,那么对于我们的案子他再继续胡说八道怎么办?不把他弄老实,我们接下来问话就麻烦。

早些年没成立重案队的时候,黄哥管过一段时间特殊行业,对付这种人有的是办法。其实我们并不在乎他的手机店能出什么违法的事，顶多就是卖个水货手机，把旧机翻新当新机卖，就是用这个吓唬吓唬他罢了。

"这个……警官，你看，你们这次想了解什么就问我，我肯定知道什么说什么。我来之前给朋友打电话了，他在电话里给我好一顿训，让我来给二位好好道个歉，表个态。张广夫的事，我肯定能讲清楚。"

黄哥看他这副模样，也不打算再继续为难他，便开始正常问话：

"张广夫经常去你的店里干什么？"

"摆弄手机啊。"

"说详细点，什么叫摆弄手机？"

"哦，就是换手机、给手机贴膜、下载音乐什么的。"

"他手机换得频繁吗？为什么总去你店里买手机？"

"嘿嘿，这个不瞒你说，我这个店新手机、旧手机掺着卖。张广夫来，专门买便宜的旧手机，就是翻新的那种，和新的一样，一般人根本看不出来。"

"你这新旧手机掺着卖属于欺诈，你知不知道？"我在一旁问。

我只是吓唬他，其实旧手机翻新还不构成犯罪，《刑法》中的销售伪劣商品是指掺假、以假充真、以次充好，而且销售金额要达到二十万元以上才能到犯罪标准。旧手机翻新售卖没有达到这类犯罪标准，卖手机的小店铺连发票都没有，更别提去认证二十万元的销售额了。一般这种情况都是由工商部门接到举报查证后对商铺按照《消费者权益保护法》进行处罚。

"哎呀，现在手机这行不好干，价格几乎都透明了，我们开店的不这么做，哪有什么利润？一部翻新的手机也就赚个几百块钱，还不够一个月的摊位钱。有时候朋友来了再便宜点，都快赔钱卖了，我这个店……"

"好了，好了，你别讲这些了，张广夫在你这儿买那么多手机干什么？"

"这个我真不知道，我没问过他，可能是卖给别人吧。一部翻新机便宜个五六百，卖出去还有赚。"

"他有工作，平时天天上班，哪有时间卖手机？"

"哦，对了，他之前也买手机送人。有次他来要买个粉色的，我这儿没有货，我问他别的色不行吗，都是一样的东西。他说不行，女孩就喜欢粉色。后来还是我从别的店串的货，他还让我帮忙给弄个礼盒包装。"

"这是什么时候的事？"

"不长，一个月前吧。"

我和黄哥对视一眼。宋莉的手机都用一年多了，一个月前张广夫买这部粉色的三星手机肯定不是给宋莉的。

"他买的手机送给谁了？"

"嗨，这事我可真不知道。我就是卖手机，问那些事干啥啊？"

"你说张广夫他自己用的三星手机也是在你这儿买的？"我问道。

"对啊，两部都是在我这儿买的。"

我和黄哥心中好似拨开云雾，顿时眼前一亮。张广夫有两部三星手机！现场只发现了张广夫的一部三星手机，却再没有其他手机，这么说很可能张广夫的另一部手机被人拿走了。我们还对张广夫身上的钱没有了、手机却还在这种情况疑惑，现在看，行凶的人是将张广夫身上的钱和手机都抢走了，只不过没看见张广夫另一部在衣服里的手机。

我急忙转回之前的屋子，和宋莉又确认了一遍。宋莉很肯定地告诉我，张广夫只有一部手机，她从来没见过张广夫有另一部三星手机。

张广夫瞒着宋莉还有一部手机，他用这部手机干什么？联想到张广夫曾经买了一部粉色的手机做礼物送人，我和黄哥几乎可以肯定，张广夫在外面有别的女人，这件事宋莉一点也不知道。

"张广夫都带什么人去你那儿买手机？"黄哥又问。

"这个我真记不清了。"

"有没有女的？"

"有，这个我有印象，前不久他还带一个女的来，让我给她的手机贴膜，我一看就是我卖给他的粉色三星手机。"

"你去看一下旁边的屋里，是不是那个女的？"

黄哥做事严谨，问题问到这个地步了，为防万一，还是让卖手机的人去确认下宋莉的模样。我轻轻将门推开一条缝。卖手机的瞧了一眼，然后就缩回来，摇着头对我说肯定不是屋子里那个，来他店里的女的比屋子里的年轻多了。

"你回去在手机市场盯着点，再发现这个女的立刻告诉我。"黄哥对卖手机的人说。

没想到，黄哥这句出于多年工作经验的习惯性嘱咐，成了找到那名女子的关键。

第二天下午，黄哥就接到了卖手机的人打来的电话，说张广夫之前带去贴手机膜的那个女人出现了，正在手机市场卖手机，而且就在他的摊位。他先把这个女的拖住，让我们快点过来。

我们赶到的时候，看到这个来卖手机的是个姑娘，个子不高，化着浓浓的烟熏妆，染的黄头发，妆虽然化得浓，但是一看岁数就不大。她穿条短裙，一双内增高的旅游鞋鞋底足有十厘米厚，耳朵上打了三颗耳钉，一排耳坠一齐摇晃。

我们一下子就把她围在中间。

"我们是公安局的，就是你要卖这个手机啊？"狐狸哥手快，一下子把她的手机拿起来问。小姑娘听见我们是公安局的，眼神明显慌乱。

"对……对……对啊，我卖……"

"这手机哪儿来的啊？"狐狸哥拿起手机翻来覆去看了看，一边说，一边斜着眼看她。

"我自己买的……"小姑娘说话的声音都开始发颤。

"自己买的，不是男朋友送的啊？"狐狸哥又问。

"不……不是……"

"怎么不是？包在礼盒里送给你的，我当时都看见了。"听着狐狸哥信口胡诌，我在一旁差点笑出声来，可是小姑娘却越来越慌了。

"什么礼盒？我不知道……"

"然后还带着你来这个手机市场贴膜，我一路跟着都看见了，就是一个月前。几号来着，是个周四，对不对？"狐狸哥不是一般地忽悠，而是带着确定性地忽悠，随口编一个小姑娘记不住的日子，让这件事看起来好像更真实。

"星期五……周四我过生日……"小姑娘说话声小得像蚊子声哥。

"好了，你过来，跟我们走一趟吧，有点事要问问你，你好好配合就行。"看到小姑娘已经承认了，黄哥没再让狐狸继续忽悠。我看狐狸哥倒是有些意犹未尽的感觉。

一进公安局，小姑娘的心理就彻底崩溃了，眼影都哭花了，黑色睫毛膏粘在眼睛上，看上去两眼乌黑。她再用手一搓，整个脸彻底成了大花脸，紫一道、黑一道，像唱京剧似的。等她哭完了，我们才开始问：

"你认识张广夫吧？"

小姑娘点了点头。

"你的手机是他送的吧？"

小姑娘又点了点头。

"你和张广夫什么关系啊？"

小姑娘沉默不语。

"都能送给你一部新款的三星手机，你们到底什么关系，你赶快说。现在张广夫被害了，事情到这个地步了，你就别继续披着藏着了。"黄哥问。

"他是我对象。"

果然不出所料，张广夫在外面有人。

"张广夫出事了，你知不知道？"

"我知道,当时他就在我家楼下。"

"什么?这到底是怎么回事?"这个回答让我们三个有些惊讶。小姑娘算是彻底放下戒备,开始向我们讲起那天发生的事情。

张广夫和这个小姑娘是半年前认识的。三个月前,两人确定恋爱关系。一个月前,张广夫专门给她买了一部粉色的三星手机。案发那天晚上,张广夫本来是想去找她的,但是两个人为了点小事吵架了。半夜张广夫从这个小姑娘家离开,可是不知为什么,走到楼下又后悔了,又返回到楼上,小姑娘不给他开门。张广夫又跑到楼下给小姑娘打电话。两个人在电话里一直吵吵,这时候小姑娘听到张广夫在电话里喊"你们要干什么",然后电话里就没动静了。小姑娘过了一会儿下楼去看,发现张广夫倒在地上。小姑娘吓得赶紧跑回家。后来警车来了,小姑娘在楼上看得清清楚楚,所以知道张广夫死了。

"你在几楼住?案发后,我们挨家敲门打听情况,怎么没遇到你?"黄哥问。

"我在八楼,第二天有人来敲门,我知道是警察,我没敢开门,装作家里没人。"

"那你为什么来卖手机?"

"他人都死了,我不敢用他送的东西,打算给卖掉。"

"张广夫和你打电话用的什么手机?"

"也是一部三星手机。"

事情到这儿,真相大白,张广夫有一部专门用来搞外遇的三星手机。案发那天,他的手机确实也被抢走了,不过抢的是那部搞外遇的三星手机,他自己常用的三星手机还在兜里,所以我们以为作案人根本没想抢手机。这么说,这起案子很可能就是一起抢劫杀人案。抢劫杀人属于抢劫罪中最严重的犯罪,一般情况下犯罪人都被会判处死刑或者是死缓。张广夫被抢的手机的号码小姑娘知道。我们查了下这个手机号码的入网记录,发现位置最后出现在三十公里以外的地方，距离小姑娘提供的案发时间正好过了半个小时。

半个小时出现在三十公里以外，肯定有交通工具。案发现场附近所有道口的监控录像我们都看了，没发现可疑车辆。案发地点就在火车站旁边，那么嫌疑犯很可能是直接坐火车走了。嫌疑犯的线路终于摸清了，我们立刻去火车站对当晚的往来人员进行核查，加上小姑娘提供的准确案发时间，我们现场模拟了下步行到火车站的时间，一点点缩小范围，最后确认了两名可疑人员。

两周后，我们在黑龙江将王伟和王光抓获。

原来两人在等火车时无聊，打算到处走走，来到小胡同，发现有人打电话，于是决定抢手机。结果张广夫极力反抗，二人一着急，拿出匕首对他捅了两刀，不过没想到正好捅到动脉上。最终，二人以抢劫杀人罪被判处死刑。张广夫的情人不构成犯罪，针对这起案件她既没主观故意，也没间接故意。小姑娘本身没有看到犯罪发生，即使她看到犯罪发生了，这个犯罪行为与她本人没有任何关系，她对死者不需要承担任何责任。

我们到最后都没有告诉宋莉张广夫为什么会出现在那个地方。从与宋莉的对话中，我感觉她一直对自己的丈夫很好，很信任自己的丈夫。我不希望人已经逝去了，而亲人却又反目，至少每年清明的时候还会有人祭奠。

从一名执法者的角度来看，张广夫是被害者，我们要为他的生命负责，惩治犯罪。但如果作为一名旁观者，我会觉得他既可怜，又可悲，更可恶。可以说是他自己毁了自己，更毁了自己的家庭。

07 陪酒女死亡前，曾接到四通神秘电话

床板下面就是一个人，长头发，穿着衣服，双手和双脚被反绑着，蜷成一团，身上全是胶带，把她捆得像粽子一样紧紧的，脖子上还有一小段绳子，看样子是被勒死的。

一

前一晚睡觉前手机不小心静音，一觉醒来，发现手机上有二十多个未接来电，连早饭都没吃，我就匆匆忙忙地赶到了单位。

到了办公室，我看到里面已是一片狼藉，桌子上的烟灰缸里插满了烟头，地上到处都是烟灰，垃圾桶已经装不下吃剩的盒饭了，剩下的盒饭在垃圾桶旁边堆成了一堆，整个办公室散发出一股颓废的气息。一看这个情况，我就知道昨晚队里肯定又干了一个通宵。

我把办公室打扫了一下，这时候黄哥睡眼惺忪地走了进来。

"你把屋子收拾得挺干净啊。"

"昨晚又发案子了？我手机不知道怎么调成静音了，没听见。"

"昨天派出所抓了三个入室盗窃的，一审讯，发现这三个人作了一系列的案件，光是核对案件都忙到快天亮。"

"你怎么没休息？"

"早上一般睡不着，等会儿吃口饭，我回家睡。"

"其他人都回家了？"我问。

"狐狸他们今早往看守所送人去了，其他人都回家了，宋队还在旁边屋子里的沙发上睡觉呢。"

上午十点多的时候，黄哥走了，宋队也醒了，看到我在办公室，便让我在单位盯着，有什么事就给应付一下。没想到我错过了一个小案子，却迎来了一个大案子。

一个人在单位坐着总是很随便，我双腿叠着搭在桌子上，身子肩膀以下都靠在椅子上，拿起一本书就这么斜着坐着看，打算度过懒散的一天。可还没看完一段，电话就响了。接过电话，对方先说话：

"你是哪位？"

"刘星辰。"

我没听出来电话那头是谁，不过从打过来电话直接问接电话人的姓名来看，应该是我们分局的人。

"你们队里现在有几个人？"

"现在就我一个，昨晚大家忙活了一夜，都去休息了。"

"你现在立刻去春和派出所，有个报失踪的，你去看看是怎么回事。"

失踪？这类案件听着挺严重，可往往并不是那么回事。之前我在派出所工作的时候，也会接到这种报警，大多数都是老人走失或者是家里孩子和大人吵架后藏到网吧。有时候这种情况，我们根本帮不上忙，过一两天所谓失踪的人自己就回来了，但这段时间你还得去调查，前前后后全是白忙一场。

正常成年人是要在失去联系二十四小时后派出所才能进行接受立案调查，如果是未成年人则没有时间限制。但大多数时候公安机关会根据报案人提供的情况酌情处理，比如正常应该回家却消失不见、认识的朋友都联系不上、使用的手机关机、查询不到轨迹信息，整个人好像人间蒸发了一样，这种一看就有异常的，公安机关会立即介入调查。我们市曾出现了一起严重的绑架案件，由于重案队介入得太晚，等抓获嫌疑犯的时候，人质已经死亡，所以现在规定只要出现失踪案件，无论什么原因都得通知重案队。

我来到春和派出所，在所里，我见到了报案人，一个二十多岁的女孩。如果不是看了她的身份证，凭着她脸上厚厚的粉底和又深又宽的眼影，还有那一头染得发黄的头发，我可能会以为她岁数比我都大。这女孩穿得挺时尚，这时刚入春，北风时不时吹得人脸生疼，我早上都套着羽绒服出门，可是她虽上半身穿了件羽绒服，下半身却只穿了一双长筒靴和一条短裤，大腿都露在外面。

"穿成这样你不冷吗？"我看见她，第一句话就情不自禁地问了这个问题。

"哦，这袜子是棉的。"

我这才注意到她并不是光着腿，而是穿了双肉色的长袜子，不仔细看，还以为是光腿呢。

"你来报案是吧？是谁失踪了？"

"是我的一个朋友不见了，叫小雪，我昨天就来报案了，警察告诉我没到四十八小时不能立案，于是我今天又来了。"

这时候派出所的一名女民警走进来，拿着纸杯给她倒了一杯热水。她立刻用双手捂住纸杯，看得出来她穿成这样还是挺冷的。

"怎么失踪的，你简单说一下。"

"今天是七号吧，小雪是四号傍晚出去的，然后五号那天没回来，我下午给她打电话也不接，六号我再打电话就关机了。于是我来派出所报警，警察说不够四十八小时，今天七号我又来了。"

"她四号晚上干什么去了，和谁一起出去的？"

"她说去找一个朋友，我也不知道是谁。"

这个女孩回答的时候停顿了一下，想了想才说，而且说这话的时候眼睛看着别的地方，一下子就让人感觉有问题。

"小雪是做什么工作的？"

"服务员。"

"你是做什么工作的？"

"我也是服务员。"

"在哪儿当服务员？"

"在……金海岸。"

金海岸是我们这儿的一家 KTV，这女孩说自己是服务员，但是看这一身打扮，十有八九就是里面陪酒的小姐。这种陪酒的小姐有时候也会私下里和来喝酒的客人达成某种交易。陪酒小姐虽然是有偿性陪侍，但《娱乐场所管理条例》都不允许有偿性陪侍，一旦发现，处理的对象都是场所，对于陪酒小姐不会给予处罚。如果与客人发生性关系并产生金钱交易，那就会按照卖淫来处置。具体处罚还得根据现实情况，如果 KTV 默认小姐与客人发生关系并从中获取一定的利润，那么 KTV 的经营者犯了组织、介绍卖淫罪，属于刑事案件，介绍卖淫判五年以下有期徒刑，组织卖淫五年起刑；如果是陪酒小姐单独卖淫，那么她犯的是卖淫嫖娼罪，属于治安案件，处罚是拘留十五天。

我不禁认真起来，从失踪人员的身份来看情况不太妙。这种特殊行业的从业人员是一些犯罪分子的主要目标。之前也发生过这一类的案件，以高价诱惑 KTV 里的陪酒小姐去一些地点卖淫，伺机谋财害命。

我找来一张纸，拿着笔开始记。我问得很仔细，生怕出现什么疏漏。

"小雪叫什么名？"

"我不知道，我只知道她叫小雪。"

"你连她叫什么名都不知道？"

"我是她带到金海岸干活儿的，平时我就喊她小雪，真不知道她叫什么名。"

"那带她的妈咪呢？你把妈咪喊来，我问问她。"

妈咪就是带小姐的领班或者主管，像这种大型的 KTV 里面一般会有上百名陪酒的小姐，都是由几个妈咪分别带着的。妈咪肯定熟悉自己带的女孩的基本情况。我现在已经能肯定她们就是陪酒的坐台小姐了，这时候找她们的妈咪了解情况肯定更方便。

"妈咪上个星期被抓了，我和小雪现在没人带，自己找到金海岸干活儿的。"

她这一说我想起来了，前不久我们展开了一次行动，抓获了两个妈咪和几十名陪酒小姐，她所指的妈咪估计就是上次行动中被抓的其中之一。

"你们没妈咪带，怎么能去KTV里干活儿？"

"我们不是去陪酒，我们真的是去做服务员。没妈咪带，人家也不能让我们去坐台陪酒。"

我这才明白过来，原来是误会这个女孩了，她现在确实只是一名普通的服务员而已。KTV这种行业潜规则非常多，如果女孩没妈咪带是不会随便让她去陪酒的，也是为了规避公安机关的打击处理。上次行动抓回来的女孩对于我们的讯问，回复的口径一致，都说自己只是服务员。这都是平时妈咪教导的，如果都是自己单独工作的女孩，这几十个人肯定有顶不住压力老实交代的。

"那小雪晚上和什么人出去了，这个你知不知道？"

"小雪没和我说，那天晚上她还让我帮忙请假，说不来KTV了。"

"我问你，你要和我说实话，小雪之前做陪酒小姐的时候，是不是出台的？"

坐台是指陪酒小姐仅仅是在KTV里陪客人喝酒，出台是指陪酒小姐可以和客人一起离开KTV，继续去其他地方喝酒。而只要离开了KTV，就属于脱离妈咪的管理范围，陪酒小姐很可能与客人发生皮肉交易，所以现在我们对"出台"的理解都是指有卖淫行为。

如果是单独的卖淫，一般以卖淫嫖娼处罚，卖淫女与嫖客最多拘留十五天，但如果这个店里有多人出去卖淫，而且店里的经理之类的人参与向客人介绍及抽成，那么店里负责人则构成组织、介绍卖淫罪。介绍卖淫判五年以下有期徒刑，组织卖淫五年起刑。

大多数卖淫女为了安全着想，一般不敢不经店里同意单独出去卖淫，因为很多抢劫类犯罪针对的目标都是卖淫女，她们有钱还好控制，而且消失几天根本没人在意。所以这些小姐都需要店里同意，因为店里能同意的客人都与店里有一定的关系，这才能相对保证安全。

女孩没回答，但是默默地点了点头。

小雪的失踪虽然还没有头绪，但是根据之前的经验，一个卖淫女消失了四天，只要不是因为被公安机关抓获，那么几乎可以断定是出事了，而且她们一出事就是大事。

这种案子很难侦破，如果嫌疑犯是客人，那么还有迹可循，可是有时候嫌疑犯并不是以客人的身份出现，而是通过中间人介绍，或者用其他方式先与卖淫女熟悉，等对方降低戒备后再找机会下手。

我又问了这个女孩其他一些问题，但是她提供不出一点能与小雪失踪挂上边的信息。现在的情况是，除了这个女孩告诉我们有一个卖淫女失踪的事情外，其他所有信息都是零。

已经第四天了，凶多吉少。

二

队里只剩我一个人了，我只好找派出所的一个民警和我一起去金海岸。

前几年，金海岸 KTV 在我们这里算是规模最大的。这几年又开了许多新的 KTV，一个比一个装修得豪华气派，可是金海岸倚仗多年积累的老客户，还是能在市场上占有一席之地，每逢周末，里面的包间几乎都是满的。我和所里的民警到金海岸时才下午三点，还没开门，只有一个看门的保安在旋转门里面的小凳子上坐着。四点多的时候，KTV 的经理才来上班。我简单和他说了下情况，他立刻就告诉我，今天去我们那儿报案的女孩和小雪刚来这儿上班不久，接着拿出员工的登记表，从里面翻出了小雪的信息。

小雪的身份证还贴在员工登记表里，上面写着：赵雪，24岁。身份证照片上的赵雪是短头发，面颊红扑扑的，地包天脸型，嘴还有点翘。

"你别看身份证照片，真人和身份证差太多，再加上她们平时都化妆，拿着身份证对比根本认不出来。"经理在一旁对我说。

"她来这儿上班多久了？"

"没多久，刚上了一天班，第二天就请假了，然后再没来。你看，员工证办好了，还在我这儿，没给她呢。"经理说着从兜里掏出了一张员工证，上面有赵雪的照片。这张照片和身份证上的真是千差万别，根本不像一个人。

"这张照片我拿走了。"我把赵雪的员工证取过来，心里想，幸亏有个员工证，不然我们都不知道赵雪长什么样。

"没问题，没问题，有什么能帮上忙的我一定全力以赴。"经理在一旁附和着说。

初春的阳光就像在和你捉迷藏，我来到KTV的时候还能看到蓝天，出来天已经黑了。我目送着两栋高楼之间露出来的最后一丝晚霞渐渐被黑云遮蔽。黑暗笼罩大地，亮起的路灯照在车上，透过玻璃射在驾驶台前。赵雪的照片就放在驾驶台上，灯光照上去，透过员工证塑料膜的反射，赵雪的脸变得好像僵尸般苍白。

我一边开车，一边在脑海中思索着这起案件，好像站在一个迷宫里，面前有好几条路可以选，但是只有一条路能通往出口，可是我没时间将每条路都走一遍。我一边想，一边走，忽然前面一闪，信号灯变成了红色。我急忙踩了一脚刹车，车子稳稳地固定在路面上，一群人从车前走过。

"曾经带过赵雪的妈咪被抓住了"，我思索着报案人的每一句话，思路也渐渐清晰。所谓解铃还须系铃人，我决定明天去找曾经带过赵雪的妈咪，也就是被我们抓进去的那个。

第二天一大早，我和黄哥就来到了看守所。这个妈咪虽然是我们局处理的，但案件不是我们队办的，所以我们和这个妈咪也是第一次见面。这个女的四十多岁，由于在看守所里没化妆，素颜看起来能有五十多岁，而且面容憔悴，精神萎靡，从进了提审室之后便一直低着头，看也不看我们。

来之前我向治安大队询问了这个人的情况，如果最后定性成严重的犯罪行为，可能判处五年以上有期徒刑，她现在应该有巨大的心理压力。

"今天来问你一些事情，希望你能如实回答，你是不是曾经带过一个叫赵雪的女孩？"我举起赵雪的照片给妈咪看。

妈咪抬头看了一眼照片，又反复看我和黄哥，摇头晃脑想了有三分钟，没说话，只是慢慢地点了点头。

"赵雪现在失踪了，很可能出事了。"

妈咪听了这话面无表情，没有任何反应，好像她根本不认识赵雪一样。

"现在我们想知道，赵雪都和谁有联系？或者说，她在做陪酒的时候，和谁比较熟？"

"不知道。"妈咪几乎没思考，立刻脱口而出。

"她是不是你带过的小姐？"

妈咪又愣了有一分钟，才缓缓地点了点头。

"那她有没有熟客，你能不知道吗？客人不都是你介绍的吗？"

"不知道。"妈咪的回答连语速都和刚才一模一样。

"蒋晓玲，我们现在调查的是赵雪失踪的案件，你好好配合下，和你之前被抓的事情没什么联系，你别有顾虑。"黄哥在一旁说道。

"我没介绍卖淫，那都是女孩自己和客人联系的，我什么都不知道。"

"好啦，好啦，没问你介绍卖淫的事，我们是来问赵雪的事，你把经常找她的熟客的情况和我们说一下。"

"我不知道。"

"蒋晓玲！赵雪现在恐怕都被害死了，你还在这儿装不知道，你有没有点良心？别说你还带过赵雪，就算是走在大街上，看到有人行凶犯罪，警察找你，你也得配合一下啊！"

我急得一下子站起来，冲着妈咪开始吼。黄哥在一旁拉了拉我的衣服，示意我坐下别激动。而蒋晓玲依旧是一脸平静，对于我说的赵雪可能遇害一点反应都没有，依旧保持沉默。

人与人之间只要相互接触一段时间之后，多多少少都会有感情的，更何况是蒋晓玲与赵雪这种关系。虽然赵雪是蒋晓玲的赚钱工具，但是蒋晓玲也不至于对赵雪遇害的事一点反应也没有啊。现在唯一的可能就是蒋晓玲以为我们在诈她，为了能套出她更多的关于介绍卖淫的犯罪事实。她肯定认为办案单位特意选了我和黄哥这样她没见过的人与她见面，是为了让她放松警惕，编造了赵雪可能遇难的事情来套取口供。我能想到赵雪在她手下时恰好也是一名可以出台的女孩，她也肯定多次介绍赵雪卖淫，如此一来她更不会和我们说实话了。

一上午的讯问就在反反复复的"我不知道"和沉默中结束了，蒋晓玲没有提供任何有关赵雪的信息。黄哥苦口婆心地劝了一上午，嘴都快讲麻了，蒋晓玲还是毫无回应。最有可能的一条侦破线索，结果变成了最不可能成功的线索，从早上兴致满满地前来，到中午垂头丧气地离开，这一上午我俩的心情经历了巨大的落差。

下午我和黄哥在市里转了一圈，拿着赵雪的身份信息，像碰运气一样去医院、银行这些地方查，结果和预想的一样，没有任何头绪。但是在目前没有什么好的线索的情况下，我们也只能这样碰运气。其实有些案件的侦破往往也是靠运气，来得早不如来得巧，千辛万苦查不出的线索，很可能偶然之间得来全不费工夫，我们只能一边追查，一边这样安慰自己。

第二天早上我正睡得迷迷糊糊的时候，电话响了，是黄哥打来的，通知我直接去湾里，又出事了。

湾里是我们这儿比较偏僻的一个地方，那里有一座山，有一条河在山脚拐了个弯，所以叫湾里。现在山还在，河早已经被填平了。山脚下那片地建成了住宅小区，山上也修建了徒步木栈道，成了一个周末登山健身的地方。

我来到湾里小区的时候，门口已经停了一辆警车和一辆现场勘验车。我给黄哥打电话，黄哥告诉我往里面走，说人都在半山腰。进了小区之后有一条小路，从小路能通到山上，小路很简陋，都是用地砖敲到土里，勉强看上去像一条路。有些地方砖已经掉了，露出下面的泥土。我往上走了不远，就看到半山腰有一群人，我们队和技术中队的人都在，还有一群看热闹的老百姓。

半山腰有一个凹进去的地方，周围都是杂草，现在大家已经把草拔得差不多了。在这个凹进去的土坑似的地方，用白色粉笔画了一个人形，技术中队的人正在照相。我没往里面走，这时候我进去了也没用，对犯罪现场的勘验全靠技术中队。我站在半山腰向周围看，这条小路是最早上山的通道，沿着走能直接到山顶，现在从山的另一头修了木栈道，就没人走这条路了。向上看都能看到木栈道，但是沿着小路再往上走，连地砖都没有，只有一条光秃秃的土路。

我看到黄哥从现场挤了出来，急忙过去问他是怎么回事。

黄哥告诉我，早上有小区爬山健身的人从小路往上走，发现草里有一双腿，于是报警了。警察来了之后发现这个人还没死，头破了，出了很多血，现在人已经被送到医院了，可是死亡的可能性很大，所以现在重案队直接介入，按照命案来侦破。现场发现了一块地砖，看模样就是从小路上抠下来的，地砖上都是血，这个人应该是被地砖拍倒了。至于被打的人是谁，打人的是谁，现在都是未知。

我问黄哥：这个案子也给我们办吗？黄哥告诉我估计是。我们一共三个重案队，有个队一半人都在出差，还有个队正在办一个专案，只能我们继续上了。

真是屋漏偏逢连阴雨，船破再遇打头浪，本来今天想趁着案情研讨会和宋队汇报，让全队一块儿侦办失踪的案件，结果又发案子了。这下，赵雪失踪案只能由我和黄哥两个人继续侦办了。

由于山坡被害人的身份没查清，下午我和黄哥一起去了医院。透过玻璃，我看见被害人的头部包得像木乃伊似的，只露出鼻子和嘴插着管子，连长什么样都看不出来。我向大夫了解了下情况，这个人头部受伤，目前生命体征还比较稳定，但是也有危险，至于什么时候能清醒那就更没准了。大夫介绍完病情后和我们说，这个人现在进了ICU，一天的费用惊人，当务之急是尽快找到家属。

我心想：我们连里面躺着的人是谁都不知道，去哪儿找家属啊。

正准备离开的时候，技术中队的人来了，原来他们来给被害人采血，打算用DNA来核实身份。那个年代，我们只用DNA核实过嫌疑犯的犯罪证据，从来没用来核实过被害人的身份，我们对这个方法也没有抱太大的希望。

又是毫无所获的一天。夜幕下，路上满满的都是红色的汽车尾灯，一眼望不到头。马路变成了一个停车场。我这才想起来今天是周五，是一个结束一周的工作、准备开始欢度周末的日子。我拿出手机，打算给父母发条短信，告诉他们我这个周末加班，就不回家了。点开短信界面我才发现，屏幕上的已发送短信整齐地显示着一排排同样的话："这周末得加班，我就不回家了。"一直往上拉，能延续到上个月。

我又重新点击了发送，拉上羽绒服的拉链，匆匆消失在夜色中。

三

一大早我就得到技术中队的消息，赵雪电话的通话单反馈回来了。我坐在电脑前，开始了漫长的梳理她通话记录的工作。黄哥现在眼有点花，盯着电脑屏幕时间长了就看不清。我把话单打印出来，就这样，我们俩一人盯着电脑，一人盯着打印单，这一天几乎是转瞬即逝，回想起来只记得去食堂吃了一口午饭。

赵雪的通话记录极其繁杂，每天到后半夜还有很多电话，她特殊的工作使得我们不敢遗漏任何一个电话。一个能出台的陪酒小姐与客人的联系间隔时间有长有短，有时候一周多次联系，有时候一个月才联系一次。但是每一个客人都有把她约出来的可能，再加上嫌疑犯要是有一定的反侦查意识或者是预谋，那么很可能与赵雪联系的时间在很久之前。

最后我和黄哥从千百个通话记录里整理出四个最可疑的电话，这时候我感觉自己的眼睛也快花了，闭上眼，脑子里浮现的全是各种电话号码。

第一个可疑电话来自赵雪最后一个通话记录。这次通话持续了三分钟，但再往前梳理，这个号码在一个月前才与赵雪有过联系。

第二个电话是赵雪失踪当天拨打的。赵雪那天一共与这个电话联系了五次，每次通话都是几十秒，但是这个号码都只是赵雪打过去的，对方从来没有主动联系过赵雪。

第三个电话是这一个月与赵雪联系最密切的，每天早上和凌晨都跟赵雪有联系，感觉像是男女朋友那种关系。虽然赵雪是从事陪酒这种工作的，但也会有男朋友。除去工作，她和正常的女性没什么区别。

第四个电话很奇怪，在赵雪失踪前连续打了两次，但通话时间都是零秒，刚接就被挂掉了。

我们打算从这四个最可疑的电话开始查。

我正要和黄哥一起去移动公司查第一个号码的机主信息时，队里接到通知，说山坡被害人的 DNA 比对出结果了。这个消息确实振奋人心，这样被害人的身份就能落实，接下来围绕他的身份慢慢排查，抓获犯罪嫌疑人指日可待。

可接到的报告却和我们预想的不同，原来是通知错了，出来的结果不是DNA比对，而是指纹比对结果，比对出的是一起盗窃案，显示被害人的指纹曾经在被盗现场出现过，有重大犯罪嫌疑。而对于这个人的身份，信息上面写的是未知。

这下必须要查清比对出的信息。被盗的案件发生在内蒙古鄂尔多斯，大队要求立刻去落实情况。由于案情重大，大队决定让黄哥带一组人去内蒙古，失踪的案件就得我自己想办法了。

我并不算是孤身作战，出门查证询问还得两个人呢，大队让一名刚工作不久的新人和我一起。这个同事我之前就认识，我在派出所的时候他还没毕业，刚好在所里实习。他毕业之后并没有从事刑侦工作，而是去了政治部。现在局里要求所有年轻人必须到一线部门锻炼，他被分配到刑侦大队，这才又和我碰面了。

他叫徐晨，我带着他一起开始按照手机号码去查。第一个号码在移动公司是实名登记的，通过公安网，我们发现这个人有正当职业，是一名国企的科长。我们找到了这个人，他看到我们感觉很意外，也很害怕，但是他表现出来的那种害怕并不是一个嫌疑犯怕被警察发现罪行的那种惊慌，而是像做了一件丢人的事情，怕被周围同事、朋友发现的那种害怕。

我开门见山地拿出赵雪的电话号码问他是怎么回事，他磕磕巴巴地回答，原来他是赵雪的老客人。案发那天，他晚上正好有个饭局，而且吃完饭肯定要一起去KTV，于是他就给赵雪打电话，提前预定一下晚上去找她，结果赵雪告诉他说自己请假了。他又在电话里和赵雪聊了一会儿，想劝她今晚来上班，最后赵雪也没同意。

原来只是一个客人。

第二个电话不是实名登记，连登记信息都没有，我试着用自己的手机拨过去，显示对方已经关机了，这下这个号码变得更可疑。

第三个号码也不是实名登记，没办法，我只好再次用手机拨过去，不过接通了。对方接起电话后没说话，连一个"喂"的招呼都不打。静悄悄的，好像没人一样，只有手机上的通话时间在一秒一秒地跳动。

"喂，你好，有人吗？"我首先说话。

"你找谁？"

是一个男人的声音，这时候我也没做什么准备，直接问，我感觉太唐突，想起刚才找的那个人，我忽然计上心来，想伪装成赵雪的客人。

"我想找小雪。"

"哦，小雪这几天不知道哪儿去了，别人行不行？"

他果然把我当成找赵雪的客人了，而他的身份我也猜出来了，他是一个鸡头。从刚开始的不说话沉默，再到我说出小雪的名字之后提出别人，这是典型的鸡头的语气。鸡头和妈咪不同，鸡头手下带的女孩只做皮肉生意，他们手下有固定的女孩，专门带女孩卖淫，卖淫对象没有限制，任何人都可以是他们的嫖客，他们一般没有固定地点，在酒店或租用房屋，打一枪换一个地方。赵雪之前就干过这行。妈咪是固定职业，她们有固定的场所，大多数在夜总会工作，她们带的女孩中有一部分会从事皮肉生意，但客户大多是妈咪认识的熟客。这两种情况涉嫌的罪名都是组织介绍卖淫，鸡头因为提供卖淫地点或者送小姐上门服务，对小姐进行管理控制，一般定为组织卖淫。妈咪只是为客户介绍小姐，一般定为介绍卖淫。

我原以为带她们的蒋晓玲被抓之后她就不干了，现在看来赵雪还有其他的人带。

"那也行，你看着给安排一个吧。"我随便编了一句话想先稳住他，再找机会看看能不能和他见个面。

"你去老地方等着，我安排人过去。"

"等会儿，我现在在酒店，不想出去，你直接把人送酒店行不行？"我可不知道他说的老地方在哪儿，我又不能直接问，怕对方怀疑，只能用这个方法。

"好吧，哪个酒店？"那边沉默了一会儿才回答。

"丽园酒店，301。"我看着马路对面的一个酒店说道。

挂了电话，我几乎是以飞奔的速度往马路对面的丽园酒店冲过去。进了大门，拿出警官证让大堂经理和我一块儿去301房间，把门打开。大堂经理挺配合工作的，去前台拿了门卡，便和我一起上楼。

我们还没到301房间就听见里面有电话响了，我急忙把门卡放到门禁上，刚发出"嘀"的一声后一把将门推开，直接冲到屋内，看见响着铃声的电话座机在床头柜上。我直接一个守门员救球的姿势朝床上扑了过去，将电话接通。

"喂？"

"怎么这么长时间才接电话啊？"

电话那头的声音和刚才与我通话的男人声音一模一样。

"我刚才去厕所了。"

"好啦，好啦，我就是确认一下，你在房间里等着吧。"

挂上电话，我才松了一口气。

世事多变，一步错就可能步步错，尤其是对付这种招嫖的人更得小心，他们疑心特别重。我刚才提出去酒店时就做好准备，想到他肯定会打酒店电话转接房间确认，看看我究竟是不是真的在酒店，所以我选了马路对面最近的酒店。即便如此，刚才也是千钧一发，如果接不上电话，那么我估计再也联系不上这个人了。

应付过去之后，我和徐晨一起来到酒店大堂，等着这个鸡头的出现。他肯定会来的，因为一般都是鸡头来收钱，顺便确认下酒店是否安全。

我们在酒店大堂坐了一会儿，徐晨忽然推了推我，说：

"刘哥，你看前面那个女的，是不是小姐？"

我看见一个穿着棉衣长裤的女子经过酒店大堂往电梯那边走，但是这个女孩是独身一人，虽然妆化得挺浓，但是从穿着上来看不像是做皮肉生意的。

"从哪儿看出来的？"我问。

"这女的从外面一辆小面包车上下来的，车现在还停在马路边，要是送人来酒店的话应该走了啊，还在那儿等着干吗？而且也没开到酒店大门口，在那么远等着。"

"走。"

我和他一起来到停在路边的面包车旁。车子的玻璃膜贴得很厚，看不清里面几个人。不过现在我也顾不了那么多，他们作为一群招嫖的，一般不会有太激烈的反抗。我走到面包车驾驶位，一把将车门拉开，大喊一声"警察，都别动"。另外在同一时间，徐晨将面包车的侧门一把拉开，自己一下子跳进车里了。

车子里好几个人，不过只有司机是男的，里面还有三个女的，一个个战战兢兢地看着我们。看着车里这些人员搭配，我心里有底了，这正是我们要找的那群招嫖的人。将司机的手机拿出来一看，果然不出所料，正是之前和我通话的人。他自称阿豪，是一个专业的鸡头，而车里的三个女子都是卖淫女。

事后我问徐晨是怎么发现这个情况的，如果是我，不可能注意到酒店外面还有车子，我认为鸡头会和卖淫女一起进酒店，可事实上并不是如此。徐晨告诉我，他在派出所的时候和瓜哥一起抓了好几拨用这种方式进行卖淫的团伙。我从派出所调回大队的时候，瓜哥并没有回来，而是留在派出所提职了。而徐晨还在派出所实习，就跟着瓜哥一起。

原以为瓜哥重案队出身擅长破获大案要案，没想到抓嫖更是一把好手。我原以为这种需要随机应变的工作更适合精明的人做，而不是瓜哥这种愣头愣脑的人。

我们把这一车人带回了单位，开始对鸡头阿豪进行审讯。我拿出小雪的照片给阿豪看，问他认不认识这个人。阿豪点了点头，告诉我这个女的叫小雪，是他带过的一个卖淫女。阿豪态度非常好，对我们是有问必答。阿豪对我们说，这个小雪并不是一直跟着他工作，只是偶尔让他帮忙揽客，还经常拒绝他给她介绍客人。由于小雪在阿豪带的卖淫女里属于漂亮的，所以对于她挑剔的态度，阿豪也只能忍了。

阿豪说自己与小雪最近一次联系就是小雪失踪的那天，那天正是阿豪给小雪介绍客人，然后阿豪把小雪送到宾馆，之后收完钱就离开了。最近这几天，阿豪也给小雪打过电话，但是一直关机。

阿豪提供的这个消息太关键了，小雪就是与这名客人见面之后才消失不见的，这个客人的嫌疑最大。可是阿豪并不清楚他帮助介绍的客人的信息，那是一个陌生电话打过来的。阿豪说他做这行经常有别人帮忙介绍来的客人，为了避讳，他一般不多嘴问，所以当电话里提出要找小雪的时候，他还以为是认识小雪的熟客，也没太在意。他把小雪送到宾馆后，还是小雪上去收的钱，然后交给他。阿豪连对方长什么样都不知道。

不过我们还是发现了重要的线索：失踪的小雪去过的宾馆——留香宾馆。

这家宾馆在市内一所大学附近，建了十几年了，在行业里算是老店了。里面设施陈旧，装修和现在比显得特别破旧，加上当时属于国企，都是由政府统一管理，所以里面的价格定位很高，也不接受网上优惠预订，去住的人很少。唯一的好处是宾馆很正规，所有入住的客人都需要登记。

我们来到留香宾馆，大厅吧台都是木制的，多少年前看着感觉很气派，现在旧了之后反而有种破败的感觉。宾馆大堂空荡荡的，只有一个服务员坐在前台看书。我出示了警官证，提出要查一下住宿信息。服务员打开电脑，我看到电脑的显示器还是大头屏幕，就是显像管式的，一看就是多年未更换了。

"要查的人叫什么名？"服务员一边摆弄电脑一边问。

我们还不知道应该查哪个名字呢，但是阿豪告诉我们，当时找卖淫女的人说在404房间住，他也打电话确认了。

"你把3月4日晚上404房客的登记信息找出来。"

"稍等……叫……王明。"服务员从电脑里调出了登记信息。

"住宿的时候身份证登记了吗？"

"我找找。"

服务员在抽屉里找了下，把那天登记的身份证复印件找了出来。我拿过来一看，是一个一代身份证，加上经过复印，脸上黑乎乎一片，根本看不清长相。

"你这儿有监控吗？"我问服务员。

"只有大厅的好用，其他的全坏了。"

"你能不能回忆一下，那天这个房客是什么时候来大堂登记的？把那个时间段的监控调出来我看看。"

服务员拿着那张身份证复印件看了看，又想了想，恍然大悟般地说：

"我想起来了，这个人是下午来登记住宿的。当时他拿的身份证是一代证，都看不清脸，所以我印象特别深。"

服务员一边说，一边开始调取电脑里面的监控，虽然监控摄像头有年头了，可是照出来的影像还是挺清晰的。服务员调好时间，然后在屏幕里出现一名男子，服务员告诉我就是这个人登记住宿的。我看到监控录像里面出现的是一个一米七五左右的男子，穿着皮夹克和牛仔裤，头发挺长，在侧面还分了一下。他来到前台登记，之后服务员递给他一张房卡，可是他没接。服务员又把房卡收回去，过了会儿又递出来一张。这名男子接到房卡后便离开大堂，转进电梯间，再就看不到了。

虽然摄像头挺清晰，可是距离比较远，还是在大堂的门口往吧台里面拍摄，只能看清男子面部的轮廓，只要将图像暂停，画面就变成了马赛克，想从相貌上来分析这名男子太难了。我正在琢磨怎么能找到这名男子、接下来该从哪儿入手的时候，和我一起看监控的徐晨向服务员问道：

"你刚开始给他的那张房卡，他怎么没拿？"

"我开始给他拿的是二楼房卡，他非要住四楼，所以又给他换了间。"

"为什么呢？"

"我们宾馆客人少，一般都是在二楼住，他非要去四楼。我还告诉他四楼房间很久没收拾了，估计还有灰，他也不听。"

这个男人特意挑选房间，就是为了能远离宾馆住宿的人群，那么很可能他就是要在房间里做什么事情怕被别人发现，难道他能在宾馆房间里对赵雪下手？我急忙让服务员拿着404房间的门卡和我们一起上楼，我打算先去看看，宾馆一般都会对退房的屋子进行清理，想再提取物证就有些难度了。

留香宾馆的四楼有一条长长的走廊，还是在背阴面，即使是白天，走廊里也黑乎乎的。出了电梯之后，服务员把灯打开，告诉我们现在是淡季，这层几乎没人住。而404房间正好就在走廊的尽头，走到门口的时候，我观察了下周围，404对面就是紧急出口，门上有一道缝，是虚掩着的。

推开404房间的门，我看到里面已经被打扫过了，床面铺得平平的，没有褶皱，洗漱台上也没有水迹，毛巾都叠成了方块状，摆在洗手间里。

"你这厕所味怎么这么大？"徐晨问。

我有些鼻炎，春秋的时候尤其严重。听他这么一说，我特意吸了一口气，确实屋子里有股怪怪的味道。

"四楼的房间没人住，加上是背阴面，可能有点潮。"

服务员也闻到了气味，走过去把窗户打开。我跟在服务员身后，也走进了屋子。我发现情况不对劲。这股味道刚吸入鼻子感觉有些酸，还带点厕所的臭味，可是我走进屋子之后，气味发生了变化，这可不是厕所下水道溢出来的味道，而是一股馊味，还带点腥臭，这股味道让人恶心得想吐。关键是这股味道我曾经闻到过，但不是在这种封闭的屋子里，曾经进入过的案发现场都是在户外，只有靠近了才能闻到，所以刚开始我没反应过来，现在才回过神。尸臭！

这个房间只有十几平方米，一个电视柜，里面放着一台大头电视，一张双人床，两个床头柜，一张写字桌和一把椅子，再没有其他东西了。能发出这股气味的地方只能是床下。我和徐晨一起把床垫和板子掀起来。在掀起来的那一刹那，虽然和我们同来的服务员做好了准备，但她还是被吓得尖叫起来。我觉得她的声音都能顺着打开的窗户传出几里地去。宾馆的床下面一般都是空的，上面一层床板，再铺上垫子，而床四周都是与地面接上，这样可以免除打扫，这个空间正好能放进去一个人。

床板下面就是一个人，长头发，穿着衣服，双手和双脚被反绑着，蜷成一团，身上全是胶带，把她捆得像粽子一样紧紧的，脖子上还有一小段绳子，看样子是被勒死的。

"服务员，你把保洁员……咦？服务员？服务员？人呢？"

我回头一看，服务员已经在墙角缩成一团，闭着眼，不知道是害怕还是晕过去了。

四

经过核实，死者正是赵雪，这下案件的线索清晰起来，那个穿皮夹克和牛仔裤的长发男有重大嫌疑。

我们把宾馆的监控拷贝回去，开始仔细地慢慢看。这个男人是在下午的时候开房，然后进入电梯间，之后一直没再出来，应该是在404房间内。然后晚上八点多的时候，赵雪在视频里出现，直接走进电梯间，没过多久又出来了，然后再次回到电梯间。这个时候，她应该是去把钱交给阿豪。半夜十一点的时候，这名男子离开宾馆，大约过了十多分钟又回来了，直到第二天早上五点多的时候，这名男子把房卡放到前台离开，再没有回来。

现在可以断定就是这名登记信息为王明的男子杀害了赵雪。我们查了一下王明的信息，显示工作单位是内蒙古的一处农场，再没有其他记录。正好黄哥和其他人在内蒙古，我就把这个信息发送给他们，让他们就地侦查一下。其实对于王明这个信息我并没抱多大希望，嫌疑人很可能使用的是别人的身份证。这种准备杀人越货的坏蛋怎么可能用自己的身份证做登记呢？

查到留香宾馆的时候，我只是期望能找到一些线索，没想到却把尸体找到了。这个人特意选择四楼的房间估计也是盘算好了，现在四楼几乎没人会来住，退房之后保洁员就进行打扫，当时尸体还不会发出味道。如果不是我找到了房间，那么这具尸体真的得等到有人来住的时候才能被发现了。

不过嫌犯的胆子也挺大的，我心里想，自己来开一个房间，然后叫卖淫女来杀死她，无论是服务员来查房，还是卖淫女的鸡头来找，任何一个环节出问题，他都会被发现，他却孤注一掷地去进行犯罪，感觉这个人好像是迫不及待一样，难道是一个变态杀人狂，那种在电影中以杀人为乐趣的人？说实话，到现在我还没碰到过这类犯罪。

黄哥那边很快就回信了，和我预料的一样，王明这个人的身份证被盗了。盗用他人身份证件在情节严重的情况下才会判刑。所谓的情节严重就是盗用多人，或者伪造多份；如果盗用他人身份用作入学录用和就业安置的，可以处以三年以下有期徒刑。按照这个标准，盗用王明身份证者犯的是重罪。

又出现了新的问题，那就是昏迷的那个被害人的指纹出现的被盗地点正好就是王明的家。这些信息放到一起后，我有点不敢相信这种推断：被地砖打成昏迷的被害人很可能就是内蒙古入室盗窃案的嫌犯，而王明的身份证很可能就在这个嫌犯身上，杀害赵雪的嫌犯使用的就是这张身份证，那么，现在躺在医院ICU里的被害人就是杀害赵雪的凶手？这种推断合情合理，但如果真的是这样就麻烦了，这个人现在昏迷不醒，我们也没法对他进行审讯。而且现在他脑袋被纱布包得严严实实的，就算换药时可以揭开纱布，但他的头被地砖砸出一个大坑，在缝的时候把他侧脸的面皮都拉到头上去了，现在这个人的脸都变形了，别说是让宾馆服务员来辨认，我估计就算让他亲妈来都认不出来。

我给技术中队打电话，问发现这个被地砖拍晕的人时，他身上穿着什么？技术中队的人告诉我，发现的时候，这个人穿着一身衬衣衬裤，没有外衣。对于这种打扮，刚开始他们还怀疑是不是附近的住户，怎么出门连外衣都不穿。这个答复让我更加迷惑了，这个人的外衣外裤哪儿去了？难道他真的是凶手，作案后把衣服裤子扔掉了？

晚上有人约吃饭，我写完案件报告后就去参加饭局了。晚上九点多的时候，电话响了，我拿起一看，是徐晨，一接电话才知道，他还在单位。

"喂，怎么了？出什么事了吗？"

"刘哥，我看监控发现了个新情况……"

"你现在还在单位？"

"对啊，我还在看监控。"

"这都几点了，快走吧，回家休息，有什么事明天再说吧。"

"好吧。"

挂上电话后，我忽然觉得有点不妥。在电话里，我能听出徐晨给我打电话发现新情况的兴奋和我让他回家的失落。我也曾有过同样的经历，大半夜给前辈打电话说自己对案件的心得，然后就被前辈劝慰说要多休息，别下班还想工作。现在的我只是把以前遇到的模式复制了一下，我忽然感觉很难过，因为我是在用自己经历过的同样的方式去扼杀一个曾经的我，我在用自己曾经痛恨的行为去做我自己不愿意做的事。

我起身与大家告别，快步走出饭店，拿起电话拨了回去。

"你还在单位吗？好，你别走，等着我，我马上过去。"

宾馆的监控拷贝回来之后，我只是看了下关键时间点的视频，徐晨则是把监控从头到尾看了一遍。由于视频文件比较老旧，只能以二倍速播放，再快的话就成一帧一帧的图像了，所以他一直看了六小时，从我离开单位开始他就坐在电脑前没动过地方。我后悔走得急，应该给他打包点吃的。

我到单位的时候，他还在电脑前坐着，看到我回来，他一脸兴奋，指着电脑屏幕对我说：

"刘哥，今儿我把宾馆大堂的视频看了一遍，发现个问题，你看。"

他一边说着，一边拿出一张纸，上面记得满满的，都是"红衣服背包，四点十分进，第二天走""蓝色外套头发有点长，七点进，第二天出"等信息。看来他把视频里出现的所有人都记录下来了，这个新情况，他是仅靠这一份监控视频慢慢清点出来的。这时他用手指着纸上标注的一个重点符号，上面写着"四名男子，晚上九点十分进，再没出现"。

接着他点开视频播放，时间段已经调好了，视频中出现了四名男子走进宾馆大堂，但是没去前台，既没做登记，也没取房卡，而是径直走进了电梯间。

"刘哥，我今天打电话又让留香宾馆的前台服务员查了一下，案发那天他们没有四名一同登记住宿的客人，这几个人都没登记。我一直看到第二天上午的监控，凡是在监控里出现的人我都找到了，唯独这四个人没在监控里出现，这里肯定有问题。"

"能不能查到他们进宾馆后去哪儿了？"

"不行，宾馆只有前台的监控好用，楼道里的全不好用，连他们去几楼都不知道。"

我忽然想起一件事，当时去404房间的时候，我发现旁边的安全通道是虚掩着的。一般来说，这种通道宾馆都应该关闭，而且四楼也没人住，平时不会有人走这条通道。

"你再给宾馆打个电话问问，他们的安全通道平时是开着的吗？"

徐晨拿起电话拨过去，我一边重新看监控，一边听。宾馆的服务员说，平时安全通道都是关着的，一楼二楼没上锁，三楼四楼由于一般没人住，都在里面锁上了。至于四楼的通道为什么是虚掩着的，服务员也不知道，她说等会儿上楼查看一下再给我们回话。

　　四个人莫名其妙走进宾馆却没在监控里再次出现，那么他们肯定是从安全通道离开的。他们为什么要这么做？肯定是为了回避，防止被宾馆的摄像头拍到。这间宾馆开了很多年，里面的监控几乎都坏了，只有几个摄像头好用，只要避开这几个监控，那么在宾馆就不会留下任何痕迹。我忽然觉得这间宾馆很有可能是他们故意选择的，可以在犯罪的时候掩人耳目。如果是这样，那么他们很有可能来过这里踩点，不然也不能如此大胆地在宾馆里将赵雪勒死，藏尸在房间床底下。

　　没过一会儿，服务员回话了。她说宾馆四楼的安全通道锁被人弄坏了，门是开着的，但是不知道被谁弄坏了，记得以前都是锁上的。

　　案件出现意料之外的变化，我现在虽然没有任何证据能证明监控中出现的这四个人和这起案件有关系，但是我的直觉告诉我，这四个人有很大的嫌疑。我给黄哥打电话，他应该还在内蒙古。我告诉他，赵雪被害的案件，很可能是多人作案。黄哥则对我说，内蒙古警方在对盗窃案的侦办过程中虽然只提取到一个人的指纹，但是通过现场情况和其他证据，实施盗窃的应该是一个团伙，而且推测人数在四到五人。

　　第二天我和徐晨开始在宾馆的周边寻找监控，现在对那四个人的身份一点也不了解，只能用大海捞针的方法去碰运气了。不过好在这个宾馆地处市内，虽然宾馆老旧、监控全都不好用，可是它周边的商铺极多，加上我们公安系统的监控，几乎能把周围所有的道路都覆盖上。我们沿着街道每找到一个有监控的商铺，就进去盯着屏幕从案发那天晚上一直看到第二天中午，幸好有些店里的监控比较高级，可以用八倍甚至十六倍的速度播放。这一天的中午我都是捧着盒饭在屏幕前，一边往嘴里扒拉饭，一边看着监控度过的,眼睛干涩了就滴点眼药水。有些店里将显示器放在地面上,我还得在地上蹲着看,等到看完的时候,腿麻得都站不起来。

看监控的工作无比枯燥乏味,同一个不变的画面,你需要对里面所有出现的人进行辨认。我们这个案子可疑的是四个人,在看视频的时候,我的注意力主要放在几个结伴走路的人身上。

功夫不负有心人,我们在一家快餐店的门口监控里看到了这四个人的身影,是第二天早上五点多的时候,他们四个人一起从门口经过。而他们走的方向更让我开心,那是市中心的商业街那边,那里的监控多到可以覆盖所有的角落。如果不是沿街的商铺晚上到关门时间的话,我能和徐晨一直追着看下去。

黄哥那组人回来了,我们的人数一下子变多了,工作效率也更高了。这四个人按照我最期望的方向一直步行,走到了市中心的商业街,然后在火车站附近的一家旅社住下了。发现这个情况,我欣喜若狂,因为他们住店意味着我们可以查出他们的身份了。我们几乎是飞车一般开到旅社,结果这家旅社根本没有严格遵守住宿登记的制度,气得我差点把旅社的门踢了。

我和徐晨留下来询问旅社的老板,黄哥他们继续去火车站追踪监控。

小旅社开在火车站对面的街里,是一栋老式楼改建的,大门就是普通临街住户那种,里面地方也不大,一共十几个房间,每个房间小到人在里面只能勉强转身,躺在床上抬手就能关电视机。旅社的老板看到我们,吓坏了,他的店开在火车站旁边,平时都是一些农民工等火车借宿一晚。有些人没有身份证,为了多揽一些客人,他也不顾规定,允许不带身份证的人来住宿。

老板是一个矮胖的家伙,没有头发,他的脑门一直在冒汗,不仅是因为害怕,也可能是因为胖。我问了他几句话,他就开始喘气。他的普通话说得不标准,讲一句话我只能听懂一半。我告诉他他违反了《旅馆业治安管理办法》，正常来说是要进行处罚的。他不断地恳求我们，希望我们能够放他一马，他愿意好好配合我们的工作。

旅社老板和我们说，他对这四个人有印象，因为他这里有一间大屋，是个三人间，有三张床，这四个人要求在这个屋子里加一张床，他们四个人住一个屋子。为了这张床，老板还多收了三十块钱床位费。旅社老板说，他们一共在这儿住了三天，当天还来了一个人找他们。我拿出宾馆的监控视频照片，指着留香宾馆404的客人问旅社的老板是不是他。老板看了看，很认真地点了点头，虽然照片模糊都是马赛克，但是能辨认出皮夹克和牛仔裤。

"你能不能再好好想想，是什么样的牛仔裤和皮夹克？"我问旅社的老板。

旅社的老板眉头紧锁，我能看出他在拼命地回忆。可是他一天能遇到百八十个人，要他想起这么长时间前的一个人的穿着真是有点难为他了。

"就是这套。"旅社老板忽然指着道路对面说。

我顺着他手指的方向看去，看到对面有一排垃圾桶，一个穿着皮夹克和牛仔裤的人正一只手翻动垃圾桶。他另一只手拖着一个编织袋，能看见里面装的都是塑料瓶子之类的东西，原来是个捡垃圾的。

"一模一样的？"我问。

对面这个捡垃圾的人身上的衣服和他有点不般配，虽然这套夹克和牛仔裤有些脏，可看上去不像是能从垃圾堆里捡出来的那种脏。旅社老板没回答我的问话，直接走出店外，冲着马路对面大喊：

"喂，老头，老头，你过来，快过来，我问你点事。"

"这个人你认识？"我又问。

"是这附近一个要饭的，有时候我这儿剩菜剩饭了，都拿给他一点。"

对面正在捡垃圾的人听见旅社老板呼喊他，拖着编织袋走了过来，一边走，还一边冲着旅社老板傻笑。

"你这身衣服哪儿来的？"

"捡的。"

"哪儿捡的？"

"火车站的垃圾箱里。"

"就是这身衣服，一模一样。"旅社老板转过身，对着我斩钉截铁地说道。

"这衣服是怎么扔在垃圾箱里的？"我问捡破烂的人。

"包在一个黑塑料袋里。"

捡破烂的人见我问，有些害怕，可能是他以为捡到了别人正在找的东西吧。不过这时候，我们得到的与案件有关的信息已经完全结合到一起了。扔到火车站垃圾箱的衣物，只穿内衣的被害人，在宾馆使用王明身份证开房的人，来旅社找四名疑似杀害赵雪的凶手的人，如果按照发生的时间顺序串联起来，这些信息很可能都指向一个人。

我给了乞丐几十块钱，算是把他身上的夹克和牛仔裤买下来。乞丐本以为我们是来要衣服的，没想到还能拿到钱，高高兴兴地走了。我把这些衣物拿到技术中队，做了一下提取，看看能不能与躺在医院里的那个人取得证据上的联系。

黄哥那边传来了消息，按照旅社老板提供的时间，在火车站的监控中发现了这些人的踪影。从视频上看，他们上了一列开往湖北的火车。通过他们一起走的情况发现，他们一共是五个人，这些人进站之后围在一起，清清楚楚的是五个人。听到这消息，我有点蒙了。五个人？正常应该是四个人啊？因为穿夹克牛仔裤这个人已经被打成重伤住院了。如果他们是五个人，那么医院里躺着的是谁？那这些衣服又是谁的？

五

火车站里面的视频很清楚,我们能看清这五个人的模样。通过旅社老板的辨认,其中四个人就是在他们这儿住宿的。至于第五个人,旅社老板实在记不起是不是那个来找他们的。而留香宾馆的监控太模糊,只能模糊地看到穿着皮夹克和牛仔裤,如果换了一身衣服再进行对比,根本认不清是不是同一个人。

不过嫌疑犯在杀害赵雪之后把自己的衣服换一身也很正常,然后将作案时的衣物丢弃在火车站,和其他四个同伙一起坐火车走,符合逻辑。这么说医院里躺着的人就属于另一起案件了。

我从火车站走出来时脑袋乱哄哄的,本想坐在火车站停车场上的石墩子上惆怅一会儿,可天气还是有点冷,坐了一会儿,思绪还没开始乱涌,我先有点扛不住了。往回走的路上正好路过那间旅社,我看到旅社门口两盏灯还亮着,看来派出所还没下达整顿处理的决定。看到我在门外,里面的矮胖老板突然冲出来,对着我喊道:

"刘警官,刘警官,我这儿有情况要报告。"

"什么情况?"

"当时他们没登记,我怕出事,就留了其中一个人的电话,是手机号码。"

"你怎么不早说?"

"当时害怕,把这件事忘了,刚想起来。"

我们立刻对手机号码的机主进行核查,结果显示,机主叫马林,是内蒙古人,三十三岁。移动公司对手机号码的漫游情况进行查询显示,这个号码在我们市只待了七天,目前漫游到了湖北。

根据监控,这伙人选的火车就是到湖北的火车。终于抓住了这几个人的尾巴,大队当即决定进行抓捕,组织了十三个人,都是精兵强将,直接赶去武汉，目的只有一个，将马林一伙抓获！

有了身份信息，接下来的工作就好办了，武汉的警方也很配合我们的工作，在他们的帮助下，我们查出马林在武汉有住宿登记。这些人在我们城市住宿不登记，而到了武汉却没避讳，说明他们没打算在武汉作案。事后证实和我们预料的一样，他们是打算先来玩几天。

我们在宾馆的楼下进行守候，晚上他们五个人打车返回宾馆，走在最后面的是个胖子。宾馆内所有的人都是我们布置的人。现在我们开始抓捕，大家冲上去七手八脚把四个人全按在了地上，唯独走在最后的那个胖子在我们动的一瞬间就推开旋转门，撞开了门外的两名同事往外跑。我和其他同事在后面紧紧地追。

这胖子比我想象的能跑，大约一口气跑出去四百米也没减速。不过他对宾馆附近的道路不太熟悉，自己跑进了一个死胡同，等到他回头的时候，已经被我堵在里面了。

胖子忽然从身上抽出一把刀，是二十厘米长的军刺。这时我才发现自己孤身一人。我能看到他的眼睛开始泛红，好像中邪了一样，和我之前遇到的一个杀人的精神病患者一样。在这种气氛下，我后退了一步。这个胖子看到我后退了，拿着刀往前比画着空刺了两下，哇哇大叫。这时我心里有点慌了，自己什么武器都没拿，身上只有一副手铐，这胖子看上去比我重得多，真拼起来别说控制他了，自己的生命都有危险。

我一边僵持，一边后退，不一会儿就被胖子逼到了胡同口。胖子一步步继续往前走，拿着刀不停地划来划去，我只能继续退。胖子出了胡同口朝两边看了看，除了我没有别人。

旁边有一堆旗杆子，就是商铺开业时经常摆放在道两侧的宣传旗子，我一把拽起一根，像矛枪一样举起来指着胖子。

"别动，你给我老实点。"

"滚！你滚！我和你拼了！"

胖子再走一步就能出了胡同，但被旗杆子顶住了。胖子拿着手里的刀往前冲，我急忙用旗杆子往前顶。俗话说一寸长一寸强，旗杆子戳在身上也挺疼，而胖子的刀够不到我，他连续往前冲了两次都被我用旗杆子顶回去了。

"我和你拼了！"

胖子忽然大叫一声，使劲往前冲，竟然用身子顶着旗杆子硬生生地从胡同口冲了出来。"咔嚓"一声，旗杆子被顶弯折断了。我被逼得没办法，拎着半截旗杆子往一旁闪。胖子毕竟是嫌疑犯，并没想过和我拼命，只是为了逃跑，冲出来后没再和我纠缠，自己顺着路跑。我又继续跟在后面追。

"你别追了，再追我捅死你！"

胖子看到我还在追他，转过身，拿着刀扑过来。我急忙后退，胖子看到我后退了，又继续转身跑，我又继续追。

"你他妈的活够了想死啊！"

胖子看到我还在追，他又拿着刀转过身朝我扑过来。我没法和胖子拼命，但是我也不能让他就这么跑了。胖子只要回头拿着刀冲过来，我就跑，他追不上我。而他只要想跑，我就追，他也甩不开我。就这样，我俩像是玩不停转换角色的老鹰捉小鸡游戏一样，沿着小道跑跑停停。

前面出现一个岔路，胖子一下子拐了进去，这下我停住了。继续追？胖子要是藏在拐角怎么办？不追？那胖子就跑了。我俩一路追追跑跑，胖子现在急红了眼，很可能在拐角等着我准备拼命，但也可能直接跑了。我现在陷入两难。

我现在似乎进入了对生命的选择。平时看到有关警察制伏歹徒的报道和一些拼命抓捕的新闻，自己虽然挺钦佩，但是没什么特别的感觉。现在换作自己才知道，当一个人面对生命的威胁时还能继续坚持抓捕，那简直不逊于战争中的英雄。

正常来说，我应该毫不犹豫地冲过去，不管胖子是不是躲在拐角，但是我没有，我在这里停了三四秒钟，脑海中转过无数个念头，但我始终没敢冲过去。如果说胖子和我面对面拼命，给我一把刀我也敢和他拼了，但是对于这种明知可能被人袭击还义无反顾地冲上去的行为，我没有足够的勇气。

勇气就是义无反顾，我在这里停的时间越长，心里就越胆怯。我陷入了极大的矛盾中，我一边恨自己太窝囊，一边又劝自己别太莽撞。就在这个时候，我忽然听到拐角另一头发出"叭"的一声枪响，然后有人喊了句"站住，不要动"。

有同事在，而且有枪！就像是战火纷飞中忽然听到了我方冲锋的号角，顿时我也来了勇气，提起精神慢慢走到拐角，发现胖子在不远的地方举着手蹲在地上，前面有同事用枪指着胖子。胖子身边不远处有一把军刺，就是冲我比画的那把刀。

一场抓捕有惊无险地成功结束了。

对这五个人的审讯持续了一天一夜，我们也终于弄清楚事情的来龙去脉。

这是一个团伙，胖子就是主犯，也是他们的大哥。这个团伙核心是四个人，胖子和他们不但是老乡，还是从小玩到大的好朋友。四个人在内蒙古认识了一个人，这个人没名字，也没户口，从小就是一个黑户，也就是我们所说的不存在的人。胖子这时想出了一个主意，打算一起去盗窃，然后留下这个黑户的指纹。他们一共盗窃了三次，这群人很谨慎，作案前都踩好点，摸好路线，算好时间，然后一齐进屋，进去后趁黑户不注意，其他四个人都戴上手套，这样现场只留下了那个黑户的指纹。

后来胖子对同伴说盗窃来钱太慢，决定去抢劫，计划一番后打算抢劫卖淫女，但这都是胖子提前计划好的。这种女人肯定有钱，但是想弄到钱就得绑架问出银行卡密码，这样他们的脸就被看见了，所以弄到钱后必须杀死对方。但抢劫杀人这种案件，警方肯定会认真侦办，这时候就要利用这个黑户来躲避警方的侦查。

他们来到我们市，找到了一家适合作案的宾馆，让黑户用盗窃来的身份证开房，等到赵雪进屋后，他们四个人再随后进去。他们先把赵雪绑起来，问她银行卡密码，赵雪说出密码后，由黑户下楼找提款机确认，这就是监控中皮夹克出来那一趟的原因。之后他们把赵雪勒死，从安全通道离开。

医院里躺着的正是黑户，也就是和他们一起作案的皮夹克。抢劫杀人后，胖子决定施行早就拟好的计划。他们把黑户骗到山上，用地砖猛击他的头部。这四个人以为已经将他杀死了，然后把皮夹克和牛仔裤扒掉。他们怕这个人的穿着会引起警方注意，将之前的抢劫杀人案与这个案子联系起来。

他们以为做得天衣无缝，抢劫杀人的人已经被他们杀死了，即使死的这个人被发现，也不会与抢劫杀人这个案件联系起来，即使联系起来，也不会牵连到他们。

四个人随后在火车站物色了一个人选，打算故技重施，让这个人加入他们的团伙，先干几起盗窃，得到一点好处，然后再如法炮制，做一起抢劫杀人，把案件最后扣在新招的那个人身上，如同对待黑户一样再把他杀死。所以他们走的时候还是五个人，只不过第五个人是新来的。

我不禁对他们如此之深的谋划感到恐惧，这是我遇到的谋算最深的一个团伙犯罪了。像这种三人以上属于多人犯罪，在连续犯罪时便为犯罪团伙，一般团伙犯罪的头目属于情节严重，判刑时会加重处罚，团伙中其他人"雨露均沾"，因为团伙犯罪会涉嫌数起案件，所以在判决的时候处罚要远超于一般案件。

等待这一犯罪团伙的也是数罪并罚，盗用他人身份证、入室抢劫、故意杀人，这几个罪行量刑差距较大，那么以较重的为准，较轻的不予执行，如果情节严重需要加重处罚，但不得超过数罪总刑期。

当我抓捕胖子与他面对面的时候,他的眼神就如同从地狱而来的恶魔,根本称不上是人。杀人对于他来说只是随手而为,毫不在意。但最后我们终于将这个恶魔绳之以法了。

08 处长遭遇"仙人跳",却替罪犯隐瞒

每一个嫌疑犯都能为自己的犯罪行为进行狡辩,只有法律是无私的,它按照制定的条例惩处犯罪。即使是这样,在利益和欲望的驱动下,总有人会冲破理智,犯下不可饶恕的罪行,有的人甚至会留下终生阴影。

在我们侦破杀害卖淫小姐的案件不久之后，我又接触了一起和卖淫女有关的案件，只不过这次角色发生了转换。它让我意识到，有时候善与恶的界限很模糊，你站的角度不同，它们出现的位置也会不同。

这起案件本身并不复杂，复杂的是人性。每一个嫌疑犯都能为自己的犯罪行为进行狡辩，只有法律是无私的，它按照制定的条例惩处犯罪。即使是这样，在利益和欲望的驱动下，总有人会冲破理智，犯下不可饶恕的罪行，有的人甚至会留下终生阴影。

那天我在单位接到大队长的电话，让我单独去他办公室一趟。

我到了他的办公室，看到一个戴着厚厚镜片的中年人坐在那里。这个人头发稀疏，有些谢顶，脚下的皮鞋锃亮，衣着得体，衣服上连一丝褶皱都没有，身体笔直端正地坐在沙发上，公文包平放在腿上。

桌前摆的茶已经凉了，但他一口也没喝。

"来，小刘哥，我给你介绍一下，这位是区政府的领导，前几天出了点事，他不愿意去派出所报案，所以直接来咱们大队，等会儿你给他做份笔录。"大队长说完又转向这个中年人，"陈处，这是我们大队的小刘，等会儿给你做份笔录，有什么需要就直接和他说，你这个事就全权交给他负责了。"

被叫陈处的男人听完站起身子，伸出双手紧紧地握着大队长的手摇了几下，口中连连地说着感谢，然后转过身向我伸出手，和我又紧紧地握了几下手。我们很少有见面握手这种礼仪，尤其是握得这么用力，让我感觉他心里有一块大石头一样，紧紧地压着他。

大队长只对我交代了一句话，至于具体是因为什么事情报案、什么案情、怎么处理，完全交给我来负责，这反而让我有点不安，生怕这个事情做得不好，于是我打起了十二分精神。

陈处跟着我来到楼上的办公室。到了之后，我在桌子上找打印纸，陈处拖了一把椅子到了桌前。我注意到他拖椅子的时候是用手把椅子搬起来的，防止拖地发出声音。真不愧是在政府办公的人，这种细节都能注意到，我心里不禁想。

"你好，姓名是陈处是吧？"我开始做笔录，首先登记人员信息。

"哦，不是的，我叫陈卫，因为负责一些具体工作，所以单位人一般喊我陈处长，有的人就喊我陈处。"

我暗自吐了吐舌头，原来陈处是职位，我还把它当成名字了。

"职位和部门是什么？"

"这个就不要登记了吧，工作单位写区政府就行。"陈卫尴尬地笑了笑，低声说道。

"那行，你来我们这儿是报案吗？你先说一下大概情况吧。"

"我是来报案的，我是被抢劫了。"陈卫身子往前探，几乎贴到我的桌前了，说话的声音只有我能听见。

"被抢了多少东西？"一起抢劫案，而且没有去派出所报案，而是直接来我们刑侦大队，他自己在政府部门工作，难道是被抢劫的数额不方便透露？我心里想着，脑海中不禁浮现出家里藏着一皮箱现金的贪官的模样。我在等着他能不能报出一个让我惊讶的数目来。

"唉，东西倒不多，关键是我的包和手机也被抢了。手机里面有通信录，包里有几份重要的文件，这东西丢了，补起来很麻烦。你们要是能帮忙找回来，我一定好好感谢你们。"陈卫一边说，一边双手按在桌子前，俯身给我鞠了一个躬。

"这倒不用，你先和我说清楚一点，怎么被抢的，在哪儿被抢的，被抢了多少钱？"

我在想他是不是不好意思说出金额，故意用其他的东西来搪塞。看着陈卫这副有苦说不出的模样，我就预感到他所谓的抢劫案很可能另有隐情，不然早就大大方方报案了。

"我是前天在五一宾馆 403 房间被抢的。"

在宾馆里被抢？这个让我有些吃惊，本来我以为他是在大街上，甚至在家门口，但没想过会在宾馆被抢。现在宾馆内部监控齐全，入住的人都需要登记，而且五一宾馆地处市中心繁华地带，出了宾馆，各条路上都有摄像头，在这里进行抢劫无疑是特意降低警察的侦破难度，是什么样的嫌疑犯能傻到选了这么一个地点？

"你在宾馆怎么会被抢？是直接破门进屋抢劫的，还是门被骗开后再被抢的？"

"都不是，都不是，我是在别人的屋里被抢的。"

"你在别人屋里被抢的？那另一个人也被抢了是吧？他被抢了多少东西？你们应该一块儿来报案，这样我可以一起登记上。"

"不是，不是，她没被抢，就我被抢了。"

我注意到陈卫脸上开始泛红，他说话一直是慢条斯理的，言语清晰，可现在开始有些吞吞吐吐。

"那你应该把他也一起带来啊，这样他还能作为一个证人，对于将来我们把人抓住进行诉讼，证据证言能起到很大的作用。何况在他的屋子里被抢，我们也肯定得找他问一问相关的情况，难道他和你一样也是不方便报案吗？"

"不是，不是，我是被屋子里这个人给抢了，这个案子诉讼不诉讼都没关系，只要帮我把我的公文包给找回来就行。"

"你是说你去他的屋子，然后被他抢了？"

陈卫点了点头，这下我心里也明白了，怪不得陈卫看起来像有什么难言之隐似的，原来他和抢他的嫌疑犯认识，估计陈卫是被人骗到宾馆，然后被抢的。而且这种熟人作案，目的性非常明确。陈卫一直强调要找回自己包里的文件，说不定这个人就是冲着他包里的文件才抢他的。至于这件事陈卫不愿意报警，肯定是不想让外人知道自己和这个人有过接触。这个人的工作肯定涉及陈卫负责的业务方面，很有可能涉及一些内幕交易。

我喝了口水，心里琢磨了一下，这种案子很可能涉及一些内部纠纷。

如果案件涉及其他纠纷，我们不会去管纠纷的内容，我们仅仅是针对案件本身进行侦查，同时会将涉及的事项报给有关部门。比如在查盗窃案的时候发现公职人员家里出现大额现金，那么就会报给纪检委；又比如在调查合同诈骗案的时候发现涉案公司的发票有问题，那么我们就会报给同级税务部门。

办公室里只有我和陈卫，黄哥和其他人也都不在。正常情况下我应该找黄哥或者其他人一起做笔录，但是大队长要求这个事情我自己一个人办，那么现在连个能商量的人都没有，只能靠自己了。

我仔细端详了下陈卫，这是一个五十岁有些谢顶的男人，一举一动沉稳老练，说话字正腔圆，待人谦恭有礼，这样的人一眼看去，怎么也不会与钱权交易联系到一起，我心里想。

"你把抢你的那个人的身份信息说一下，我们赶紧查一下，准备抓人。"

"我……我……我不知道她叫什么名。"

你能和他在宾馆见面，还能不知道他叫什么名？明显你俩很熟悉，都到这种地步了，还在这儿装蒜？我心里有些不悦，既然来报案，还不说实话。不过看着陈卫这副窘迫的模样，估计他是不想说，不然也不会来我们这里，看来这件事得我自己去宾馆确认了。

"行，这样不用你说，大体情况我也能猜到八九不离十了。这人敢在宾馆里抢劫，就说明根本不在乎被抓。我们现在就去查找这个人，尽快将他抓获，把你的文件找回来。"

"你们打算怎么查？"陈卫忽然很紧张，急切地问我。

"怎么查？现在宾馆开房都必须登记身份证，我去宾馆前台查他的开房信息，确认身份后就可以开始布控抓人。这些都是我们的事，你就不用操心了。"

"那你们这么查，宾馆不就知道了吗？"

"陈处长啊！现在都什么时候了，你这边着急要你的公文包，那边又不希望我们去查，问你那个人叫什么名，你自己又不说，你这样让我们怎么开展工作，怎么帮你把包找回来？人家都把你给抢了，你还想护着人家啊，你们俩之间有什么事和我没关系，我只是针对抢劫这个事实抓人破案。你还害怕宾馆知道？就你这个事，在宾馆被抢劫了，宾馆也有一定的责任，正常这种事都应该是宾馆的人陪着你来报案。考虑到你提出保护隐私的要求，我们就不追究宾馆了，你还想怎么样？"

我一连串提出几个问题，把陈卫问得一愣一愣的。

"不是的，不是的，我也想帮你们早点把这个人抓住，但是我真不知道这个人叫什么名。"陈卫说这话的时候已经满脸通红。

"你不认识这个人，怎么能跑到他房间去？你们那些事不用和我说，我心里也有数，但是现在你要是想把包找回来，那我们必须查出这个人的身份，不然你让我们去哪儿找包？去大街上挨个翻垃圾箱啊？"

我侦办过几起抢劫案，嫌犯在抢到包之后都是把里面值钱的东西拿走，然后把不值钱的东西和包一起扔进垃圾箱。我曾经为了找被抢的东西，和同事们去垃圾场连续翻了两天，出来之后鼻子都失去嗅觉了，连厕所的清洁剂闻起来都是花香味。

"不是的，我没撒谎，我真不知道她叫什么名，我发誓。"

"你不认识他，那你怎么去他的屋子里？走错屋被抢了啊？抢劫犯守株待兔啊，你是傻兔子吗？"看着陈卫不愿意配合的样子，我不由得出言讽刺他几句。

"我……我……我俩是在网上认识的……"陈卫说这话时声音小得像蚊子飞，我都没听清楚，直到他又说了一遍才听清。

"网上认识的"，这句话很敏感，尤其是想到铺天盖地的网恋诈骗新闻什么的，我顿时豁然开朗，怪不得陈卫一直遮遮掩掩。

以网恋为名进行诈骗就按照诈骗罪定性，现在只要是通过网络、电脑、手机、电话进行诈骗的行为都属于电信诈骗。由于现在电信诈骗极其猖獗，公安机关已经为电信诈骗成立了一个独立的工作部门。犯罪嫌疑人一旦被抓获并定罪，轻则判处三年以下有期徒刑，重则三到十年有期徒刑。

"这个人是男的女的？"话说到这份儿上，我心里才透亮，于是我换了种询问的方式。

"女的……"

"聊天认识的网友？"

"不算是……"

"卖淫女？"

"嗯……"

"被男的抢了？"

"嗯……"

"几个男的？"

"四个……"

"发生关系了吗？"

"没……我洗完澡出来……还穿了条裤衩……"

一个五十岁的人像做错事罚站的小学生一样，低着头，几乎要埋进桌子下面了，不光是脸，从脖子到耳朵根全是通红一片。他有些谢顶，本来是将一侧的头发全梳过来，覆盖住上半球，结果他这么一低头，盖在上半球的头发全掉到鬓角边，把整个头皮露了出来，一个锃亮的大脑袋正对着我。

原来他是遇到"仙人跳"了。

"仙人跳"是一个俗称，是指犯罪团伙用一名女性做诱饵，以招嫖为借口，将男性诱到他们准备好的地点，伺机对男性进行敲诈，其实就是抢劫。仙人跳抢劫的借口无非那么几种，有的是假装以卖淫女男朋友或者老公的名义，威胁被害人进行抢劫；有的是等待被害人与卖淫女发生关系后，利用藏在房间里的摄像头偷拍到的录像进行敲诈抢劫。大多数情况是被害人与卖淫女发生过关系，被人抓住把柄才乖乖就范的，像他这种连裤子都没脱就被抢了，我还是第一次遇到。

仙人跳定性是根据现场情况，如果是以勒索的方式来要求被害人拿出钱财，没有恐吓与威胁，那么就是敲诈勒索。如果是以胁迫来使被害人交出金钱财物，其间有打骂被害人的行为，那么就是抢劫。

但大多数仙人跳都是抢劫，因为现场肯定不止一两个人，在一群人对着一名被害人进行威胁的时候，他们的行为肯定会达到抢劫中暴力威胁的标准。

我给陈卫倒了杯水，让他自己坐在那里缓了一会儿。现在就像是捅破了那层窗户纸、心结被解开一样，他也终于不再有什么顾虑。过了一会儿，他的脸色渐渐恢复，开始和我详细讲述他被抢的前因后果。

他是在网上用聊天软件和这个女人认识的。陈卫说四天前这个女人主动加他为好友，然后开始和陈卫聊天，聊着聊着就开始说一些比较露骨的话。然后这个女的就给陈卫发照片，约陈卫出来见面。陈卫说他确实心动了，可他为人谨慎，不敢做有危险的事情，况且对这个女人不了解，也怕出问题。后来这个女人说不想白白和陈卫发生关系，想要点钱，接着两个人谈好价钱。这时陈卫反而放心了，因为他确认对方只是一个卖淫女。

案发那天是陈卫选地方，他特意选了五一宾馆，然后女人开好房间，陈卫再上去。见面之后，陈卫发现女人和照片上确实是同一个人，这下彻底放心了，于是按照女人的要求先进去洗澡。陈卫说洗澡的时候有水声，所以他并没有听见房间门被打开的声音。等他洗完澡之后，看见女人躺在床上盖着被子，他也没注意房间的门其实是虚掩着的。陈卫刚上床，房间门就被打开了，冲进来四个男人。当时陈卫吓坏了，对方说了些什么他根本没记住，他只是按照对方的要求，把身上的钱全拿出来，手机交出来，最后连公文包一起交出去。这几个人对陈卫威胁恐吓了一番，然后离开了宾馆。陈卫确认他们走了之后才逃走，连房间都没退。

房间是女人开的，登记的信息也是女人的身份证，案发之后，这几个人大摇大摆地走出宾馆，说明这群人根本不在乎，因为他们认为这种事根本不会有人报警，被抢的人都是哑巴吃黄连。从他们作案轻车熟路的手段来看，这应该是一个作案极其熟练的仙人跳团伙。可是他们没想到陈卫被抢的公文包里有重要文件，重要到陈卫不得不报警，即使是被别人知道自己嫖娼的事，也得把文件找回来。

陈卫说着说着便开始流眼泪，我能感觉出他的懊恼和悔恨。一个五十岁、历经职场洗礼多年、小心谨慎的人，没想到还是拜倒在石榴裙下，阴沟里翻了船。正所谓"色字头上一把刀"，只要稍微动了歪心思，早晚都会挨切。

看着陈卫这副可怜的样子，我安慰了他几句，不再计较他之前不配合、不说实话的举动。工作快十年了，看人可怜就心软，看人可恶就生气，情绪化是我的一个毛病。而刑侦办案最重要的是平常心，在办理各种容易刺激到神经的案件时，如果你自己的情绪发生波动，很容易在侦查中犯偏执。之前黄哥、狐狸哥等人知道我这个毛病，都照顾我，一般在我情绪激动或者低落的时候，他们都不会让我参与审讯或者侦查，现在没有大家的帮忙了，只得自己控制。

仙人跳这一类的案件最大的难点就是查找被害人，很多或者几乎是所有的被害人都不会报案。但是陈卫为了那份文件，要找回自己的公文包，必须来这里报案。陈卫报案相当于给了我们一个将这个犯罪团伙打掉的机会。

我向大队长汇报了情况，大队长听到陈卫是因为招嫖被抢后微微笑了笑。看他的表情，我估计他早就猜到了，当时没告诉我是碍于陈卫的面子。这事得让陈卫自己说出来，这是陈卫的心结，只有他解开这个心结，突破这个心理关口，接下来才会全力以赴地配合我们。只有在他的配合下，我们才能处置掉这个犯罪团伙。

为了保护陈卫的隐私，另外也是对案件进行保密，我将那天所有开房的信息全调了回来，然后将里面的女性照片都打印出来，由陈卫一个个进行辨认。陈卫翻到第三页的时候，指着七号照片告诉我就是这个女的——姜莉，二十四岁，吉林人，从照片上来看确实有几分姿色。

我查了下姜莉在我们市的开房记录，短短的三个月显示出了二十一条，遍及各个地区，有豪华酒店，也有快捷酒店，还有公寓式的酒店，每次开房都是只住一天。很显然这一伙人都是惯犯，单从开房次数上看，作案次数可以说令人发指了。

案件事实水落石出，接下来的工作就是按部就班地进行，这种明确身份后的抓捕对于我来说是轻车熟路，需要的只是时间。我回到办公室，里面依旧没人，不过这次我不需要找同事商量了。

接到案件时好奇，侦破案件时兴奋，等到查清事实后心里反而会有些失落，无论多么扑朔迷离的案件在真相大白时，惑人耳目的事实往往不过尔尔。

情绪虽然松懈，但是工作并没放松，我马不停蹄地去查了姜莉的信息，发现她出现在另一个城市。竟然跑了！我原以为他们还会在这里待几天，看来这伙人觉得在这里干得够多了，该转移地点了。

　　这群人在我们市里待了三个月，目前来看所作的案子肯定不下十几起，我查了下报警记录，但没有一起涉及在宾馆被抢劫的报案，也就是说根本没人报警。怪不得这群人明目张胆、有恃无恐，因为他们拿捏住了被害人的心理。

　　初冬时节艳阳依旧，大队长通知有一起抢劫案件侦破，嫌犯在另外一个城市，调派了十一个人跟着我一起去抓捕，并且一切工作由我负责。这是我第一次带队抓捕，第一次作为负责人，我未免有些紧张，怕自己安排不力。不过大队的同事对我还算照顾，大家相互调侃笑闹让我心情轻松了不少。尤其是狐狸哥，非得让我到地方后请大家吃饭，还说以前所有抓捕组长都请吃饭。

　　不过有他在，我心里也踏实了许多。

　　十二个人踏上火车一路向北，直至古城。这个季节在我们城市，晚上一件毛衣就能扛过去，到了这里，穿着厚外套，还觉得风一直往身子里灌个不停。刚下火车，我们就感觉像进了冰窖子，一个个冻得直哆嗦，所有人都在不停地跺着脚。当地接洽的兄弟单位还弄错了出站口，等接到我们时，我都快被冻成冰雕了，几乎是连滚带爬地钻进车里。空调热风吹在脸上时，我才发现鼻涕淌了一脸。

　　当地公安机关将我们接到宾馆，我把需要追查的人的身份信息给他们了，他们说帮我们研判一下，让我们等消息。

　　"晚上请吃饭。"刚到酒店，狐狸哥就说。

　　"去哪儿吃？这里我不熟。"

　　"我熟，之前我来过，有一家饭店特别棒，来，跟着我走。"

　　到了饭店点完菜，当地公安来电话，告诉我们人员位置已经落实了，在如家酒店，而且确定屋子里有人，问我们动不动手。

　　刚点完菜坐下，大家伙一路上都没吃饭，这时候我有些犹豫，嫌疑人这时候就在屋里,吃完饭再去会不会赶不上?不吃饭的话,去了再没有合适的机会怎么办?我感觉自己的脑袋要僵硬了。

"走,立刻去抓。"狐狸哥这时说。

"都还没吃饭……"

"吃什么饭,赶紧去,走,走!"

在我心里,狐狸哥是个敬业精神有待商榷的人,每次和他一起侦办案件,他总是找机会溜边偷懒,我没想到在这种时候,狐狸哥能放着饭不吃,立刻决断去抓人,本来以为由吃饭变成抓人,来自他的阻力最大,现在看他反而是最积极的。

夜色已沉,马路上的车呼啸而过,如家酒店在路边格外显眼。周围万家灯火通明,天实在太冷了,大街上的人步伐匆匆,街上格外冷清。我们一群人怕太显眼,分散开躲在各处。

我和狐狸哥在楼下往上看,那间屋子拉着窗帘,乍一看与其他房间没什么区别。当地公安告诉我们已经安排服务员去确认了,屋子里至少有四个人。

"你拿着。"狐狸哥从包里拿出一把枪递给我。我们来的时候,为了以防万一带了一把枪,一直在狐狸哥那里放着,没想到他竟然把枪给我了。

"我拿?"我不确定地问。

"你拿枪,我先进。"狐狸哥说。

第一个进屋抓捕是最危险的,但第一个进的不能拿枪,因为在不清楚里面的情况时不能随意开枪。第一个冲进去,无法快速判断现场情况,都是以搏斗为主,后面进去的人才能用枪来控制现场。

"咱俩一起进,让后面的人拿枪。"我说,这次抓捕是我负责,我总得冲在前面。

"算了,别人拿枪我不放心,你拿着吧。"

"我心里也没底,从工作到现在,我也没开过枪啊。"

"你当我开过枪啊？就这么定了，陈浩跟着我一起冲，你在第三个。"

名义上这次抓捕是我带队我负责，可是到了最后关头，还是靠狐狸哥安排。

酒店是由民宅改建的，走廊只有一米五宽，我们只能一个个贴着墙边往里面走。来到房间外，狐狸哥用耳朵贴着门听了一会儿，然后回过身点了点头。屋子里有动静，而且不止一个人，很可能这群人都在里面。

我轻轻地从门前走过去，来到门的另一侧，又有三个人依次走过来，两个站在我身后，陈浩站在我前面。我手握着枪，保险已经打开了。枪柄上油乎乎的，估计是刷油保养之后再没人用过。我手握着枪把，黏黏的，也不知道是汗还是油。

我的手指放在扳机护栏上，手指往下轻轻一拨就能碰到扳机，再一拨就能击发。我忽然感觉手中的枪变沉了，我必须用左手托住枪底才能保持握紧的状态。

走廊里静悄悄的，除了能清楚地听见屋子里有人说话，我还能感觉到自己的心跳。我甚至觉得自己手中的枪似乎也随着心跳在一抖一抖。这时候，我看见狐狸哥举起右手，告诉大家做好准备。他手上有一张酒店的房卡，能打开这一层所有房间的门。狐狸哥又回头看了一下身后的同事。他手里拎着一把砸墙用的锤子，如果刷卡打开门后，发现这群人在里面把安全锁挂上，那么我的同事就要立刻冲过去，用锤子把门上的安全锁砸开，越快越好，晚一秒钟就是多给嫌疑人一秒钟的反应时间。

"嘀，刺啦"，这两声轻微的声响在安静的走廊里格外刺耳。门开了，狐狸哥轻轻拉下门把手，慢慢往里推，把门推开了几乎看不出来的一条小缝，但是能透过这条缝看出来里面没挂安全锁。

"上！"

狐狸哥忽然大喊一声，把我吓一跳。怎么不按照事先定好的来？我们定好的是发现没挂安全锁就直接推门冲进去抓人，如果有人拒捕，我可以鸣枪，可没说要大喊一声"上"。等我缓过来的时候，前面两个人已经冲进去了，我急忙跟着第三个冲了进去。

我冲进去的时候，看到狐狸哥在前面直接跃起，跳到中间的床上。有个人躺在床上，被狐狸哥直接压在下面一动也动不了。

"警察，别动！"

"你们是干什么的？"屋子里顿时乱作一团，有人大声喊道。

"都蹲下，都蹲下！"

这时现场除了狐狸哥按住一个人，第一张床旁边还蹲着一个人，另外两个都在拼命挣扎，一个在和我的同事撕扯，另外一个人正在往窗户那里跑，被其他同事从后面拽住，不停地拉扯。我发现自己拿着枪根本没用，所有人都在大喊大叫，骂声与喊声混杂在一起，根本分不清是谁在说话。这时候，别说我拿着的是一把五四手枪，就是扛着一个火箭筒进来，也没人会注意到我。

这时候得体现出枪的威慑力，但是我觉得即使我大喊一声"我要开枪了"，也不会有人搭理。这时我看到蹲在第一张床旁边的人已经被我同事控制住了。我过去拿着枪一下子顶在他的头上。冰冷的枪口触碰到他时，他抬起头看了一眼。当发现碰到自己的是一把枪时，他用一个匪夷所思的、尖尖的声音大喊起来。

"有枪，他们有枪。"

他喊话的声音又尖又长，好像反串演员唱歌一样，有种京剧花旦的感觉。这种声音极具穿透力，在一群人的喊叫声中脱颖而出，让在场的所有人都听见了他的喊声。另外两个极力反抗的嫌疑犯顿时不再挣扎，老老实实地被我们戴上了手铐。

姜莉也被抓住了，她当时在卫生间。这五个人都在一个房间里，他们准备分钱。我们从姜莉的包里搜出了五万块钱。他们一般是连续作案，然后钱由姜莉统一保管，在作十起案子之后再统一分钱。令我比较意外的是，他们这个团伙的领头人不是姜莉，也不是膀大腰圆、反抗最激烈的那个，而是被我用枪顶在头上的小瘦子。

事后我们得知，这几个人是狱友，他们中有因盗窃入狱的，有因抢劫入狱的，也有因故意伤害入狱的，在监狱里相互认识，出来后混在了一起。姜莉是一个卖淫女，和其中一个人正在处对象。是小瘦子先提出来要做仙人跳赚钱的买卖，几个人一拍即合。而姜莉在做了几次后发现这样来钱比卖淫快多了，于是铁了心和他们一起干。根据他们五个人相互指认、交代犯罪过程后，我初步统计出他们在我市一共作案二十七起。

他们离开我市的原因并不是抢劫了陈卫，他们根本没把抢劫陈卫当回事，这只是他们二十七起抢劫中的一起。他们离开我市是因为在抢劫陈卫之后又作了一起案子，结果遇到了一个态度坚决、拒不给钱的人。无论这几个人怎么敲诈威胁，这个人就是不拿钱。他们在宾馆把这个人打了一顿，即使是这样，对方还是不肯拿钱，并且声称和他们没完。这几个人干了二十多起仙人跳的案子，头一次遇到这种软硬不吃的人。为了防止这个人将来真的找他们麻烦，他们几个这才买了车票离开，去了另一个城市。

在法院判决中有重犯和累犯两种刑罚加重的情况，重犯是指又犯了相同的罪行，而累犯是指被判处有期徒刑以上刑罚的犯罪分子，刑罚执行完毕或赦免以后，在五年以内再犯判处有期徒刑以上刑罚的。这五人都算累犯，将被从重处罚。

案子办理得很顺利，只是在取证的时候又遇到了难处。他们都是在网上用聊天软件与受害人联系，根据他们提供的聊天信息，我找了一下，大多数的受害人已经联系不上了。最后我只找到两个受害人，一个正在念大学，另一个职业不详。不过他俩口径很统一，就是坚决不来做笔录。他们在电话里承认被抢，承认自己一时糊涂犯了错，被人抓住了把柄，但他们都不肯来配合我们的工作。即便是为了让这个抢劫他们的团伙受到法律的制裁，他们也不愿意为此在公安机关留下一点蛛丝马迹。

不过幸好还有陈卫愿意配合我们的工作。

其实在进行抓捕前，我们已经将陈卫的文件找到了。这几个人离开五一宾馆之后，我们根据沿途的监控调取录像跟随他们的移动路线一点点地看，发现他们分开行动，有两个男的拿着陈卫的包走开了，女人和另外两个男的则去了银行。我们发现拿着包的两个男人转进了一个胡同，出来后手里还是拎着陈卫的公文包，但是包已经卷成了一团，里面的东西没了。他们应该是找一个没人的地方"洗包"去了。"洗包"就是将包里值钱的东西拿走，剩下的东西连同包一起扔掉。陈卫的公文包是一个高级品牌，他们最后没舍得扔，这才又拿了回来。

随后我们去了他们转进去的胡同，胡同一侧是停车场，在分隔的广告牌后面找到了十几页文件。

不过我们大队长不让我告诉陈卫，他怕陈卫拿到文件后变卦不愿意作证。在案件最终告破后，陈卫才拿回了文件。

连续两起案件，一个被害人是卖淫女，另一个嫌疑犯是卖淫女，同样一种角色在两起案件中展现了完全对立的两面，这大大地冲击着我对社会乃至世界的认知。工作了八年，有时候，我仍然感觉自己像个新人一样，总有自己没见过、没遇到过的事情和案件。即便是这样，无论什么案件，我都会从它身上看到自己侦办过的其他案件的影子。我是重特大案件中队的一员，对侦破各类重特大案件都有信心。

而接下来的案件却是一个我从来没有接触过的领域。

09 从广东到吉林，我和大毒枭贴身共处五天五夜

我坐在一旁认真听着，这是我第一次接触毒品案件，但并不是一个完全的案件，由于前期丹东方面经营了一段时间，这个案件已经很成熟了，编筐编篓就剩收口，我们的任务更像是去抓一名逃犯。

一

初春的太阳晒在身上格外舒服，与屋子里暖气的烘烤相比，既不热又暖和，我看了眼队里的其他人，一个个都懒洋洋地趴在桌子上。看着时间转到下午一点，再过几小时就可以下班了，年后的第一个月是最清闲的时候，有种百废待兴的感觉。

"人都在呢？"宋队推开门，朝屋子里看了一眼。我只把头朝门口的方向扭了一下，看了眼宋队，身子趴在桌子上都没抬起来。其他几个人的动作幅度和我差不多。

"刚才分局来电话让我过去一趟，你们先别走，等我回来，别万一有什么事。"

"刚过完年，折腾什么？"黄哥正在玩手机，头也不抬地回了一句。

"别说什么万一，就算有事也和我没关系，我可都提前请好假了，领孩子去广州玩，告诉你别给我整事啊。"狐狸哥起身点了一根烟说。狐狸哥过年期间值了两个班，就是为了在年后错出休息日带孩子出去玩玩。

下午四点多的时候，宋队回来了，身后还跟着两个人。从宋队开门的一瞬间，我就看到他脸色不对，脸上的笑好像是被人挠痒痒才挤出来的。

"给大家介绍一下，这是丹东来的同行，来协查一个案子。"

协查在办案时很常见，异地办案需要当地公安机关配合，我们去外地抓人的时候也需要当地公安帮忙，不然人生地不熟的，根本分不清街道路口。协查需要提供一些手续，包括协查函和介绍信，但在刑警中流传一句话："天下警察是一家，只有刑警一个妈。"说的就是刑警相互之间理解帮助的程度要远远大于其他警种，有的时候根本不需要什么手续，只要你亮出警官证，当地公安机关都会无条件帮你追查嫌疑人。

本来嘈杂的屋子里一下子静下来，所有人都盯着宋队，但没人说话，都等着宋队继续说。协查工作分好几种，有的陪着跑个腿就行，有的则需要做大量的取证工作，现在没说是为什么事协查，谁也不知道工作量有多大。两个丹东来的警察尴尬地笑了笑，他们也注意到屋子里的气氛不对了，都是同行，相互都理解，正值刚过完年，又赶上快下班，这个时候换作谁心里都会有抵触。

"前不久丹东办了一个案子，抓了几个人，其中一个人手里有两百多个东西。这些东西现在查清楚了，是从咱们这边流过去的。东西是一个叫小伟的人放的，这个人现在已经确认身份了。现在怀疑这个人能搞到更多的货，打算继续往上摸一摸。"宋队说。

"两百个东西？什么东西？毒品啊？"黄哥问。

"对，是冰毒。"丹东的警察回答。

"毒品案件的协查怎么转到咱们这儿了？不是有特勤队吗？"

特勤队也是我们刑侦大队下属的一个中队，刑侦大队下属有数个中队，除了我们重案队之外还有技术中队、案审中队、追逃中队、反扒中队等等，特勤中队就是专门负责毒品案件的侦破。几年后警察部门职能改革，特勤中队变成了禁毒大队，当然这又是另外的故事了。

"特勤队的人都去四川出差了，现在没有人手。人家联系了局里，这才转给咱们，也是对咱们的信任。"

案件已经交给我们了，连丹东的警察都来了，大家都没继续说话，等着宋队介绍案情。

宋队言简意赅，这个案件脉络清晰，现在的任务就是找到小伟，有机会继续深挖就往上摸，争取打掉更多的贩毒人员，没机会就直接抓。

"你们什么时候抓的？"黄哥望着丹东的两位警察问。

"年前抓的，这不过完年了嘛，我俩才过来。"其中一位警察回答。

"丹东的同行活儿干得细致，不但把人摸透了，连这条线都摸清了一半。由于这人住在咱们儿，他们异地办案不方便，所以来和我们协同作战。这活儿也快，速战速决的话也就一个星期，对吧？"宋队看着丹东的两名警察问，也是想从他们那儿得到一个口头承诺，这活儿不能耽误太长时间。

"我们已经把小伟的基本情况摸清了，他住在哪儿、和谁住，年前都已经落实了。现在关键的是他有一个马仔，准备去南方进货，咱们想把他们干掉，就得等他这批货到手了再动手。这个时间节点就得靠你们帮忙了，毕竟在自己地头工作起来比较方便。"

听到丹东的警察确认了宋队的说法，这个案子基本已经清楚，人员都摸清了，剩下的只是找机会抓捕，大家纷纷露出了认真的表情。

"马仔身份有吗？"黄哥问。

"有。"

"小伟打算什么时候去进货？"

"根据我们掌握的情况，就这几天。"

我坐在一旁认真听着，这是我第一次接触毒品案件，但并不是一个完全的案件，由于前期丹东方面经营了一段时间，这个案件已经很成熟了，编筐编篓就剩收口，我们的任务更像是去抓一名逃犯。

"哥几个今天辛苦下，加个班，尽快把马仔行动轨迹落实了，确认他去南方进货的时间，然后我们提前派人去，只要货到他手，咱们就动手。"

大家立刻开始忙碌起来。这可是开年头一个案件，今年的开门红一定得打响。

"我后天得领孩子去广州，机票都订好了……"狐狸哥有点底气不足地说。大家都在忙活，他却要出去玩，像战场上的逃兵一样。

"没事，你去玩你的，不耽误。"宋队说。

"这还差不多。"狐狸哥笑嘻嘻地开始收拾东西，这个案子和自己没关系了，今晚自然也不用加班了。

"明天我就不来了啊，要不看你们忙忙叨叨的，我心里也痒痒。"狐狸哥临走前还不忘说几句风凉话。我们都知道他才不会痒痒呢，他巴不得脱离战场，躲得远远的。

"算你命好，刚请完假就赶上来案子。"黄哥回了一句。

"嗨，你这说的什么话，我想帮忙也帮不上啊，后天就走了。"狐狸哥拎着包走到门口，看了眼坐在门口沙发上的一个丹东警察，估计他是想表达下自己对案件比较关心，便拍了下对方的肩膀问道：

"货源查出来了？你们打算去哪儿出差？刚过完正月十五就得走，挺辛苦啊。"

"货是从广州来的。"

"咦？狐狸，你刚才是不是说要去广州？"宋队问了句。

一瞬间，狐狸哥脸上所有的器官都挤到了一起，好像便秘了一样。

小伟马仔的身份很快落实了，叫王君，1994年出生。看着照片里那张稚气未脱的脸，怎么也不会把贩毒和他联系到一起。通过关联查证发现，王君还有一个女朋友，1997年的，刚满二十岁。人员信息上显示她有一次吸毒前科，也不知道她是因为吸毒和王君走到一起的，还是因为认识王君才吸的毒。

已经晚上八点了，虽然没吃饭，但大家都不觉得饿。一个贩毒脉络渐渐清晰，看着王君一次次乘机的轨迹，根据他去南方的频率推测，这个人肯定不是小打小闹式的贩毒了。我更是有些兴奋，第一次接触毒品案件就遇上一个大猎物，我感觉自己好像是一名猎人，潜伏在草丛里，屏住呼吸，紧紧地盯住目标，等待着警觉的猎物露出破绽的一刹那。

二

第二天，我和黄哥到王君家楼下守着。虽然我们有他的照片，但是有时候照片和本人出入很大，加上长期吸毒的人容貌变化大，所以需要提前对他们进行辨认，方便随时抓捕。王君有辆二手车，我们到他家楼下的时候车还在，我们就在那辆车附近蹲守。下午两点多的时候，有一个人走向王君的车。我仔细观察了一下，这个人留着长头发，个子不高，胖乎乎的，戴了一副黑框眼镜，和我们手里的照片有点像，但是如果是平时走个对脸，我肯定不会把他认成王君。

"这个人是王君吗？"我有些怀疑，一边观察，一边问黄哥。

"有点像，不过这车应该是王君的。"黄哥也有点拿不准了。

"跟不跟？"我看着王君发动起车子开走了。

"算了，别打草惊蛇，咱们今天就是认下人。"

"黄哥，你以前办过毒品案件吗？"我想问问黄哥侦办毒品案件的经验，现学现卖。

黄哥笑了一下没回答。

回到单位后，我们得到了情报中队的消息，王君预订了两天后去广州的飞机票。包括丹东的同行在内，所有人都有些兴奋。大鱼终于行动了，现在钓手们要抓紧时间布置好渔网，将他和毒品一网打尽。宋队立刻预订了提前一天的机票，他和其他同事先过去，而我则和黄哥一起跟王君坐同一班航班。

当天我和黄哥早早地来到机场，我在自助值机设备不远处坐着，黄哥则在航班托运柜台旁边靠着墙站着。令我意想不到的是，我把所有办理自助值机手续的人仔细观察了一遍，一直到所乘的航班开始登机了，我都没看到王君。黄哥和我一样，他同样也没在托运柜台发现王君的踪迹。这下可有点麻烦。对于我俩来说，连一个即将和我们乘同一个航班的人都找不到，说出去都会让别人笑话。我心里有点着急，想去值机柜台问个清楚。黄哥把我拦住了，让我等上了飞机再说，并且把情况和同事说了一下，让他们等所有人都登机后去柜台查一下王君的值机座位号。

我怀着忐忑的心情跟着黄哥上了飞机，手里攥着手机，等待着同事发消息。就在飞机广播里传出"请乘客关上手机"的时候，我收到了一条信息：王君，13B。我急忙起身，朝机身中部的13B座位望去。一个白发苍苍的老太太坐在那里，旁边还有一个小孩。我好像被泼了一盆凉水一样全身冰凉。王君不见了？我朝机舱里张望了一遍，唯一的一个长头发、戴眼镜的人看上去有四十多岁，肯定不是王君。

"别急，他只要办了登机手续就肯定在飞机上。整个飞机不过一百多个人，还能跑了他？"黄哥在一旁安慰我，从前面掏出一本杂志翻看。其实我能看出来他比我更着急，因为他一直心不在焉地翻一本全是英文的杂志。

飞机飞行的过程中，我和黄哥分别起身，利用上厕所的机会转了好几圈，确认了飞机上真的再没有长头发、戴眼镜的人了。我心里想：王君不会是在这两天的时间内把头发剪了吧，如果他剪了头发，再换个隐形眼镜，那么再想认出来就太难了。

"咱前天是不是认错了，那个人不是王君？"我实在憋不住了，开始问黄哥。

"不是王君是谁？他把车开走了。"

"也许是王君给他的钥匙呢？"

"嗯，确实有这种可能。"

"黄哥，根据你之前办案的经验，你觉得王君会不会在这趟飞机上？"

贩毒的人都很小心谨慎，他们是不是会反复改变活动路线？"

"没你想的那么严重，那都是电视剧里瞎编的，但是毒品案件有个特点……"

黄哥还没说完，飞机忽然开始剧烈颠簸，飞机的广播告诉我们遇上了气流，让所有人系好安全带坐好，小桌板也要收起来。透过窗户，我看到飞机钻进乌云里，外面一下就黑了下来，像到了晚上似的，透过窗户能看到厚厚的云层，里面还不时地出现雷电的亮光。

直到飞机快到目的地时，颠簸才减缓。我解开安全带，打算在机舱里转几圈看看。刚走了一趟，广播又通知飞机要降落了，让我回到座位上去。不过我发现有两个人和我手里的照片有点像，但没发现有明显的特征。用照片去找一个自己不认识并且从没见过的人还是很困难的，我也无法分辨到底哪个是王君。我把情况和黄哥说了下，黄哥告诉我等下飞机的时候再看，让我先出去把下飞机的人挨个看一遍，他在后面盯着。

飞机降落后，我刚走出接机口，就有人过来拍了我一下，原来是宋队和其他同事已经到了。

"找到人了吗？"宋队站在我旁边，眼睛盯着一个个从接机口出来的人，目不转睛地问我。

"没，我们那天认的人恐怕不是王君。"

"什么？照片给我看看。"宋队也有些紧张起来，拿起照片仔细地看了看。

乘客陆陆续续地往外边走，接机口不少人都迎了过去，顿时人挤人混成一团。我们在人群中不停地看来看去，生怕漏掉一个。这时候我看到了黄哥，他拎着包跟在一个人的身后。我仔细一看，这个人正是我在飞机上感觉与王君有点像的两人中的一个。

这时我手机响了，我看到黄哥正拿着手机打电话。

"这个人回13B拿行李，坐在那儿的老太太应该是和他换座了。"

黄哥在电话里低声说。

我急忙招呼宋队，其他同事去开车，我们已经提前租好了一辆车。黄哥则继续跟着这个人。我们上了车，去机场的停车场出口等着，不一会儿黄哥的电话又打过来了。

"上了一辆粤AT××××的出租。"

"好，我们去跟车，你自己打车先去市内吧，我们这儿有什么信儿再告诉你。"

随着绿色的出租车从机场里开出来，我们也缓缓开动车子，在后面紧紧地跟了上去。出租车开得很快，司机对广州的路况比我们熟悉太多，从机场高速路上下来之后，这辆出租车就开始在车流中各种穿插着开，我们一直紧紧地跟在后面。我看到这辆出租车本来贴着最外侧的道在开，忽然加速拐到左侧的道上开始超车，我们也紧跟着拐了过去。谁知道这辆出租车超过最外侧道上的卡车后一下子又并了回去，并且没打转向灯，直接在路口右转过去。我们的车被卡车别住没法右转，生生地从这个十字路口开了过去。等我们开过路口，那辆出租车早已经不见踪影。

"该死，是被发现了吗？"开车的同事狠狠地敲了下方向盘。

"应该不是，可能是这边出租车都是这种开法。"宋队无可奈何地笑了下。我们不熟悉这边的路况，大家心里都做好了半路跟丢的准备，可是没想到这么快就跟丢了。幸好我们还有后手，已经把王君的身份信息做了布控。等王君在广州找到住的地方之后，我们还有机会再斗三百回合。

我们与黄哥在市中心会合，接下来就是静静地等待，等待王君露出马脚。黄哥听说我们跟丢了之后表情很着急。我问黄哥为什么。黄哥告诉我，毒品案件变数多，如果王君今晚就能拿到货，那么他百分之百今晚就走，绝不会多待一刻。现在我们对王君已经失去了控制，到时候就彻底找不到他了。

最坏的情况并没有发生，大约晚上十一点的时候，我们接到广州公安的通告，王君在白云区的一家汉庭酒店办理了入住。

道高一尺，魔没有高一丈。

三

第二天早上五点多钟，我和黄哥早早地来到王君入住的汉庭酒店楼下。五点的广州，天已经完全亮了，大街上却没多少人。这是个热衷夜生活的城市，连早餐店都没开门。我和黄哥只好找了附近一家二十四小时营业的麦当劳，买了个汉堡。不过幸好广州的早上温度不算低，我们一边吃着汉堡，一边躲在酒店侧面的一家五金店铺里。王君的房间挂着窗帘，不知道他什么时候才能起床。

我们在酒店对面等了六小时，一直到十一点多，在我感觉有些昏昏欲睡的时候，王君房间的窗帘拉开了。又过了四十多分钟，王君戴着一副墨镜出现了。不过他还穿着和坐飞机时一样的衣服，我和黄哥一下子就认出来了。

王君从酒店出来后似乎并没有明确的目的地，而是在附近乱逛，一会儿进一个鞋店转一转，一会儿又走进一家服装店，然后来到一间大排档点了一碗面。看到王君在吃面条，我才想起来自己的午饭还没吃。不过现在可顾不上午饭了，我趁着王君吃饭的工夫从一间超市买了几个面包，和黄哥胡乱对付一口，填了填肚子。

王君下午在附近继续转了转，就回酒店了。我和黄哥一直在酒店外等到晚上九点，王君都没再出现。今天王君在我们视线之内连电话都没打过，我甚至都有点怀疑他这次来广州到底是不是拿货的。

第二天早上，我和黄哥又是刚过五点就来到了酒店楼下。这种反复单调的蹲守，我们早就习惯了。根据昨天的情况，无法断定王君接下来的行动，现在必须保证王君在我们的视线内，一个不留神失去他的踪迹，那我们这趟工作就全白费了。这个人一旦在广州跟丢了，等再找到，只怕货就已经不在身上了。

王君来广州是拿货的，但是他绝对不会把货放在身上。只有交易的那一瞬间，王君才会把货接到自己手中，而那一瞬间就是我们抓捕的机会。哪怕晚一秒，王君都会把货转移到其他地方，甚至是直接扔掉。比如在河边的桥上交易是我们最头疼的，如果抓捕配合出现一点漏洞，毒贩就会将一袋子毒品扔到河里。缺少了实物证据的话，将来诉讼会很麻烦。

这一天王君只出来了一次，就是中午来到酒店附近的一个饭店吃了口饭，然后径直回到酒店的房间内，再也没出来。

第三天，我和黄哥依旧是五点到达酒店附近。时间拖得越久，我们越需要打起十二分精神。想必此时王君比我们还着急，他来广州拿货肯定是提前就与这边的毒贩联系好了，结果人到了三天却没拿到货，这肯定也出乎王君的预料，此时他应该比我们更如坐针毡。

果然，早上不到七点，王君房间的窗帘就被打开了。他今天怎么起得这么早？肯定是有情况。我急忙向宋队汇报。没等王君下楼，宋队便带着人赶过来了。

王君在酒店的大堂出现了，不过他没像之前那样直接走出来，而是在大堂内来回转悠，不时地和大堂的服务人员搭话。由于这个时间退房的客人比较多，服务人员是最忙的时候，我在外面能看到王君似乎一直想问大堂的服务人员什么问题，但是找不到合适的机会。王君一直在大堂里待了十多分钟才出来。他这个举动非常可疑，但是我们又不能立刻去接触酒店大堂的服务人员打听。

王君从酒店出来后径直往前走，我们紧紧地在四周跟着。这次王君没有像逛街似的到处溜达，而是很有目的地在走。广州的道路繁杂，小路岔路众多，车开在其中都不容易跟踪，更何况一个活人。不过幸好王君并没有选择那些小路，而是一直沿着大马路走，这样我们可以将王君一直锁定在视线内。

我们正在盯着王君的时候，宋队接到一个电话，广州公安的情报部门打来的，告诉我们王君在所住的汉庭酒店退房了。这个消息绝对足以让我们的肾上腺素顿时飙升，退房意味着王君就要离开广州了，那么今天就是他要拿货的时机。此时我们所有人的瞳孔都放大了一圈，恨不得自己的视线能像开了挂的电脑游戏一样锁定在王君的身上。

现在已经没有计划可言了，情况随时都有可能改变。王君与对方交易拿货的方式我们一概不知，现在只能随机应变了。我之前在重案队时，无论是侦查还是抓捕都会做好各种计划，准备各种预案应付可能出现的紧急情况，但是毒品案件和我经历过的案件都不一样，没有任何计划和预案，只能随机应变。

宋队这时给大家做了通告，先由我和黄哥作为第一组负责贴身，他和其他同事作为第二组。贴身的任务就是无论王君使用或者换乘什么交通工具，我们都要保证他在我们能控制的范围内。分成两组是为了防止王君对自己身边的人产生警觉，我们总是在他附近转悠，早晚会被发现，如果王君警觉，就立刻换第二组上，我和黄哥进行躲避，如此反复，直到找到抓捕机会为止。

这几天我和黄哥每天都做好十二分准备，兜里有崭新的零钱和硬币，就是为了随时上公交车。不过王君一直在步行，没有坐地铁、公交，也没有打车，他就这样沿着这条大马路走下去。而且他走得很急，根本没去前后张望。就这样，我和黄哥一直保持与王君几十米的距离。王君走到下一个路口的时候拐了过去，我和黄哥急忙跟上，前面一栋建筑映入眼帘：广州白云客车站。

四

之前黄哥向我介绍过，毒贩拿到毒品后有几种带毒的方式，可以用快递寄回老家，可以租车开回去，也可以坐大客车回去，因为这几种方法都可以避过安检。广州的客运站虽然也有安检，但是安检只针对乘坐国营大客车的乘客，并且只针对在客运站上车的乘客。很多私人承包的大客车出了客运站之后随意停车载客，根本没有安检这一说，所以乘坐大客车带毒品是毒贩子的首选。

王君来到客运站后并没进去，而是在站外转。客运站附近有不少拉客的，看到王君在找客车，不少人就围了上来，问他去哪儿。王君回答后，有一个人对着他招呼，王君便跟着这个人走了。

"王君要坐大客车回公主岭。"黄哥离得近，听见了王君的回话。

"怎么办？"我这时慌了，不知道王君有没有拿到货，只能给宋队打电话汇报变化。

"既然货还没出现，那咱们计划就不变，跟紧王君，无论他去哪儿，只要跟着他，肯定就能找到货！"宋队在电话里斩钉截铁地说。

幸好有黄哥，虽然我现在脑子已经乱了，不知道接下来该怎么办，但是黄哥有经验，现在是我跟着黄哥，黄哥跟着王君。王君随着拉客的人一起来到客运站附近停在马路边的私人承包的大客车前，接着王君掏钱买了一张票，我眼巴巴地看着他直接登上了广州至公主岭的卧铺大客车。

"王君买票上车了。"我打电话说。

"几点的车？"

"十一点出发。"

"快！你和黄哥去买票，我们帮你们准备东西！"

继续跟？我现在有点僵硬，虽然宋队要求我们一直跟，但总不能一直跟着上车吧？黄哥去买了两张票，递给我一张。直到看到票，我才死了心，原来真的要上车了。

不一会儿，宋队拿着为我们准备的东西来了：几件破衣服、两个书包和旅游鞋。

坐这种长途大客车的鲜有衣着光鲜的人，像黄哥那种崭新的、锃亮的小皮鞋肯定不行，一上车就会引起别人的注意。我俩找了个没人的地方开始换衣服，换上这套衬衫，再背个背包，这身打扮去坐长途大客车才算真实一些。宋队觉得背包空荡荡的不好看，我们又把自己本来穿的衣服塞进了书包，这样鼓鼓囊囊的看上去像是装了不少行李。

真是人靠衣裳马靠鞍，换上衣服之后，我和黄哥立刻融进了客运站熙熙攘攘的人群里，毫不起眼，不仔细看根本找不到我俩。

王君一直在车上没动静，我和黄哥在离大客车不远的地方等着，打算等车快开的时候再上车，以防发生什么变故。眼看时间就快到十一点了，这时候已经陆陆续续有人开始上车，从外面透过车窗望去，车上几乎坐满了人，仍然有不少人在车身的行李箱处放行李。他们有的人拿着大大的包裹，也许里面只是装着一捆厚一些的棉被，拼命地寻找缝隙往车厢里面塞。

正在我们来回张望的时候，王君在中间的车门出现了。他走到车门最后一节台阶，却没继续走下来，而是拿着手机站在那儿打电话。就在王君挂掉电话的同时，走过来一个人，把一个行李牌递给王君，然后转身就走。王君也转身回到了车上，两个人甚至都没正眼看过对方。如果不是我们一直紧紧地盯着王君，很难注意到那个人把行李牌递给他的动作。

"快，其他人跟紧刚才和王君见面的人。你们准备上车，王君拿到货了。"宋队连忙布置。

王君拿到货了？行李牌！他刚才拿到了一个行李牌，货就是行李，我终于明白了。

司机都会给乘坐长途卧铺大客车携带行李的旅客一张行李牌。因为车会随时停，为了防止有人拿错行李，每个在车厢存行李的人都需要依据行李牌来取。而且行李牌对应的行李只有司机知道，司机也不会让乘客随意动行李，以防有人借机偷窃。刚才我们只是盯着王君，根本没注意一个个存放行李的人，与王君准备交易毒品的人正是把毒品扮成行李放到车厢，然后把行李牌交给王君。等车到了目的地，王君就可以拿到毒品，一举两得。

刚才正是存放行李的人最多的时候，人头攒动，往来过去，我们根本没注意到这个人。他就这样把毒品当作行李混了进去，现在即使将他和王君抓获，只凭一个行李牌也无法让他们承认车上的毒品是他们的。

我们一直在等毒品经过王君之手那一刻的抓捕机会，可惜的是，王君自始至终都没接触过毒品，反而成功地带着毒品上了长途客车。黄哥告诉我，这种交易的套路他还是第一次见，可以说完美地躲避了我们的侦查。

车马上就要开了，我和黄哥装作互不认识的样子急忙上了车，现在我们要做的不光是盯着王君了，还得盯着行李。如果王君把行李牌给别人，别人就能把毒品拿走，我忽然感觉整个车上的人都值得怀疑。如果王君不是一个人呢？只要他有一个同伙在车上或者是半路大客车的停靠站，他们就可以利用行李牌随时转移毒品。广州到公主岭可是两天两夜的路程，谨慎的毒贩很有可能这样做。

前路未卜。

五

长途大客车上有三排卧铺，两排靠窗，一排在中间，虽然分成两个过道，但是另外一个根本无法过人，想从外侧靠窗的铺位出来，还得从中间的铺位上跨过去，我和黄哥分别是车两侧的靠窗的下铺，而王君则是在我这边靠窗的下铺。对我们比较有利的是，王君想要出来，得跨过中间的卧铺，而我们都是下铺，只要稍微一侧头，就能看到王君在干什么。

车上的人有在收拾东西的，有在吃东西的，还有把自己带的被子铺到床上的，整个车厢乱哄哄的。我看了下自己的卧铺，根本看不出来上面的床单本来的颜色，靠近窗户一侧黑乎乎的不知道粘的什么东西。现在顾不得这么多了，我把被子往下面掖了一下，装模作样地躺下。其实我刚躺下的时候，身子都没敢全躺下，至少有一半是用胳膊撑着的。这时候，黄哥就比我老练许多，他躺在卧铺上，眼睛瞅着外面，似乎还一副很舒服的样子。

车子开动了。这时候已经是中午了，有人开始拿出东西吃，整个车厢里开始弥漫出各种味道，混合在一起，变成奇怪的气味。我仅仅依靠鼻子就能体验到酸甜苦辣的感觉。这种大客车的窗户都是封闭的，虽然司机打开了换气，但是我感觉气味一点也没有消散的迹象，那种味道好像是煮开的一罐变了质的酸奶。

这辆车一共要行驶三千多公里，两个司机换着不停地开，要整整两天两夜。其间车会在高速公路旁的服务区停留，我们可以在那里吃饭，但是车上的人几乎没有在服务区吃饭的，都是自己带着东西在车上吃。宋队给我俩也买了不少吃的，虽然不合口味，但是也能凑合对付。

当天晚上，我几乎没睡。每隔一段时间，我就向后瞄一眼王君，生怕他在我眼皮底下消失。一直到早上天快亮的时候，我才睡了会儿。

第二天中午，车子停靠在服务区，王君从车上走下来。我和黄哥分开下车，一人去服务区的超市买东西，一人紧紧地盯着他。王君上了趟厕所，出来后并没有着急回到车上，而是在车周围来回转悠。这时候有个人喊司机打开行李箱，他要拿东西。司机打开行李箱的时候，王君也转了过来，俯下身子朝行李箱里面看。看到这情景，我急忙跟了上去，装作若无其事的样子从王君身后走过去。这时候，我看到王君把行李牌掏出来，对着司机问他的行李放哪儿了，怎么看不见。司机看了眼王君行李牌的号码，说在最里面。看到王君没有要拿行李的意思，司机转身回到了车上。王君又转了一圈，也回到车上。

我和黄哥也回到车上。这一路上，我们俩都用手机短信交谈。黄哥觉得刚才王君的举动只是好奇哪一个行李是他的。按理说，王君并不知道哪一个行李是他的，因为他只有一个行李牌。我说如果王君不知道装着毒品的行李是哪一个的话，那么他只能等着车上的人都取完行李才能轮到自己，这样到最后，对于他们这种人来说有点太显眼了。黄哥接着分析，王君应该是想弄清哪个是自己的行李，这样车到站后可以随着人流一起走。不过可惜的是，他的行李放在最里面，从外面根本看不见。而王君也不想让司机帮忙把行李倒腾出来，那样容易引起别人的注意。我俩决定，只要王君下车，我们就跟着下去。如果王君有机会接触到行李，这种情况下仅靠我们两个人是不能动手抓捕的，但我们俩至少也要跟着认一认行李，等到合适的机会再动手就方便许多。

第二天，王君没下车。第三天上午，车子进入了河北地界，王君开始频频使用手机，但是他没用手机打电话，只是一个劲地发短信。我们无法得知他接下来有什么计划。这时候宋队那边传来消息，说他们已经回到吉林，并且在汽车客运站布控好了，等车子到了，王君拿到行李，就可以抓捕。

计划没有变化快，在下午车子开进辽河服务区的时候，王君又下车了，这次他拿着行李牌让司机把他的行李找出来。我在服务区的快餐店里隔着玻璃看到司机从行李箱最里面掏出了一个棕色的纸壳箱。王君抱着箱子上了车。这时黄哥一直在王君附近，王君上车后，黄哥和我发短信联系。

"情况有变，刚才我听见王君问司机，车子进长春之前能在哪儿停，司机说下了高速，哪儿都能停。"

"他难道要半路下车？"

"他把箱子拿回车上了，肯定会半路下车。我现在立刻和宋队汇报，你把定位打开，让他们跟着大客车。"

辽河服务区到吉林还有四个小时，我们必须一秒钟都不能耽误。黄哥汇报后，宋队立刻带着人开车往这边赶。我用手机定位让他们知道车辆行进的信息。我们在与时间赛跑，我这时候已经做好了打算，如果王君在车子进吉林前下车，那么我拼了也得把他抓住。但是没有执法记录仪，也没有录像设备，抓住后毒品的认定可是一个麻烦事。我又想能不能偷偷跟着他，但是如果有车来接他，那我可跟不住。王君究竟是怎么打算的？我现在和黄哥势单力孤，心里一点底都没有。

我就这样忐忑不安地在车上坐了两个半小时，其间我的脸一直贴着车窗，眼睛顺着车窗片刻不离地盯着王君，都快变成斜眼了。在大客车刚过毛家店的时候，我看到我们单位的吉普车从侧面超了过去。我长长地出了一口气，一颗悬着的心终于放下了。

长途大客车过了长春收费站，王君开始行动了。他拎着箱子走到了车辆前面，告诉司机他要在高速口附近下车。司机把车子慢慢地停到路边，王君从车上走了下去。黄哥从后面走上来，用警官证拍了拍司机，让他先别开车。我看到我们的车从客车后面开上来，我和黄哥一起跳下车，冲着王君追过去。王君一直很警觉，我们从车上下来的时候，他猛一回头看见了。可是一切都晚了，就在王君发现我们、打算把手中的箱子扔掉时，我们的吉普车已经停在了王君身边，车上一下子冲出来四个人。王君拎着箱子还没来得及扔，就被人一把抱住摔倒在地上。

王君被抓的同时，他的上线——后来经查其实是合伙人——小伟在出门准备接王君的时候，被守在楼下的警察抓获。王君所带的箱子经过开箱查验，共装有毒品四公斤。

嫌疑人被抓，毒品被缴，一切很完美。为了补偿这一趟大客车之旅，单位给我放了两天假。等到第三天我回到单位的时候，一切照旧。只是黄哥告诉我，王君与小伟只交代从广州上线手中购买了三公斤毒品，对于剩下的一公斤毒品死活不承认。在调取他们二人的银行汇款信息后，我们发现付给广州上线的金额恰好就是三公斤毒品的案值，那么还有一公斤的毒品是哪儿来的？难道还能是毒贩搞促销，买三送一吗？

最终案件的情况我也没继续追问，丹东的同行把王君和毒品带走了，我们只是协助破案。但贩毒不是小罪，最高可至死刑。

贩卖、走私、制造、运输毒品没有数量限制，就算只卖出去 0.1 克也构成刑事犯罪，唯独不同的是非法持有毒品罪必须要超过 10 克才能构成刑事犯罪，这个也是毒品案件的底线。量刑标准根据毒品种类划分，不同毒品根据数量来定罪。

根据《刑法》规定，非法持有鸦片 1000 克以上、海洛因或甲基苯丙胺 50 克以上的，七年起刑，最高可至死刑；非法持有鸦片 200 克以内不满 1000 克、海洛因或甲基苯丙胺 10 克以上不满 50 克的，处三年以上有期徒刑。但由于犯罪打击面太广，加上一直提倡对死刑慎判，实际操作中对死刑需要的毒品的数量做了一定的放宽。

这是我第一次经历毒品犯罪案件的侦破，不过却不是最后一次。人生总是充满变化的，我也没有预料到，多年以后，我竟然从重特大案件侦破刑警变成了主侦毒品犯罪案件的缉毒警。当然，这是后话了。

10 最狠心的母亲：刚出生的小孩被用作犯罪工具

我以为扒窃犯罪只是小案件，对重案队来说是杀鸡用牛刀，可是在侦办的时候我发现，小小的扒窃案件却反映出了人性非常邪恶的一面。俗话说"虎毒不食子"，但这次我发现，人类有时候的恶毒比起老虎有过之而无不及。

上次缉毒案件之后，我度过了波澜不惊的一年。在年底的时候，由于扒窃类案件频发，局里要求加大对此类案件的侦破力度，把我们重案队也调到了反扒前线。由此在经历了打击毒品犯罪之后，我又接触了扒窃犯罪。由于扒窃所涉金钱数额小，大多数的扒窃案都以盗窃罪中的治安处罚条款进行处理，但近几年为了打击小偷，将扒窃归类到盗窃案件里情节严重的那一类中，这样只要是扒窃都可以归为刑事案件，严重的可以处以三年以下有期徒刑。

我以为扒窃犯罪只是小案件，对重案队来说是杀鸡用牛刀，可是在侦办的时候我发现，小小的扒窃案件却反映出了人性非常邪恶的一面。俗话说"虎毒不食子"，但这次我发现，人类有时候的恶毒比起老虎有过之而无不及。

那是一个"十一"假期，正是全国人民出行游玩的日子，我所在的城市也不例外。有的人早早地就请假出门远行了，也有人来到我们这里游玩，这段时间是一年之中游人最多的时候。越是这种日子，就越是我们最繁忙的时刻，为了保证"十一"假期游客的出行安全，对各个旅游景点加大了管控力度。

在我们城市的公安队伍里有一支特殊的队伍，他们不同于刑警，也不似巡逻治安警，他们平时身着便装，出现于各大商业繁华地区或者是游人密集的景点。他们的职责就是防控打击现行犯罪。而游人最多的时候，最容易诱发的就是扒窃犯罪，所以他们的主要工作目标就是小偷，我们所说的警察抓小偷也就是来源于此。这个队伍人并不多，也仅能应付一下周末，遇到"十一"这种大型节假日就有些捉襟见肘了，于是就会从其他部门临时调派一些人来增援，而我也趁着这个机会从重案队增援至反扒队，变成了一名便衣警察。

当我换上便衣和前辈一起出门上街的时候，心中真是五味杂陈，这条繁华的商业街是城中心最热闹的地方，我曾经来过无数次，和同学游玩，和朋友逛街，而这一次我来到这里却是为了工作，为了保护那些和以前的我一样游玩逛街的人。走在繁华的道路上，我心中突然有种莫名的孤寂，我看了眼和我一起并排走着的前辈尤哥。他已经在反扒这行干了十多年了，这十多年里，他在这条街道上反复走了无数次，真不知道他如何能忍受这种热闹繁华下的孤寂。

我和狐狸哥分在一个班组，狐狸哥告诉我他刚工作的时候还没有反扒队，当时他们就负责反扒，那段时间狐狸哥也算是便衣警察，没想到时隔多年他又回来做这个工作了。

"那你喜欢做便衣警察吗？"我问狐狸哥。

"没有什么喜欢不喜欢，警察这个职业没有固定性，说不定什么时候你就被调到别的岗位了。"

"我看你是什么工作都不喜欢，就喜欢待着吧。"我笑着打趣道。

"我不是喜欢待着，我是不喜欢做无用功。你别笑，说不定你什么时候就被调到比现在还忙的地方去了，好好享受现在的时光吧。"

"别瞎掰了，还能有比重案队忙的地方？"

谁能想到几年以后，狐狸哥无意的一番话竟然变成了现实。

"狐狸，你又回来了啊。"我们走到便衣队门口，一个中年人向我们打招呼。

"回来了，不过是暂时的，现在情况怎么样？"狐狸哥问。

"不好。"

"这是我们队的小刘哥。小刘哥，这是尤哥，反扒队的高手。"狐狸哥指着中年人向我说。

"尤哥好。"

"刘哥好。"

"尤哥别开玩笑了，你叫我小刘就行，可别叫刘哥。"

"重案队都喊哥，我也是重案队出身的。"尤哥笑着说。

"尤哥，你好好带带小刘哥，小刘哥你也得好好向尤哥学习学习，这可是个好机会。我最近腰有点不舒服，先回去歇一歇。"狐狸哥把我安排好了之后，用手扶着腰，走进了便衣队。

"这个老狐狸，偷懒耍滑一把好手。走吧，刘哥，我带你溜达溜达。"

尤哥带着我在市中心这条商业街上走了一圈，告诉我哪些地方容易行窃，哪些地方是小偷喜欢活动的地方。通过和尤哥聊天我才知道，尤哥原来也是重案队的，后来成立了反扒队他才过来。这么多年，尤哥抓的小偷不计其数。

抓小偷和其他工作完全不一样，我们侦办案件都是发案之后去破案，而抓小偷是在发案前就要"识苗"。"苗"就是小偷，"识"就是看破。小偷偷东西之前会挑选作案对象，而我们要做的就是发现并跟上要偷东西的小偷，小偷得手后再将他抓个人赃俱获，听着难度就很大。

"现在小偷多吗？"我问尤哥。

"现在恐怕是全年最多的时候。"尤哥这句话让我确信，在"十一"这几天内，我们肯定会有所斩获。

机会总是来得猝不及防，我正在漫无目的地到处瞎瞅呢，尤哥轻轻地用胳膊拐了我一下。

"注意点，马路对面红绿灯下面那个人，戴了个黑帽子。"

我顺着尤哥所说的方向看去，在马路对面红绿灯下面有一个人，这个人正双手揣在兜里，朝车辆开过来的方向望，头上戴着一顶黑色的鸭舌帽。

"我看见了，他怎么了？有嫌疑？"

"咱们盯一会儿，要是等会儿灯绿了，他过马路走开就没事了，要是还不走，那就应该是等活儿的。""等活儿"是行话，小偷在寻找扒窃对象的时候就叫"等活儿"，发现目标准备动手这一段叫"跟活儿"。一般小偷确定扒窃对象后会根据情况决定动手时间。有时候被害人很警觉，小偷一时半会儿没机会下手，他就会一路跟着被害人找机会扒窃，最远的时候都能跟出去几条街道。

我跟尤哥一起靠边站在公交站台上盯着马路对面的那个人。如果我只是一个过路的人，是绝对不会特别注意这个人的，但是我现在是一名正在寻找小偷的警察，当我盯着他观察一会儿后才发现这个人确实有点问题。他站在马路边时不时地左顾右看，旁边有几个女孩也在等着过马路，他的目光只是瞄着这几个女孩的背包和挎包。他一边看，一边挪动身体，最后停在了一个小姑娘的身后。这个小姑娘正在打电话，手包斜挎在肩上。

绿灯亮了，这个人几乎是和前面的小姑娘一个行走频率，在这群有快有慢地过马路的行人中格外明显。小姑娘虽然在打电话，但她把包一直夹在胳膊下面，这个人跟着走过马路，始终没有机会动手。小姑娘走过马路后直接往我们这边的车站走来。这人一路跟着，我也一直在盯着他看。这个人走着走着忽然抬头，他往前面看过来，正好和我的目光相对。我盯着他看，他也看到了我。这一瞬间他好像很惊讶有人在看着他，但他的表情很快恢复了平静。不过他的步伐慢了下来，与前面的小姑娘拉开了一段距离。这个人越走越慢，来到车站的时候停了下来。我急忙转过头不去看他。透过车站站牌的倒影，我能看见他也站在站台上。来了一辆公交车，这个人根本没看是几路车就直接上车了，只不过他上车后朝我这儿看了好几眼，然后坐着公交车离开了这里。

"这个人胆小，被惊了。"尤哥不知从哪儿冒了出来。

"是不是刚才我被发现了？"我有些不好意思，第一次干活儿还帮了倒忙。

"没事，你在这儿像等车的，他也不敢确定你是不是警察，只是他怕出事就走了。不过下一次再遇到他，你就得隐蔽点了；他们这种人记脸很厉害的，再遇到你就能认出来。"

我继续跟着尤哥溜达，有了刚才的经验，我不再傻傻地去盯着别人看，只是不停地用眼睛扫视周围。

"注意点前面那个女的。"尤哥又拍了我一下。

"哪个？"我往前看了下，在我的视线里这条街上有好几个女的，她们每个人都很自然正常，根本看不出有什么可疑的迹象。

"那个抱孩子的。"

尤哥说完我才注意到，在我斜前方有一个抱孩子的女人站在商城的门口，她穿着一件灰色的长衫，双手抱着一床婴儿毛毯，看这形状就知道里面肯定有一个小孩。

抱着孩子出来扒窃，我有点不敢相信，一些犯罪分子为了逃避公安机关的打击常常会使用一些手段，但我从没听说过用一个孩子做掩护。手抱着孩子本来就不方便行窃，造成的困难远远大于做掩护的收益。

"你去里面等着，我在外面。等她动手了，我去抓，你就去找被害人，不然进了商城，人一多就不好找了。"尤哥嘱咐我说。很多时候，我们抓住行窃成功的小偷时，被偷的人还没有发觉。我们找被害人除了挽回他的损失，还有一点就是需要他来作证，不然即使抓住了小偷，我们也无法对其进行处理。如果我们抓住了小偷却没找到被害人，而被害人没发现自己被偷，或者发现之后不在我们辖区报警，那么这个小偷就算白抓了。

我跟着人群走进了商城，商城正门本来是感应门，但现在是旅游旺季，人正多，商城就把感应门关了，留下两道门，一道是保持常开的门，另一道则加了一层门帘。小偷就是趁着别人伸手掀门帘，胳膊离开衣兜的那一刻动手扒窃。我在商城里面隔着两道玻璃门，正好能看到外面抱孩子的那个女人，而且她还发现不了我。商城里人来人往的，即使是小偷也不会注意隔着两道门里面的人。

在门里，我盯着商城外的女人看。她看上去就是一个很普通的妇女，她一只手托抱着孩子，另一只手时不时地碰触露在包裹外面的孩子的脸，对着孩子更是一脸关切的表情，就像任何一个母亲对着自己孩子一样。可是我从她的眼神里看出了问题，她每次逗孩子的时候只是看一眼，然后目光就在进商城的人群中来回扫视。不过她的目光很隐蔽，只是粗略地看一眼，就把目光转向别处。如果你不特意盯着她，根本发现不了有什么异样。看来这个人果然有问题，我心里想。

这时我看到了尤哥，商城大门对面有一家肯德基，他就坐在里面朝这边张望。

抱孩子的女人忽然动了，她抱着孩子慢慢悠悠地往商城门口走去。她走近门口的时候，正好与一个女孩并排。她往后让了一步，女孩就走到了她前面。我看到女孩戴了一副耳机，长长的耳机线延伸到她的左侧大衣兜里，里面应该是一部手机。抱孩子的女人就紧紧地贴在女孩身后，她们一前一后地走到了商城的大门口。女孩正准备进门的时候好像想起了什么，她用左手护在大衣兜上，用右手去掀门帘。抱孩子的女人贴着她走进了第一道门，看到女孩子的手一直在衣兜上，于是她身子一转，抱着孩子从旁边的出口走了出来。

我已经可以确认这个抱孩子的女人就是小偷了，由于女孩的保护意识很强，她没下手的机会。我看到她出了商城大门后又站到了另一侧，就像什么都没发生过一样，继续站在那里逗着怀里的孩子。尤哥已经从肯德基走出来了，他刚才也发现这个女的准备动手扒窃，结果却没找到机会。不过这个女的丝毫没注意到对面肯德基里面的尤哥。尤哥在周围转了一圈后又绕回了肯德基，继续盯着这个女的，就像黄雀一样，等待着螳螂捕蝉。

机会又出现了，我看见这个抱着孩子的女人朝着一个穿着皮夹克的中年男人走了过去。和刚才一样，她让了一步，来到中年男人的身后，跟着他一起往商城里面走。中年男人伸手推了下门帘，他走进商城的一瞬间，身后抱孩子的女人忽然朝另一个方向走去。我在商场里面看着中年男人掀开门帘走了进来，他穿的皮夹克左右各有一个兜，兜袋上各有一块兜布挡在兜口上面。他进来的时候，左侧兜的兜布有一半陷进了兜里，肯定是被人动过了。可是不光是他完全没反应，连我都没看清那个抱孩子的女人是怎么动的手。

我又看了眼商场外，那个抱孩子的女人正准备离开，这时候尤哥已经走到她旁边了。想起之前的布置，我急忙快走几步，赶上进了商城的中年男子，拍了拍他的肩膀说：

"同志，你是不是东西丢了？"

"啊？！你说什么？"中年男人似乎一下子反应过来，把手伸进左侧的衣兜。我看到他脸色大变，兜里的东西果然没了。

"别慌，我是警察，你跟我走一趟，我们帮你想办法。"我说着亮出了警官证。

"我的钱包，我的钱包没了。"中年男人忽然大叫起来，我急忙安抚他，然后看了下商城外的情况。尤哥已经把那个女人控制住往派出所方向走了。我带着中年男人从另一条路往派出所走。分开带的原因是怕被扒窃的人正好和小偷遇到，有些情绪比较激动的常常会出现过激行为。为了避免这种情况，我们在现场抓捕结束后，都会把他们分开带回派出所。

到了派出所，我急忙来到办案区准备参加审讯。一般这种带着孩子做掩护扒窃的都不是一个人，常常会是一个团伙，我们一定要顺着抓住的这个尾巴摸下去，争取将他们一网打尽。这个女的坐在办案区审讯室的铁凳子上，怀里还抱着孩子。我一边安排一个女警察来帮忙，一边准备初步问她几个问题,看看她能否配合。首先要解决的问题是她怀中的孩子,需要先找到孩子的父母。一般情况下,孩子的父母十有八九和她也是一伙的,他们以孩子做掩护轮换扒窃。

"你知不知道你现在犯的什么罪?涉嫌拐卖儿童,判下来够关个十年八年了。"我用了一个严重的罪名,意图给她增加点压力,让她早点交代孩子父母的下落。

公安实际工作中对拐卖妇女儿童一直很重视,我们分局专门设立了打拐办,对辖区内涉及拐卖妇女儿童的案件进行专案侦办。现《刑法》中拐卖妇女儿童罪起刑五年,最高可至无期徒刑,并且对收买被拐妇女儿童的涉案人员做出了司法解释,可以说打拐工作已经上升到与禁毒工作一样的高度了。

"这是我自己的孩子。"这个女的一脸平静地回答。

"你的孩子?天这么冷,你不怕把孩子冻坏啊?你还是不是人?好,你的孩子是吧,出生证明呢?在哪儿?"她既然横下心来撒谎,那我只有一步步地揭穿她,她若不肯交代孩子父母的下落,那么这个小孩只能送到孤儿院了。

"没有出生证明,这个孩子不是在医院出生的。"

"不在医院出生?那这孩子哪儿来的?天上掉下来的啊?我看你是不想说实话了是不是?"

我看出来她现在就想把自己和这个孩子捆绑起来。这个孩子看上去不过八九个月大小,还在哺乳期。哺乳期的妇女看守所都不予羁押,即使像她这种扒窃犯罪被抓了现行,我们也无可奈何,最多只能对她实行监视居住。

"我是在一个小诊所生的,我兜里还有收据。"她一边说,一边掏兜,从大衣里掏出一张脏兮兮的小票子递过来。

"这年头还有敢私自接生的?你别在这儿胡说八道了。"我把她递过来的小票拿过来一看,是一张普通的收据,上面盖的印已经不清楚了,皱皱巴巴的,只能看见歪歪扭扭写着五百多元钱的字迹。

  虽然私自接生并不犯法,目前在一些偏远地区仍然存在,但如果在私自接生的过程中导致产妇和婴儿出现其他意外,则构成非法行医罪,这个罪名最低处三年有期徒刑;如果情节严重,致人死亡的处十年以上有期徒刑。非法接生的最大危害是孩子缺少医院出具的出生证明,在将来上户口的时候会出现麻烦,很多黑户都是由于不是在医院出生无法提供出生证明而没办法落户,直到第六次人口普查后才对这类情况做出落户调整。

  "我没有钱,只能去小诊所。地方我还能找到,坐着大客车就能到,在石沟子站。"

  她说的地方离市里有五十多公里,是一个地地道道的村镇。在农村确实有私自接生的大夫,现在我不禁有了一丝动摇,眼前这个孩子很有可能真的是她的。

  "那你怎么找到那个地方的?"

  "是别人带我去的。"

  这时候女警来了,我急忙把孩子从她怀里抱出来,让我们的女警抱到一边。我一开始决定这样做是怕她为了逃避惩罚对孩子做出什么过激的行为,不过现在情况变了,如果真像她说的孩子是她自己的,那么这孩子还是由她自己抱着比较好。

  我坐到审讯室的电脑前,开始对她进行一般的讯问。

  "你叫什么名?"

  "马琳。"

  我在电脑的公安内部系统里输入她的名字,点了一下鼠标,弹出一个窗口,上面的照片和她一样。马琳,二十四岁,三次盗窃前科,第一次被判处六个月拘役,剩下的两次都是因为怀孕而免于处罚,而这两次都是在去年。如果按照这个时间算,那么她怀孕生下的孩子到现在也应该有八九个月了，这么说眼前这个孩子还真有可能就是她的。

"刘哥，你看看这孩子。"坐在一旁的女警声音有些颤抖地喊我。

我起身走过去。这个孩子被毛毯包裹着，只能露出一个脑袋，审讯室的空调开得挺热，女警把孩子的毛毯掀开了一点。当毛毯掀开后，我看到了小孩的脖子上面有一个指甲大小的斑，这个斑的周围微微发红，中间有一片黄色泛白的小点。仔细看完我吓了一跳，这和我口腔溃疡的伤口一样。我急忙又把孩子的毛毯掀开，露出了小孩的上半身和胳膊。我看到孩子的身上有好几个这样的斑。在我这一番鼓弄下，本来睡着的小孩好像醒了。我看到小孩的眼睛动了下，但是没张开，噘了下小嘴，又睡过去了。

更令我震惊的是小孩身上只有一床毛毯，本来我以为毛毯是裹在最外面的，里面应该还有棉服之类的，毕竟现在外面温度已经接近零下了，连我出门都得多套一件衣服，何况八九个月的小孩，可是这个孩子只裹了一床毛毯。我又看了下孩子身上的斑点，我知道这是什么了，小的时候冬天贪玩不注意，手上也起过这种东西——冻疮。

"你说这是你的孩子？你能把自己的孩子冻成这样？"我指着孩子冲着她大吼。

"我没有钱给他买衣服。"

"那你身上怎么有衣服？你怎么不把自己的衣服给孩子裹上，你还是不是人？"

令我更加愤怒的是，这个女人的表情很淡漠，似乎眼前这个身上出现几处冻疮的孩子不是她的。不过她没反驳，只是默默地把头转了过去不再看小孩。

"刘哥，这孩子现在怎么办，不会冻死了吧？"负责抱孩子的女警察刚毕业不久，自己在家还是个孩子，现在看到小孩有冻疮，自己先慌了。

"你先抱会儿，我找人买点奶粉冲上，给孩子喝点。"我一边安慰抱孩子的女警，一边喊人去附近的便利店买点婴儿吃的奶粉。

"我这里有。"坐在铁凳子上的女人从大衣里掏出一个奶瓶。

我把奶瓶拿过来一看，奶瓶里有半瓶不知道是什么的液体，不是奶，也不是水，有一些奶白色的浑浊，但是不脏，液体透明度几乎能让我隔着奶瓶看到后面的东西。

"你这是什么东西？"我指着奶瓶问道。

"奶粉。"她说话的声音小得像蚊子声。

"这也能叫奶粉？"我摇了下瓶子，与其说里面是奶粉，倒更像是洗奶瓶的水。

"奶粉不够了，我多对了点水。"

我仔细看了下，小孩依旧是眯着眼睛，似乎对外界的一切毫无反应。这个孩子不是没有反应，而是无法反应，他太饿了。这种几乎是水一样的奶粉怎么能吃饱？不知道饿了多少天的孩子恐怕连哭闹的力气都没有了，他现在不是安静地躺着，而是奄奄一息地躺着。

单位的同事把奶粉买回来，我把奶瓶洗干净，重新冲上了奶粉。抱着孩子的女警把奶嘴慢慢地伸到孩子嘴边，孩子似乎本能地反应，用嘴含住了奶嘴开始吸吮。他每吸一口都使尽了全身的力气，但是他实在太虚弱了，只能让奶瓶里冒出一个小水泡。他在很努力地吸着，为了让自己的生命能延续下去而努力。整整五分钟，我看着他喝了半瓶奶。他每次吸得不多，但是频率很快，而且越来越有劲。

"缓一会儿，缓一会儿。"我对女警说。孩子不知道饿了多久，一次喝太多容易伤到肠胃。女警把奶瓶往外抽的时候，孩子的嘴紧紧地咬着奶嘴，使了几次劲才从他嘴里拔出奶瓶。

接下来我可以安心地和眼前这个犯罪分子谈谈了。

"这个孩子到底是谁的？"虽然不想承认眼前这个女的就是孩子的母亲，可是现实情况已经让我没有其他选择了，但是我还在做最后的努力，我可不想让孩子再回到她的身边。

"是我的孩子。"

"我问孩子的父亲是谁？你还算是孩子的妈妈吗？你还有脸当孩子的妈妈吗？"

"我不知道。"

"你最好说实话！"

"我真的不知道，我和几个人都好过，最后他们都不管我了。"

"没人管你，你还把孩子生下来，让孩子遭这份罪，这孩子和你有仇吗？"

"我要是没怀孕就被抓进去了。"

公安机关办案时会对犯罪嫌疑人采取强制措施，就是拘留、取保候审和监视居住，但是特定人员就不能执行拘留，比如孕妇、超过七十岁的老人、身体患有严重疾病的患者。这类人即使被抓住也不能被打击处理，虽然依然可以起诉到法院，但法院也会酌情宣判，大多是缓刑或者不予执行。

虽然我知道她是以怀孕不能被公安机关羁押的挡箭牌来盗窃，可是这句话真的从她嘴里说出来的时候，我依然无比震惊。审讯室里有监控，也许我会被纪检叫过去，会写好几页的检查，更严重的可能会被通报批评或者处分，但我实在忍不了了。如果我现在不甩她一个耳光，恐怕我会后悔一辈子。

"你干什么？"这时候审讯室的门开了，尤哥进来一把拉住我。

"尤哥。"我没想到尤哥进来了。这个女人被带回来之后，尤哥就继续去工作了，剩下的工作交给我处理，他怎么又回来了？尤哥示意我先坐下，然后他走到女人的面前，拿出手机点出一张照片，把手机给女人看。

"这个人是不是和你一伙的？"

我过去看了眼尤哥手机里的照片，就是刚才在马路边发现的那个可疑的男人，不过他后来不是坐车走了吗？怎么会在尤哥的手机相册里？照片里面的背景有身高墙和量足器，一看就是在公安机关照的。

女人没回答，只是点了点头。

"孩子的父亲是不是也是他？"

女人既没摇头，也没点头，看了尤哥一会儿，然后说她不知道。

"尤哥，这是怎么回事？"我对现状有些莫名其妙。尤哥把我从审讯室拉出来，简单解释了一下。

"我刚才在商城门口又看见了这个男的，他不是在等活儿，而是来回溜达。我感觉他是在找人，于是我就先把他带回派出所，结果在他身上搜出了这个。"尤哥说着掏出一张纸。我接过来一看，上面写着几个大字——"医学出生证明"，母亲一栏写着马琳，父亲一栏是空着的。

"一个男的怎么会揣着这个东西，我当时就想到抱孩子的这个女的了。这个男的回到商城附近，肯定是找这个女的。我又从这男的身上搜出两部手机，其中一部是粉红色的 vivo，估计就是这个女的用的。"

"为什么这个女的把东西都交给了这个男的？"

"这个男的随身带着这个女人的所有东西是为了控制她。这个女的负责扒窃，这个男的到时间就来接女人扒窃的赃物，然后去贩卖。虽然不知道他们俩到底是什么关系，可他俩的关系应该不一般。这个女人把东西都交给男的，是为了防止被抓后把男的牵连出来。我们抓住小偷后都会找他们贩卖赃物的渠道，这个女的身上什么都没有，连手机都不带，只要她自己不说，咱们就找不到这个男的。而她自己有一个孩子，咱们也处理不了她。"

"那这个男的是孩子的父亲？"

"不一定，这个孩子的父亲是谁，恐怕只有这个女的知道了。"尤哥摇了摇头说。

"那接下来怎么办？"

"我审那个男的，你负责审这个女的。她的手机在这儿，一定要让她交代扒窃的赃物都交给了谁。她现在是哺乳期，咱没办法，那个男的一定得给他押进去。"

接下来的审讯很顺利，那部粉红色 vivo 手机就是这个女人使用的。女人见她和那个男人的关系暴露了，也没再继续为那个男的掩饰，而是主动地把犯罪行为全交代了。正如尤哥说的，女人负责扒窃，偷到东西后由男人来接走，之后再分钱。不过这个女人始终不说孩子的父亲是谁。

尤哥通过男人的手机通话记录找到了收购赃物的地方，在别人的指认下男人也承认了，不过他不承认参与扒窃，只是说自己是帮忙卖东西的，把所有的犯罪行为都推到了女人身上。但他这点伎俩我们见多了，通过对收购赃物的店进行搜查，在收购单子里我们找到了十几部无法说明来源的手机，把这些手机核实之后，等待这个男人的将是至少三年的刑期。

处理完男人后，我在审讯室的候审屋子里听到了孩子的哭声，这是孩子从进派出所七个多小时以来第一次发出声音。我来到孩子身边，他的眼睛微微张开，八九个月大的孩子还无法看清眼前的世界，但是他的哭声尖锐又刺耳，他应该知道自己并不在妈妈的怀里。女警又把奶瓶放到了孩子嘴边，孩子却把嘴歪到了一边，显然他已经吃饱了，他现在恢复了精神，接下来需要的是他的妈妈。

我看了眼关在审讯室的女人，她本来是朝我这边看的，看到我的目光后就把头缩回去了。

看护孩子的女警买了瓶金霉素眼膏，小孩太小，皮肤经受不住冻疮药膏，只能用眼膏来代替，她正在一点点给孩子涂药膏，我看见孩子的身上有七八块斑点，有的已经化脓了，药膏涂上去的时候孩子哇哇大哭。化脓的部位别说是药膏了，即使是用湿巾轻轻地擦拭一下都会很疼。涂抹完药膏后我们没再用原先的毯子，这个毯子太薄了，几乎就是一块大毛巾。女警从外面的商店买了一床新的绒被，在里面用纱布垫着，慢慢地把孩子放在绒被里。和新买的绒被比起来，刚才裹着孩子的毛毯就像是一块破抹布，而且还散发出一股异味。

已经半夜了，我们把孩子放在长凳上，用椅子挡着防止他掉下来，让孩子正对着他的妈妈，他俩之间只隔了一道铁栅栏。

第二天早上我到的时候女辅警正在给孩子换尿布。

"这个孩子挺听话，昨晚醒了一次，喝完奶就睡了。"

"大姐辛苦了。"虽然我称她大姐，其实她的岁数都快赶上我的父母了。

"我也刚带过孙女，这孩子比我孙女老实多了，这么好的孩子真是可惜了，糟蹋在这人手里了。"女辅警一边说一边瞪了对面的女人一眼。

上午处理结果出来了，经过体检确认女人是哺乳期，看守所不予羁押，而由于她带着孩子，监视居住容易影响到她的哺乳生活，故决定对其进行取保候审。

我在派出所门口抱着孩子，把他交给了那个女人，连同派出所同事买的那桶奶粉和绒被。孩子一副安详的睡脸，这确实是个听话的孩子，只有饿了的时候才会哭，吃饱之后就不哭闹了。女人冷冷地接过孩子，面无表情地转身就走。女人抱着孩子越走越远，我忽然有种巨大的无力感，身子倚靠在派出所的门边，心中五味杂陈。

11 把对方打成植物人,他只说了两个字:好玩

我在做完材料后问他们为什么要这么做,他们回答说只是觉得好玩。我不禁有些愕然,他们仅仅是因为觉得好玩就把一个人打成了重伤,而他们中除了刘刚之外,其他人甚至以为自己的行为后果只是去拘留所待五六天而已。

反扒的生涯并不长，过完年后，我又回到了重案队，但在反扒队经历的事情对我的影响很大。我见过残忍的嫌疑犯，但是没见过能对自己孩子如此残忍的母亲。从反扒队回来之后，我对人性之恶极度厌恨，恨不得自己能将所有的嫌疑犯绳之以法，关押起来。上天似乎觉得我受到的刺激还不够，紧接着又让我遇到了一起更加恶劣的案件。

　　至今，我遇到的案件有图财的，有寻仇的，有口角之争的，有男女感情纠纷的，无论是杀人还是放火都有一个缘由，就算一刀捅上去，也至少是因为谁瞪了谁一眼，但这次的案件让我的认知底线被再一次刷新。

　　转年至夏，我从地下商场的过街通道穿过时，看到在商场花车周围有不少年轻人正在挑选东西，本来这个时间应该空空的商场地下走廊现在却出现了不少人，我这才想起来已经放暑假了。那些上高中、大学的孩子如同挣脱鸟笼一般，尽情地放飞自己。看着他们一个个年轻活泼、精力充沛的样子，我想到自己年轻时也曾熬夜一宿，然后第二天天亮继续打篮球，可是时过境迁，岁月已经将自己洗刷得锈迹斑斑。昨天我只是熬了大半宿，现在感觉自己走路两腿都发颤，如果不是买了个面包胡乱塞了几口，怕是连血压都要降下去了。

　　一个是节日，一个是暑假，它们就像是一针激素一样扎进了疲惫的城市的身体里，顿时让它重新焕发活力，变得激情四射。每当夜幕降临，在城市的酒吧、迪吧，无数的年轻人肆意地挥洒着自己的青春。他们的年龄就像是一根崭新的水管，随着岁月的冲刷和腐蚀逐渐锈迹斑斑。几年之后回首过往，那些绚丽的夜晚都变成了回忆，也算是讴歌了自己的人生。

我回到家睡了一觉，身体早已适应了这种时差混乱的休眠，等我再睡醒的时候已经是半夜十一点多了。我正琢磨是继续睡觉还是吃点东西的时候，手机响了。再优美的音乐在半夜时分从手机里播放出来听着都那么刺耳，让人心情烦躁。这段清幽的小天鹅舞曲在现在听来就像是一群恶魔在围着篝火跳舞，篝火旁边绑着几只瑟瑟发抖的"食材"。

"喂，怎么了？"接起电话都没有过多的寒暄，从来电显示上我已经看到是值班室的座机号码，大半夜有事，多半不是好事。

"唉，又有事了。"电话那头是狐狸哥，他的声音比我还有气无力。

"又怎么了？"

"有个人被打了，人现在已经被送进医院了。"

"进医院了？"

"行了，你别问了，赶紧去医院吧，我听说人都快死了。"

"啊！真的假的？"我听了不由得一惊，辖区已经半年没发生命案了，虽然自己经历过数十起命案，但是和平安逸之后听到噩耗依然很揪心。

"这我还能骗你吗？赶紧去吧，等会儿我也去。"

放下电话，我便往医院赶。我看了眼时间，晚上十一点多。昨天的这个时候，我还在审讯室讯问，今天这个时候又跑医院，再这样下去，时差彻底颠倒过来了，可以按照美国的作息时间了。到医院以后，我在急诊抢救室里看到了被害人，窗台上扔了一件满是血迹的外套，这个人身上穿着的短袖被撕开了好几个口。他的身上连接着一堆管子和仪器。我看到他的手指头时不时地抽动几下，两个医生正举着片子，冲着灯，站在他旁边低声细语地说着什么。

"大夫，他怎么样了？"我进去先问道。

"你是家属吗？"一个大夫听见后转过身问我。

"我不是家属，我是公安局的。"

"你们赶紧想办法联系他的家属。这个人的情况现在很不好，如果恶化了需要立刻做手术。没有家属签字，我们没法做手术。"

"他现在是什么情况？"

"头部受创严重，现在从加强CT来看很可能出现脑积液，一旦有变化就需要做手术，不然病人就危险了。你们公安机关赶快想办法联系他的家属。"

"好，好。"

我一边答应着，一边从急救室退了出去。不光是医生着急，就连我们也希望尽快找到家属，可是现在我们连这个人的身份都不知道。我想起了负责出警的巡警，急忙过去向他打探当时的现场情况。一般负责出警的都会对现场进行保护处理，比如把被害人的随身物品收捡起来。现在这个人没法开口说话，我们只能通过他的随身物品来查实他的身份了。

"这个人身上没有东西，只有这个，当时握在他手里。"巡警递过来一包只剩一半的面巾纸，上面沾满了血迹。

"这个人当时是什么状态？"

"是过路的人发现他倒在地上，打电话报的警。我赶到现场时，这个人侧着身躺在地上已经昏迷了，手里握着这半包面巾纸，还有几张纸全是血，扔在旁边，应该是他用来擦脸上的血的。我当时不知道他哪里受伤，所以没敢扶他，等到救护车来的时候，趁着医生把他搬上车的工夫我才把他身上检查了一遍，身上什么东西都没有。"

又是一个无名身份，我心里一沉。

从这个人头部受伤的情况来看应该是被人打了，很可能是他认识的人做的，所以查明这个人的身份对我们侦办案件很重要。但是现在我们对他的身份一无所知。而从他身上什么东西都没有的情况来看，案件正在朝着我们最不希望的方向发展——很可能他是遇到抢劫了。

现在一个人即使什么都不拿，他也会随身带着手机，手机对每个人来说都是必不可少的。根据没有手机这个状况，几乎可以断定是抢劫，而且很可能是随机作案的那种。如果是这样，那么查明他的身份就更重要了。因为只有查清他的身份才能知道他都被抢走了什么东西，我们也才能继续进行下一步的布控侦查。

时间已经到了凌晨，我和狐狸哥一起前往案发现场，希望能找到一些线索。案发现场是夹在两条主要马路之间的一条小路，这条路可以直接穿到下一个路口，这个人就是在这条小路上被发现的。我们在马路通往小路的拐角口发现了一个监控摄像头。黄哥来电话说他在监控室看到我们了，让我们先不要动，他看看大路的监控，我们跟着他看到的情况沿途继续找其他私人的监控。

这时候的城市已经陷入了沉睡，一辆洒水车缓缓地在空荡的马路上行驶。水流撞击柏油路面，溅起了一丝丝烟尘，一股淡淡的沥青味飘荡在车辆开过的道路两侧，慢慢散开。大街上静悄悄的，洒水车开过去之后，再也没有一辆车经过。如果不是路口的信号灯时不时地闪烁几下，我会觉得时间已经停顿了下来，自己已经好久没有享受过这种安静的时刻了。正在我心旷神怡的时候，电话响了，是黄哥打来的，他在监控里发现了被害人的身影。

黄哥通过摄像头看到这个人从我正站着的马路拐进了小路，这个人穿着一件灰色的外套，后面带一顶兜帽，走路的时候兜帽一晃一晃的，在摄像头的监控下看得清清楚楚。通过这个摄像头，我们看到这个人是沿着马路走过来的，于是我和狐狸哥顺着他来的方向往回走，继续寻找监控摄像头。沿着马路都是公安局布置的天网，黄哥在分局监控室就能看见。没等我们找到沿途的其他监控，黄哥又给我们打电话，告诉我们被害人是从前面的红绿灯过的马路。

我和狐狸哥来到红绿灯路口处，顺着黄哥告诉我们的方向看过去。过了马路口，前面是一条大路，一直能通到火车站，正常来说没人会沿着这条路走，除非是在半路下车后。想到这儿，我正好看到前面有一个公交车站，站牌上至少有六条公交线路，心中不由得一揪：难道他是在公交车站下的车？

随着我们对监控的进一步追查，最终得到的是最坏的结果，黄哥在监控中找到了这个人，果然是从公交车上下来的。这下可麻烦了，那辆公交车上并没有监控，根本查不出这个人是在哪一站上车的，到现在为止，监控这条侦查路线已经走到尽头了。

凌晨四点，东方的天空泛出鱼肚白，满天星斗一下子全都消失不见了，深邃的黑色天空渐渐变成了墨蓝色。天快亮了，又是一个不眠夜，回到单位，我感觉自己在头碰到枕头的一瞬间就睡着了。

没睡多长时间，我就迷迷糊糊被叫醒了，被告知要开案件研讨会。去了之后我才知道，黄哥在我睡觉这三小时里通过监控已经锁定了嫌疑犯。整队的人围坐在会议室，大家几乎都一夜未眠，像我这样能睡上三小时的已经算不错了。投影仪开始播放剪辑好的视频。夜间的监控画面并不是很清晰，但是被害人的兜帽很明显，他从公交车上下来，我们都一下认出了他。接着从一个监控的死角位置走出来一个人，像影子一样，在被害人后面不紧不慢地跟着。他跟踪的意图很明显，被害人走到十字路口的时候，正好绿灯开始闪烁，被害人急忙快跑几步，看到被害人跑起来，后面这个人急忙也跟着快跑，几乎与被害人一起穿过马路。

看到这儿，我还觉得奇怪，在医院里躺着的被害人虽然穿着衣服，但是我从他脸上和胳膊上的伤能看出他被打得很严重。监控里的这个人身材只是比被害人高一点，但身形有些瘦，从视频上看，被害人比他壮很多，就凭他能把被害人打成这样？

被害人过了十字路口继续往前走。当他走到被打的小路的拐角时，视频的左侧一下子出现了四个人，他们从马路对面快步横穿过来，与一直跟在被害人身后的那个人会合后，一起跟着被害人走进了那条小路。视频监控放到这里，黄哥点了暂停。

"就是这五个人干的。"黄哥指着监控说。

"对方是五个人？"宋队有些惊奇地问。

"目前在监控里看到的是五个。"黄哥回答，能看出黄哥真有些累了，他在播放监控前刚掐灭一支烟，到现在才不过两三分钟，就又点起了一根。

"你的意思是不止五个人？"

"这事可没准，当时咱们天网只是对着马路这一侧，人家是从对面跑过来的，那边还有没有人，咱们也看不见。"

"你怎么知道就是这五个人干的？"

黄哥没说话，继续点击播放视频，接着视频里面很平静，除了偶尔有几辆车开过之外再没有人经过。又过了两三分钟，忽然从小路口跑出来五个人，这五个人急匆匆地穿过马路，消失在视频监控的区域外。接着黄哥点了快放，过了十多分钟，有一个人走进了小路。

"就是这个人报的警，监控上他走进小路的时间和咱们接到报警的时间基本一致，所以这个事应该是那五个人干的没跑了。"不用黄哥点击暂停了，视频到此播放完毕。

"这事挺奇怪啊，这么多人一块儿抢劫。"看完视频，一旁的狐狸哥才说话。

"我干这么多年也没碰着过五个人一块儿抢劫的，这能抢多少钱？都不够分的。"宋队从桌子上抓了一根烟点上，使劲地抽了一口。

"你说要是抢劫的话，也没必要把人打成这样吧。这个人大半夜的还是从公交车上下来的，应该不是个有钱的人，身上可能也没什么值钱的东西，没必要护财不要命，被打成这样可有点不合常理。"狐狸哥在一旁说，他在医院看到过这个人的情况，知道他被打得很严重。

"这你就说错了，越是没有钱的人对钱看得越重要，肯定是当时这个人死活不肯拿钱，结果才被打成这样。你看这时间，正常抢劫都是短平快，一分钟的事，这几个人在小路上忙活了有三分钟，肯定是被害人不配合才打的。"宋队说。

"也可能是寻仇。你看这一开始有人从他下车就开始跟踪，然后快到小路口的时候，一下子又冲出来四个人，明显是有准备的。抢劫的话，哪还能预判到你这个人要往小路上拐？他们要是寻仇的话，打一顿之后也会把东西抢走，造成抢劫的假象，转移咱们注意力呗。"黄哥换了个思路继续说。

"要是寻仇的话，那么这案子还好办了，查明这个人的人际关系就行了。"狐狸哥说。

"不好办啊，这个人现在身份都没落实，身上什么东西都没有了。"我说。

"发寻人启事，一定得先落实这个人的身份。"宋队说。

宋队布置了关于这个案件的第一项工作任务，也是唯一的一项工作任务。这个案件现在看上去就像一片一望无际的沙漠，你有无数的方向可以探索，但是只有一条路能走出沙漠。而我们现在连这条路的边都没摸着，甚至我们现在都没有找到这条路的方法。这时只有看似唯一的机会，也是最关键的突破口——核查这个被害人的身份。

我们队里的人分头行动。我们市一共有三家发行量比较大的报社，直到下午三点多，我和黄哥才把三家报社跑了个遍，可以保证在明天的报纸上能刊登寻人启事了。狐狸哥和另外一组人去了电台，在下午下班高峰期，三个热门频道都会播放有关我们这个案件的寻人启事。

案发第三天，我一大早就守在单位的座机旁边，期望着有人能打来电话。现在案件毫无线索。那五个人跑回马路对面之后，从监控中可以看到他们钻进了一个居民区里。这个居民区里面没有监控，而且居民区是分散式管理，三十几栋楼能延伸到无数个地方，想把能锁死这部分区域的监控视频全拷贝下来观看根本就是不可能的事，更何况监控摄像头还有许多空白、照不到的区域。

这一上午单位的座机响了两次，两次都让我激动得在第一声铃还没响完的时候就把电话接了起来，可惜一通是来询问之前案件的进展情况的，另外一通是中奖诈骗电话。真不知道这些诈骗犯是怎么选的电话号码，都能打到公安局里来。

我们就这样无所事事，但是又心急如焚地在办公室待到下午。所有人都快患上焦虑症了，现在每个人都有一种有劲使不出来的感觉。黄哥几次要去把那片居民区外围的监控全拷贝回来，不过被宋队拦住了。用他的话说，这是没有办法的办法，现在干就是一拳打在空气上，白使力气，还容易抻着胳膊，不但是走冤枉路，还磨自己的脚。

事情还是迎来了转机。一个活生生存在的人突然出事，就像把石头扔进湖里，再小的石块也会惊起一丝波澜，随着波纹的扩散，总会有人得到消息。下午三点的时候，黄哥在全市案件登记信息里面看到了一则失踪案件的受案登记信息，显示失踪人叫陈波，男，本市人，在案发当晚失踪，至今失联超过四十八小时。

我们立刻与报案人取得联系，想核实一下失踪人员与我们这个案子的被害人是否一致。报案人在电话里声称是受人委托代为报案，对于陈波失踪时的穿着打扮并不了解，而且在电话里也描述不出这个人的具体相貌特征。一小时后，我和黄哥在百盛商场附近见到了报案人，一个二十多岁的女孩，自称是陈波的妹妹。当我们拿出在医院拍的照片时，这个女孩看到照片后就哭了。

陈波三十四岁，未婚，目前还与父母住在一起，事发当天晚上没回家，第二天他的父母也联系不到他，于是便找来陈波的妹妹想办法，陈波的妹妹才到公安局报案。

被害人的身份核实出来了，可是案件依然没有头绪。陈波是一个商场的电器推销员，当天他是晚班。每天陈波都是坐这趟公交车下班，然后穿过这条小路换乘另一趟公交车回家。而且根据陈波妹妹的描述，陈波这个人性格有些内向，与其他人交流较少，三十几岁还没处对象，就这样一个人看起来似乎不太容易与别人产生矛盾，遭人报复。

晚上整个队里的人全都聚集在一起，对案件进行重新分析梳理。在听完我和黄哥的汇报之后，所有人都发出疑问，视频里五个殴打陈波的人究竟是什么人？就在我们正进行案情研讨的时候，黄哥接到了医院的电话，陈波已经被确诊为脑疝，现在准备进行开颅手术。听到这个消息，我们所有人心里都是一沉，为被害人感到悲痛。脑疝是一种非常严重的损伤，即使手术成功也会留下严重的后遗症。陈波才三十四岁，无缘无故遇到这种无妄之灾，我心里不由得愤恨，一定要将这几个人抓到！

陈波的妹妹又提供了有用的信息，她说陈波平时带着一个钱包，还有一部三星手机。这两样东西我们在现场都没有找到，一定是被那五个人拿走了。钱包这种东西很难找，但是手机就不一样了。陈波使用的三星手机还是他在自己商场里通过员工福利购买的，在当时算是不错的手机，即使是二手的也能卖出个好价钱。查找这部手机成了我们工作的重点。

第四天早上，我们队里分成几组，分别开始对本区和外区的手机市场进行调查。我和黄哥一起去手机市场挑选二手手机。

手机市场是一个鱼龙混杂的地方，一般稍有规模的手机市场都是由十几个商铺组合而成的，看似他们之间相互竞争、抬价压价，但实际上他们这十几个商铺都是一伙的。这行的水本来就深，在他们手里一部旧手机能变成新的，一部新手机也能变成旧的。从警多年，因为一些案件和这些人打过交道，我对此深有感触。

根据陈波的妹妹描述，陈波这个人比较仔细，手机外面有一只手机壳，所以手机应该保养得不错，虽然用过一段时间，但是不太旧。于是我和黄哥定好，就声称要买一部九成新的三星 N 系手机。我和黄哥刚进市场就冲上来一个人，他就像豺狼嗅到了猎物一样，脸上立马挤出笑容问道：

"两位要买点什么？我这儿什么都有。"说完他用手朝市场里面指了一下，也不知道他是哪个摊位的，还是说只是一个拉客的。

"我想买一部二手的三星 N 系手机，最好是银色的。"黄哥说。

"有，有，有，我这儿都有，你们跟我来吧。"说着他就把我们往市场里面领。我和黄哥现在也没什么头绪，就索性跟着他往里面走，反正今天是要把整个市场的二手银色三星 N 系手机全找一遍。

我们跟着他一直往里面走，来到了市场最后面的一个摊位。这家手机市场是和电脑市场连在一起的，共用一个商厦的一层。他的手机店铺在最里面，紧贴着的都是卖电脑的商铺。如果他不主动在门口拉客，估计没有人能走到最里面的摊位。

"你们要买什么样的？"这个人从柜台下面钻进了摊位里。

"我要一部二手的三星 N 系手机，银色的。"

"你等等啊，我找找。"这个人把柜子拉开，在里面开始翻动起来。我看见柜子有三层，里面叠着一堆手机，他像拣菜一样在里面翻来翻去。

"红色的行不行？我这儿有个二手红色的，和新的一样，你要是买的话，还送你一个原厂的手机套，外面买一个得一百多块钱呢。"这人翻了半天，然后站起来伸了下腰说道。

"我就想要银色的。"黄哥又重复一遍。

"银色、红色没什么区别，关键你得看手机质量怎么样，我这儿有部刚收的红色的，还有原厂质保卡，你去别的店都买不到这么好的手机。"

这人又蹲下去开始在柜子里翻起来，但是我知道他现在继续翻就是在装模作样。对他们来说，自己店里有什么样的手机他们心里最清楚，他现在就是拖延时间，看看能不能让我们改变主意买部红色的手机。这个人一直滔滔不绝，而且越说越有信心。如果我确实是来买手机的，恐怕真的会让他把那部红色的三星手机拿出来看看了。

"你到底有没有？没有的话，我们去其他店里找了。"黄哥不耐烦地说了句。

"有，有，我这儿肯定有，你等会儿。我后面还有个仓库，我去给你找。别着急，不就是要银色的嘛，肯定有。"这人说着匆匆忙忙又从柜台下面的空当钻出来，一溜烟跑开了。

"别听他在这儿胡说八道了，去别家看看吧。"我对黄哥说。案件已经过去四天了，我们从上到下急得火烧眉毛一般，哪还有工夫陪他在这儿闲扯。

"不用去了，他已经帮咱去找了。"

"什么？"

"就他这个小店还用得着什么仓库吗？现在他肯定是去其他店铺串货了，指望赚个百十块钱手续费，遇着冤大头了还能多赚点。他对手机市场肯定比咱熟，咱们就在这儿等着吧。"

果然不出黄哥所料，没过多长时间，这个人就回来了，手里拿着一部银色的二手三星N系手机，只不过这个手机可没有九成新，一看就挺旧的，手机背面还有一些划痕。按照陈波妹妹的说法，陈波的手机有一只手机壳，背面肯定不会有划痕。

"你这个也太旧了，连八成新都算不上，再没有了？"黄哥看了眼就把手机还了回去。

"银色的手机不好卖，现在谁用银色的啊，显老气，就你们非得要银色的。这银色的手机出了快一年了，哪有特别新的。你要是想要九成新的就得买最近出的颜色，比如红色。红色上两个月才出，现在买一个二手的和新的几乎没什么区别……"

"好了，好了，你别说了，还有没有了，没有我们就去别的地方了。"

"等会儿，等会儿，我再给你们找找。"

我和黄哥不打算在这里浪费时间了，在我们要走的时候，来了个人冲着黄哥打招呼：

"警官，你们怎么在这儿？"

我回头一看，原来认识，是之前侦办一起杀人案件时找来协助调查的手机商，只是多年不见，没想到他竟然能一下子把我们认出来。

"过来买点东西……不对，过来查手机。"黄哥一看是他，直接就说明原因。

"又发案子了啊？我都好久没听说有案件了，只要看不见你们，就说明治安状况良好，哈哈。"

"好了，你现在还在卖手机吗？正好有事请你帮忙。"

"卖，卖，我不卖手机能干啥啊？说吧，什么事，我肯定全力以赴。"

"我们在找一部九成新的三星 N 系银色手机。"

"什么时候发的案子，你直接告诉我吧，我这边联系同行按照时间找也能方便点。"

"四天前。"

"好嘞，我现在就联系，回头有信通知你。"

"好，你记下我电话。"黄哥说。

"我有你电话。"

晚上其他几组人都回来了，没有任何发现，虽然找到了十几部一样款式的二手手机，但是都不是陈波的手机。晚上的案件研讨会上，大家开始对这几个人的身份认识产生动摇。根据技术中队的调查，这部手机目前没有被使用。也就是说手机肯定沉睡在某一个地方，而不是在某一个人手中。手机这种东西是随着时间逐渐贬值的，卖得越早越贵，所以过了四天手机都没被使用，这件事就很不寻常。除非是一个有犯罪经验的团伙，等着风头过了再将手机出手。最后宋队做出了决断，继续按照现有方式进行侦查，只不过要把范围扩大，从市内四区扩大到城郊三区。

第五天，正逢周末，我和黄哥在城郊的一家手机市场，正用老办法和拉客的手机店老板讨价还价呢，之前那个卖手机的给黄哥打电话，告诉我们手机找到了。果然是术业有专攻，专业的行当也得由专业的人来做。

在一个三层的商场手机店铺里，我们找到了陈波的手机。手机店的老板得知这部手机来源不干净之后，表示愿意配合我们的工作。根据他的店铺的登记信息，这个人在商场里卖手机已经有十多年了，属于老商户，在收购手机的时候也很严格地执行了规定流程。

老板告诉我们是两个小姑娘来卖的手机，在收购这部银色三星N系手机时，他要求卖手机的小姑娘出示一下证件。其中一个小姑娘掏出了身份证，他把这个身份证号码记在了账本上。

通过公安系统查询得知，这个小姑娘叫宋慧，刚满十八岁，户口信息是和她的姥姥在一起。在其他信息里，我看到有两百多条在E网情深网吧的上网记录，看来小姑娘经常去这个网吧。我看了下时间，下午三点。队里其他人还有在外区找手机没赶回来的，队里只有四个人。既然发现新的情况了，宋队决定趁热打铁，让我和黄哥立刻前去E网情深网吧。信息显示宋慧昨天晚上还在这个网吧上过网，我们看看能不能在网吧堵到宋慧。另外两个人去宋慧登记的住址，务必要找到这个女生。

E网情深网吧只有一层，里面有不到二百台机器，算是一个中等网吧。网吧的门上写着会员充值充多少送多少，里面几乎坐满了人，只有少数几台机器空着。宋慧几乎是每隔两三天就来一次这个网吧，我们不知道她是不是和这个网吧里的人很熟，也不知道她和那几个抢劫的人是什么关系，所以也不敢直接透露身份让网吧配合调查。我和黄哥坐在一起，选了两台靠近吧台的机器。每当有女性来登记身份上网的时候，我都站起来瞅一眼，看看这个人是不是宋慧。

来网吧上网的女性并不多，这一段时间来了四个，但岁数都挺大。我静静地等着，这个案子已经过去五天了，但是宋慧昨天还在这里上网，我相信只要耐心在这儿等待，就一定能找到宋慧。我用电脑播放了一部电影，但是我根本无心观看，甚至连耳机都没戴。虽然是坐在网吧的沙发上，但是我一直关注着四周，每从网吧门外进来一个人，我都会侧身看看。

又过了一会儿，有一个男子推门走进来。不知为什么，我看这个男的第一眼就有种不舒服的感觉。他不像别人那样自顾自地走路，而是趾高气扬，从进网吧的门开始就不停地左看右看，而且是带着一种挑衅的眼神，好像在到处找人打架一样。于是我一直从侧面盯着他看。这个男子岁数也不大，二十岁左右的样子，个子挺高，晃晃悠悠地来到吧台。我就坐在旁边，把他和服务员的对话听得清清楚楚。

"小怡，帮我开台机器。"

"你身份证带没？"

"没带，我是会员，你直接开就行。"

"不行，现在管得严，不扫描身份证不行。"

"那用你身份证扫一下呗。"

"我现在上班呢，要是显示登记上网了，老板该扣我工资了。"

"你帮我找个身份证扫下得了。"

"宋慧的身份证在这儿，我用她的扫一下吧。"

"行，行，你随便，帮我开个好点的机器啊。"

黄哥就在我身边，我俩听得清清楚楚。我俩对了下眼神，心领神会。我们原计划在这儿找到宋慧，然后查明手机怎么在她手里，没想到竟然还有意外收获。这个男子不但和宋慧认识，而且他们应该很熟，因为吧台的服务员能在不经过宋慧允许的情况下就用她的身份证让这个男子上网。而这个吧台的服务员和宋慧也应该很熟，宋慧的身份证就放在吧台里。这下我也猜到为什么宋慧每隔两天才在这里上网，她应该就是网吧的服务员，她登记上网的时候正是她下班的时候，而平时身份证就放在吧台。

我借口买一杯饮料来到吧台前，拿起手机装作发信息，趁着吧台的女孩不注意，拍了一张照片。网吧比较黑，照片并不清楚。我立刻将照片传回了队里。没过两分钟，队里回信，根据手机店店主的辨认，吧台的服务员就是找他卖手机的两个女孩之一，而留身份证号码的则是另一个女孩。至于刚才要求上网的那个男子则更加可疑了，如果现在我们要把吧台的服务员带走，那么也得把这个男子一起带走。我觉得他即使与陈波被打这件事没关系，他也很可能知道这件事。

黄哥出门给宋队打电话，我继续留在网吧里。我又装作上厕所，在网吧里溜达了一圈，特意来到那个男子的机器后面。机器号是四十四号，那个男子正在专心致志地玩游戏。

我刚回到座位上坐下，黄哥也回来了，我急忙低声问黄哥接下来怎么办。黄哥告诉我，别急，队里人全在往这边赶，等会儿全抓！

不到半小时，队里人都到了，除了队里的人，还有其他单位增援的警力，一共来了四辆面包车，二十多个人。我看到宋队还带了一把枪，狐狸哥拎着一个布袋，里面沉甸甸的全是手铐。宋队的意思很明确，当场确认在网吧里有多少人和这个宋慧认识，一个不漏全带走！

我经历过各种各样的抓捕，但像这种对整个网吧进行抓捕的还真不多，也算是大场面了。网吧的布置我们早已摸清，除了大门之外还有一个后门，只要把两个门控制住，网吧里的人一个也跑不掉。狐狸哥带着两个人去后门守住，其余的人一起进网吧。我正琢磨三个人怎么堵门的时候，看见狐狸哥从车里掏出一条锁自行车用的铁链子。原来他准备直接用铁链子把后门锁上，铁将军把门，比十个人都好用。

一切准备就绪，二十几个人一股脑全涌进网吧。网吧里大多数人正在聚精会神地盯着屏幕，对于一下子冲进来这么多警察一点都没有察觉。吧台的小姑娘倒是看见了，但是还没等她拿起电话就被我们的女警把手按在了吧台上，把她的身份证直接搜出来扣下。

我和黄哥直接来到用宋慧身份证登记上网的那个年轻人身后，他这时候还戴着耳机，两眼死死地盯着屏幕。我用手拍了拍他的肩膀，他好像没有知觉一样还在继续打游戏，手指在键盘上敲得啪啪直响，身子还在跟着敲击的节奏不断抖动。我又拍了两下他的肩膀，他还是没有反应。黄哥这时一下子把他的耳机拽了下来，拍了拍他的脑袋说道：

"别玩了，警察检查，把身份证拿出来！"

"检查？检查什么？"

这个人转过头看了下黄哥。黄哥和我来网吧侦查穿的是便衣，但是后来支援的人都穿着警服。当他看到警服的时候，在网吧昏暗的灯光映照下，我都能看清他的脸变了一个样，眼睛里透出了惊恐的神色，眼珠子在短短的几秒钟来回转了几圈，把我们扫视了好几遍。他表现出的惊慌可不像一个没用自己身份证登记上网的人的反应。一个二十岁的人在我们眼里如同小孩一般，一举一动都如同在介绍自己一样，有些时候都不用他们自己说，脸上全都表现出来了。这个人肯定有问题。

"检查身份证，你来这儿上网，身上没带身份证吗？"

"身份证？上网？哦，哦，上网啊，我登记了啊，登记了，在吧台登记了。我是会员，登记了。"

"把身份证拿出来。"

"身份证？要我身份证干什么？我身份证在家呢……"

"你上网不带身份证？你怎么登记上的网？"

"我是会员，会员，我用会员上的网……"

"好了，你别解释了，上网不登记身份证就不对。来，我问你个问题，我看看你回答得怎么样。要是我认为不满意的话，立刻就把你带到公安局。你要是回答得让我满意，你上网不登记身份证这件事我就放你一马，不追究了，听没听清楚？"

我故意吓唬他，其实上网不登记身份证的管理条例是出自《互联网上网服务营业场所管理条例》，这个是由文化部门管，他们处罚的也是网吧，罚款或者吊销营业执照，对于不登记身份证上网的人没有处罚决定。公安机关检查网吧登记是因为现在网吧上网必须要刷身份证才能开机，所以很多网吧用其他人的身份证为来上网的未成年人或者是没带身份证的人开机，这就触犯了治安管理处罚条例中的冒用他人身份信息，一般要被拘留五天。也就是说，如果网管直接给你开机，公安机关是没法处理的，但网管用别人身份证刷卡让你开机玩就触犯法律法规了。

　　黄哥用一只手压着这个人的后脖颈，让他头都抬不起来，另外两名同事在旁边用胳膊压着他的肩膀。虽然这个人看上去好像是坐在沙发上玩电脑，实际上已经被我们控制住，动一下都困难。根据我们工作的经验，这种乳臭未干的年轻人，别看平时口不择言，真要是到了危急时刻比谁都怂，更别提被三个警察围着了。

　　我向网吧里面看了一圈，所有人仍在专心致志地盯着显示器，连坐在他旁边的人都没注意到他被警察控制了，可能还以为我们几个是他的朋友来看他玩游戏呢。这个人很可能就是监控里出现的五个人之一，我们决定就地对他进行审问，网吧里如果有他们的同伙，正好可以一网打尽。

　　"好，好，你问吧，我肯定……肯定回答得让你满意。"这个人说话已经开始结巴了，说这一句话，他咽了两下口水。我能感觉出他现在害怕得全身都僵硬了，他的两只手还是一只握着鼠标一只摸着键盘，一动都不敢动。

　　"我问你，你认不认识宋慧？"

　　"认……认识。"

　　"宋慧是干什么的？"

　　"她……她是这个网吧的……吧台服务员。"

　　"那个女的就是宋慧吗？"黄哥用手指了指网吧的服务员。那个女孩现在也是战战兢兢地站在吧台里面，后面有一男一女两个警察，正在检查吧台的抽屉。

"她……她叫陈怡，宋慧今天休……休息。"

"宋慧前几天卖了个手机，你知不知道这件事？"

"手机？不……不知道，什么手机？"

"你不知道？"

黄哥说完把他脖子往下压了压，后面有人抓着他的胳膊。这个人"嗷"的一声叫了出来，但是周围没人注意。

"网吧里还有没有你认识的人？"

"没有。"

"真的？"黄哥又使劲压了他脖子一下。

"哎哟，哎哟，真没有，真没有，我没撒谎……"

"怎么样了？"宋队走过来问。

"就是他。"黄哥胸有成竹地说。

"同伙在不在网吧？"宋队用手使劲拍了拍他的头问。

"不在，不在，我刚刚都说了。"

"他说实话了吗？"宋队问黄哥。

"我看他没说实话，他是想在监狱多待几年。"

"行，咱满足他，先带走。"

我们几个人把他从网吧电脑前拖出来，两个人把他夹在中间，几乎是拖着把他从网吧拽了出去。这时候周围已经开始有人注意到警察来了，我看到几个人摘下耳机往这边张望。陈怡也被我同事从网吧带出去了，我们一共开了四辆面包车，我们把这个男子和陈怡分别带到不同的车上。

上了车我就把他的手别在后面，然后给他打上了背铐。手铐戴上的那一瞬间，这个人的表情从惊恐变成了绝望。我上完手铐，黄哥一把揪住他的头发，把他的头按在座位靠背上，换了一副更凶狠的表情。

"我告诉你，今天能找到你，你还不明白因为什么事吗？我让你自己说是给你机会，等我说的时候什么都晚了。"

"你现在主动讲，争取个好态度，不然到时候因为这一念之差就得在监狱多待几年，你知不知道？"我在旁边附和着说。

"你不讲也行，你也看见了，抓的不是你一个人，陈怡就在后面的车上，你不讲，她也能讲。"

其实我们也不知道陈怡对这个案子知道多少，不过她和这个男子还有宋慧都认识，还参与卖手机，也是同案犯。

"你怎么回事？不说话是不是？想顽抗到底是不是？我告诉你，我别的能耐没有，只要写一笔该人拒不交代犯罪事实，就能让你在监狱多待两年，好好学学重新做人！"

我能从他脸上纠结的表情看出来他正在做思想斗争——讲还是不讲。黄哥也看出来了，没再继续逼问，给他一段自己思考的时间。面包车里十分安静，我和黄哥一直盯着他。他没敢看我们的眼睛，而是低下头，咬了两下嘴唇。这两下咬得挺使劲，松开的时候，我都能看到他嘴唇上有一道暗红色的印。

"警……警察叔叔，我……我好好交代，能判我多长时间……"

他直接投降了，几乎不用审讯，他就把自己定性成嫌疑犯了。虽然现在我心里激动，但是还得保持冷静，不能让他看出来。我故作平静地看了黄哥一眼，还是老警察宠辱不惊，黄哥面无表情地继续说道：

"多长时间？这得看你交代得怎么样了，你这个事按理说挺严重的，根据罪行轻重和认罪态度都有判罚尺度，你看这抢劫罪是三年到十年，有人被判三年，有人被判七年，还有人被判十年，这就得看认罪态度了。"

黄哥说这句话的时候没看着他，因为黄哥的眼角这时候有一道弯，是人在欲笑不能笑的时候，唯一控制不住的那条肌肉的自然反应。

"那我再怎么交代也得坐三年牢啊……"

"你要是不交代，我让你坐十年牢，我让你在监狱里待个够！"

黄哥拍了下这个人的后脑勺，不过是轻轻地拍，这时候正是他松懈的关键时刻，绝对不能让他挂在嘴边的话缩回去。人的心理都是有一道底线的，尤其是犯罪分子，只要心理防线被攻破，接下来几乎就不会有什么隐瞒。

"我交代，我交代，我肯定什么都讲，我可不想蹲那么长时间的监狱。"

"好，你先说，你叫什么名字？"

"我叫刘刚。"

"其他四个人都叫什么名字，都是干什么的？"

其实现在他也没说自己就是参与抢劫的人，一直到现在都是我们的猜测。他只是默认自己犯罪了，只能说他很可能就是我们侦办的这起案子的案犯。但现在他的心理防线刚崩溃，我们只能装作什么都知道，一点点让他把这件事讲出来，所以黄哥直接就把他当作五个人其中之一来审问了。

"他们叫什么名字我不知道，我们都是用网名相互称呼的。"

这下我和黄哥心里最后一块石头落地了。我们和刘刚像对哑谜一样，最后终于把这起案子对上了，只是刘刚一直认为我们什么都知道而已。

"他们都是干什么的？"

"他们一个是卖手机的，一个是夜店的服务员，一个没工作，还有一个是网管。"

"网管？哪个网吧？"

"就是我上网的那个网吧。"

我心里顿时又是一惊，当时在网吧，就怕抓他的时候被同伙发现。真是怕什么来什么，我们刚才那么一折腾，他的同伙肯定知道了。这要是通风报信，几个人四散逃跑，抓倒是都能抓回来，但是得费多少工夫啊。这个案子已经拖了这么久，现在好不容易打开突破口，我们可不想出现意外。

"他叫什么名？"

"孙立军。"

黄哥使了个眼神，我立刻会意，急忙下车。这时候大家都还没走，车依旧顺着大路一侧停着,我一下子拉开宋队所在的面包车车门。

"宋队,还有个同伙也在网吧里,叫孙立军,是个网管。"

"快,别让他跑了。"

我们两车八九个人一起冲下来,又返回刚才的网吧。我们再冲进网吧的时候,里面还是那副模样,所有人都戴着耳机盯着屏幕,好像刚才什么都没发生一样,现在更是一点反应都没有。这时候有个穿着网吧工作服的人正坐在门口,一看就是网管。

"我是警察,这家网吧的网管都在哪儿?"宋队一马当先。

"网管?我就是啊,什么事?"

"谁叫孙立军?"

"孙立军啊,在这儿呢。怎么了?"

"孙立军在哪儿?立刻把他找出来!"

"小龙,孙立军人呢?"网管向网吧里面张望了一下,朝另外一个穿着工作服的人喊道。

"刚才上厕所去了。"另外一个人喊着回答。

"走!"

宋队的话几乎刚说出口,所有人就都朝网吧的厕所冲过去。网吧的厕所不大,三个半封闭的蹲位和三个小便池,他们一下子冲进去,四五个人就把厕所堵满了,剩下的人在外面挤不进去。我和其他人一起在外面干着急,只能听见厕所里面传出来的喊声。

"开门,警察,赶紧把门打开。"

"踹!"

"还敢打电话!"

"砸开!"

紧接着是咣咣的踢门声,然后咔嚓一声,他们把锁着的厕所蹲位的门给踢开了。然后里面一顿乱糟糟的叫骂,一个和刘刚差不多岁数的年轻人被倒拖着从厕所里拎了出来。

"把他带车上,还敢在里面打电话。"宋队啐了一口,能看出来他有些恼火。

"他给谁打电话?"

"不知道,我冲进厕所,听他在电话里说刘刚被警察抓走了,估计是通风报信呢。"

虽然我们这次出击成功,一下子抓获了两名嫌犯,但是发生了疏漏,让一名嫌犯有了通风报信的机会,这是我们侦办案件时最怕发生的事情。

快上车时,宋队看了下周围,刚才下去两车人,现在回来人数却不对,狐狸哥不见了。

"狐狸哪儿去了?"

"不知道,是不是守后门呢?"

"给他打电话,让他撤回来。"

同事拿起电话打了过去,没过一会儿就放下了。

"电话打不通。"

"你去后门找他。"

他刚说完,只见狐狸哥从网吧里走了出来。

"你刚才哪儿去了,不是在守后门吗?怎么从网吧里出来了?"

"我看人都抓完了,就上厕所去了,憋了泡尿。"

宋队忽然眼睛一亮,对着我说道:

"你快去厕所给我打个电话。"

我又返回网吧,来到厕所,厕所其中一个蹲位的门被踢成两半倒在那里。我拿起电话打了过去,电话接通了,可是我听不见宋队说话。厕所里面信号不好!我急忙跑出去一问,果然宋队接到我的电话后听不见我说话。看来幸运之神依旧眷顾着我们;孙立军在厕所里也一样,电话虽然打通了,可是说话对方听不见,其他三个人还不知道刘刚和孙立军被抓了。

回到单位之后，我们开始审讯，我依旧和黄哥分在一组，负责审孙立军。我走进审讯室的时候，孙立军正坐在铁凳子上。铁凳子是审讯犯人时用的约束工具，整个椅子都是铁制的，椅子分成前后两半。人坐进去之前，先要把椅子前面拉开，等人坐进去之后再给关上，然后下面的脚正好被预留好的位置卡住。上面也有固定的手铐把手扣住，胸前有一个圆弧形的铁棍拦在胸前，防止嫌犯用头去撞铁凳子。

　　孙立军比刘刚还小一岁，只有二十一岁，在老家读完初中后就辍学出来打工了，现在在这个城市已经待了三年。但是孙立军给我的感觉与刘刚不同，他没有丝毫惊慌失措的样子，表情很平静，摆出一副经历过大场面的架势。我不知道他葫芦里卖的什么药，但是现在刘刚已经认罪了，无论他如何狡辩也改变不了事实。

　　"你叫孙立军是吧？"

　　"对。"

　　"知不知道为什么把你抓进来？"

　　"知道，因为我把人打了。"

　　我心里一乐，讲得还挺好，看来没什么难度，这种岁数的小孩子都好对付。

　　"那你先讲讲你打人的事情经过。"

　　"有天晚上我在大街上看见一个人，我觉得他挺不顺眼的，就把他给打了，就这样。"

　　"你打的那个人穿的什么衣服？"

　　"我记不太清。"

　　"你看看这张照片。"我把被害人的那件灰色外套的照片拿出来。

　　"对，被我打的那个人穿的就是这件衣服，上面还有个兜帽。"

　　"你怎么打的？"

　　"我就是上去一脚把他踢倒在地，然后用脚踹他。打完之后，我就走了。"

"嗯，好，你再说说其他人都怎么动的手。"

"没有其他人。"

"什么？你们一共几个人？"

"就我自己。"

"孙立军，都什么时候了还在这儿嘴硬胡说？"

"我没胡说，我把人打了，我承认。"

"我问你，你们一共几个人？"

"就我自己。"

我愣了一下，承认自己打人，却不承认有其他人，难道他想把罪行全揽到自己身上？我们知道刘刚已经认罪了，所有的事情都会真相大白，孙立军这样抵抗，只能加重他的刑期，可是孙立军不知道。

"那被打的人的手机哪儿去了？"

"我不知道，我没拿他的手机。"

"孙立军，你脑子有问题吧，你承认你动手打人了是不是？然后别人怎么动手打人你不知道？你想替别人顶罪吗？"

"我不想替别人顶罪，我承认我打人了，别人怎么样我不知道。"

"监控视频拍得清清楚楚的，你们一共五个人，还用我把监控拿过来给你看看吗？另外几个人都是谁？"

"我不知道。"

我现在明白了，孙立军承认自己的所作所为，但是不肯说别人的行为，他并不是想逃避罪行，也不是想替人顶罪，他只是想做一个所谓的不出卖朋友的人。他们这个年龄正是喜欢耍那套讲义气、重情义，带点江湖色彩的人生观。孙立军从回答我的问题开始，一点也没有语塞，对答如流，他早就想好了怎么回答，而且从他的口气来看，他心里已经打定了主意。

"孙立军，你们一共五个人，交代得好就可以轻判。像你这样，虽然坦白自己的罪行，但是对同伙采取包庇的态度，到时候真的宣判了，你就是最重的那个，你知不知道？"

这不是吓唬，是对嫌疑人进行法律宣讲。

现在网络有一种说法是坦白从宽，牢底坐穿，抗拒从严，回家过年，其实是不对的，完全对案件进行误解误读。法院只有一个原则，那就是按照《刑法》定罪量刑，能坐穿牢底的都是罪无可赦的犯罪嫌疑人，他们本身的犯罪行为已经超过了标准，下达的判决一点也没冤枉他。但真正坦白罪行的人肯定会从轻处理，在抓获多人作案的时候坦白得最好的往往是其中犯罪行为最少最轻的人，他们在坦白之后公安机关会让他们写一份认罪悔过书，这份文书就是法院轻判的证据，这类人都会按照量刑中最轻的来宣判。

真正犯罪团伙中的主犯一般不会坦白，他们都是负隅顽抗到最后的人，但他们的同伙不会这么想，尤其是团伙中犯罪行为最轻的人，大多数会主动提供证据来换取轻判。多人作案，只要有一个人坦白，那么其他人都属于拒不承认犯罪行为，这就是重判的证据。在公安机关呈请起诉意见书的时候会在文书最后写一句犯罪嫌疑人供认不讳，这句话其实很重要，如果换作拒不交代自己的犯罪事实，那么法院在对比有些三年以下有期徒刑的罪行定罪时直接就会判处三年。

"……我只能说清楚我自己的事，别人的事我不知道。"

黄哥接了个电话，用手拍了拍我，示意我和他一起出去，审讯暂停。

"行，他愿意多蹲几年，监狱就满足他，咱们走。"

我和黄哥来到单位外，门口停着三辆面包车，宋队从车上下来。

"刘刚想戴罪立功，帮咱们把剩下的几个人都抓住，但是刘刚说就认黄哥，所以还得换你来。"

我和黄哥上了车，看到刘刚戴着手铐也在车上。当着黄哥的面，刘刚给其中一个人打电话，就是孙立军想通风报信的那个人。刘刚和这个人约好见面的地点，然后带着我们去。

"这几个人都听你的啊？"我问道。

"他们五个人是拜把子兄弟，刘刚是里面的老大，其他几个人都听他的。"宋队从副驾驶回过头，带着调侃的语气说。

我们三辆车开到香海广场，那个夜店服务员就住在这附近。到了之后，刘刚给他打电话，让他下楼。不一会儿，一个和刘刚岁数差不多、留着半长头发的年轻人从前面走了过来。

"就是他。"刘刚在车上轻声说。宋队这边用对讲机布置，后面的一辆面包车直接开过去靠在马路边。没等那个人反应过来，车上冲下来三个人直接把他按倒在地。

事情无比顺利，接下来刘刚带着我们来到一个手机市场。本来我们打算进去抓人的，结果刘刚还是一个电话，那个卖手机的年轻人就从市场里出来了。和刚才一样，这个人来到马路边，刘刚在车里向我们确认。另一辆车开过去后，我们把这个人也抓住了。还有个没工作的住在市郊，我们往他家开的时候，刘刚的手机响了。刘刚打开免提接了电话，电话另一头是一个女孩的声音。

"哥，你在哪儿？我怎么感觉出事了？"

"我在网吧呢，出什么事了？"

"我给他们几个人打电话都打不通了。"

"没事，可能都在睡觉吧。"

"你说他们是不是出事了？"

"你先等会儿啊。"

刘刚这时用手捂住话筒，低声地问我们："这个是宋慧，抓不抓？"在得到宋队点头肯定后，刘刚继续拿起手机说：

"你在家吗？要不我现在去找你吧。"

"我害怕，没敢在家，我在家附近的超市呢。"

"你快点从超市出来，去路边等我，我现在打车去找你。"

　　"好。"

　　十五分钟后，我们在马路边将正在等出租车的宋慧抓获。当天稍晚的时候，最后一名涉嫌抢劫的参与者在城郊的家中被抓。

　　案件所有嫌疑人悉数落网，满载而归，大家心情都不错，但是我还有一个心思，那就是不知道孙立军交代得怎么样了。我的同事估计给他做了一下午的思想工作，也不知道他想没想通。回到单位，我立刻去了孙立军的审讯室。一推开门，孙立军正在侃侃而谈。

　　"我孙立军要做个顶天立地的人，我虽然做不到'但求同年同月同日死'，但是能做到不负与我结拜的弟兄。我肯定不会说别人的事，别人说不说我不管，别人可以对我不义，但是我不能对别人不义……"

　　正在审讯的同事看见我，转过头冲着我无奈地笑了笑。我知趣地退了出去，慢慢把审讯室的门关上了。

　　这五男两女是在网上认识的，那天晚上，他们一起吃饭喝酒后，打算找点刺激的事情做。刘刚提出来上街找个人打一顿，叫作"打蚂蚁"，众人一致响应。然后刘刚在车站物色到了被害人陈波，在陈波转进小路的时候，刘刚召集其他四个男的开始一起殴打陈波。陈波被打之后，他们中又有人提出把陈波的东西拿走。于是陈波的钱包和手机都被抢走了，钱包洗劫之后被扔进了垃圾箱，手机交给两个女孩去卖。

　　我在做完材料后问他们为什么要这么做，他们回答说只是觉得好玩。我不禁有些愕然，他们仅仅是因为觉得好玩就把一个人打成了重伤，而他们中除了刘刚之外，其他人甚至以为自己的行为后果只是去拘留所待五六天而已。陈怡甚至还问我今晚什么时候能让她回家，理由竟然是她觉得自己只是帮着卖了一部手机而已。

　　他们七个涉嫌故意伤害和寻衅滋事罪，这两个罪名很大。故意伤害一般会确定一个主要犯罪嫌疑人，就是主要实施动手打人行为的人，以及将对方打伤的那一下是谁实施的，这个人是主犯，判决时量刑最重。寻衅滋事罪用通俗的话说就是惹是生非，无故寻找事端，这个与故意伤害的主观故意有着很大区别，所有参与的人都属于犯罪嫌疑人，这个罪名是专门针对一群人共同犯罪的，在宣判的时候不分你我，所有参与者都会被判刑。刑期是按照被害人伤情来界定的，像这种被打成重伤的，参与者都是起刑五年，主要组织者十年以上有期徒刑。最后，自认为最讲义气的孙立军被判处有期徒刑十三年，比作为主犯的刘刚判得还严重。不知道在这十三年里，孙立军会怎么想。

　　在把他们送进看守所的第二天，也就是陈波被打后的一周，我得到消息，陈波的脑疝手术成功了，但是后遗症很严重，他很可能永远躺在床上起不来了。虽然我们惩戒了犯罪，捍卫了法律，但是对于陈波，一切都是徒劳。几个人为了取乐，让陈波下半生的幸福付诸东流，人性之恶莫过于此吧！

12 只身卧底毒窝，对方问我要不要吸一口海洛因

据我所知，毒贩和我接触过的人都不一样，他们生性多疑、目光狡猾，时而颓废、时而亢奋，精神状态很不稳定。对于扮演这类人我真没把握，不过我更有点期待，希望自己能够完美完成任务，扮演一次合格的"毒贩"。

桌子上摆着两个烟灰缸，里面插满了烟头，其中有一个还没熄灭，余烬在慢慢地蚕食剩下的那一点烟丝。还没等到它自然灭尽，又一个烟头狠狠地按了过来。两支烟对在一起，那一丝余温相互影响，又延长了即将熄灭的烟蒂的生命力。

　　"吭"的一声，屋门被人推开，一个瘦高的人刚迈进屋子一步，就被浓重的烟味熏了出来。

　　"怎么没把窗户打开，你们几个一起在这么大点的屋里抽烟，这烟浓得像着火了似的。"

　　几个人这才反应过来，屋子里的烟味实在太浓了，在白炽灯的映照下，能清楚地看到烟雾在屋子里缭绕。有人急忙把窗户打开，一阵夜风吹进来，屋子里顿时清爽了许多。

　　"天快亮了，不能再拖了，这事到底怎么定？"虽然窗户打开了，但是瘦高个没进屋，身子倚靠在门口问。

　　"这伙人警觉得很，要想把他们抓住，就得贴靠上去。"

　　"楼下那个人行吗？"

　　"他不行，他嘴不严，而且和咱们也不是一条心，关键时刻掉链子就全完了。"

　　"那怎么办？现在也没法安排人贴靠了，来不及了。"

"我们派人上!"

"都是熟脸,谁上?"

"找其他队的,我给刑侦大队打电话,跟他们借个人来。"

我是早上六点被电话吵醒的,一看是大队长的电话,我急忙收拾一下就出发了。到了单位还不到七点钟,大队长已经在办公室等我了。

"小刘哥,现在有个任务,禁毒大队那边需要一个人去协助侦办,我决定派你过去帮忙。"

"禁毒?怎么找到咱们了?"

以前负责禁毒工作的叫特勤中队,是刑侦大队的下属部门,后来脱离出去,成立了专门的禁毒大队。

"对,你现在就过去,他们有个着急的活儿,需要一个生面孔,还得有一定工作经验。"

需要一个生面孔?我一边往禁毒大队走,一边想,不会是去做卧底吧?

在门口,接我的同事姓邓,是禁毒大队的大队长,在这一行摸爬滚打了十多年,可以算是行业内的翘楚了。而我也是参警十年,在重案队也算是老警察了,只是在禁毒这方面还是新手,也是他们所需要的生面孔。

邓队向我说明了目前的情况:

昨晚派出所接到一个报警电话,是一个住户投诉邻居半夜声音太大,这种事一般都是巡警去调解一下就行了。可是到了事发地点,无论巡警怎么敲门,对方就是不开门。巡警觉得事情挺可疑,屋内有人,而且明知是警察敲门却不开,于是向派出所报告了情况。派出所又增派了警力,最后将门打开后,发现屋里乱作一团。警察在厕所的垃圾桶里发现了用来吸食毒品的工具,把屋里的两个人带回派出所一问,他们都交代了,承认自己是在屋子里吸毒。派出所将抓获吸毒人员的情况汇报给了禁毒大队,大队连夜派人深挖犯罪线索，最终那两个人承认毒品是从一个叫老田的人手里买的，并且愿意配合公安机关。在那两个人的指认下，禁毒大队在凌晨时分将老田抓获。

事情到这里还没完，老田是一个有多次吸毒和贩毒前科、"几进宫"的惯犯，对于公安机关打击处理犯罪的流程和轻重再熟悉不过了，被抓之后立刻要求检举揭发，坦白立功。老田交代了一条重要信息，那就是他的毒品来自一伙外来人，这伙人是老田通过其他毒贩子介绍认识的。在确认买卖关系之后，这伙人带着货在前天来到了这里。

老田贩毒多年，防范心理极强，第一次交易只买了一小部分货，答复他们要试货的好坏，之后再买剩下的，所以这伙人还带着货留在这里没走。

邓队把我带进大队办公室，我看了下屋里坐着几个人。以前禁毒大队隶属于刑侦大队，所以里面坐着的人我基本都认识。

"现在就是要想办法把这伙贩毒人员给抓住。"邓队看着我说。我不知道他搞的什么名堂，对于禁毒工作，我什么也不懂，虽然早些时候侦办过一起案件，但也是配合外地公安机关进行协查。现在突然把我借过来，和这些禁毒战线的老警察相比，我什么优势都没有，能帮上什么忙？

"这伙人刚到这里时间不长，而且随时可能离开，没时间做前期准备工作了，必须立刻进行挂靠侦查。"邓队继续说道。接着屋子里的人开始七嘴八舌地说起来。

"老田虽然愿意配合我们的工作，但是这个人十分狡猾，前年我还抓过他一次，满嘴跑火车，只要离开我们的视线，肯定脚底抹油马上就溜。"

"最好的办法是找个人伪装成毒贩和老田一起，一方面看着老田，防止他逃跑；另一方面根据现场情况，可以随机应变。"

"快没时间了，如果再不和对方联系，老田被抓这件事就暴露了，必须立刻布置。"

"小刘哥，你脸生，毒贩子和吸毒的都不认识你，挂靠这个工作就交给你了。"邓队最后总结道。

"挂靠？"我问。

"就是伪装成吸毒或者贩毒人员，跟着他们一起，找机会发现上线。"

"这是……去做卧底？"

"这哪能算是卧底，顶多算化装侦查。好了，时间来不及了，咱们立刻行动。"

这就要行动？虽然大概了解了案情，但我还是一头雾水。伪装成吸毒人员跟着嫌疑犯一起要干什么？怎么做？上线又是谁？我什么都不知道。

"那我应该怎么做？以前没接触过这类侦查。"我现在还有点小兴奋，这是我从来没有接触过的领域，自己没有缉毒方面的工作经验，我怕工作做不好。

"扮成毒贩和老田一起回家。到时候老田联系那伙人买货，你跟着去，找到合适的机会就通知我们动手。我们就在你周围。"

"扮成毒贩？"我心里不禁咯噔一跳，这不就相当于卧底吗？不过与影视剧上演的打入敌人内部那种不一样，只是一个临时性的卧底。我干了十年公安工作，也因为侦查工作做过扮装，但是扮演毒贩还是第一次。

据我所知，毒贩和我接触过的人都不一样，他们生性多疑、目光狡猾，时而颓废、时而亢奋，精神状态很不稳定。对于扮演这类人我真没把握，不过我更有点期待，希望自己能够完美完成任务，扮演一次合格的"毒贩"。

"老田在楼下的审讯室，走，咱俩先和他简单聊几句，相互了解一下。"邓队带着我往审讯室走。其他人则开始各忙各的，为接下来的抓捕做准备。

老田四十多岁，戴着眼镜，剃个光头，胖乎乎的，一副人畜无害的样子，但正是这个人因为贩毒已经"三进宫"了，可以说是一个典型的老毒贩了。

毒品案件比较特殊，按照《刑法》规定，贩卖50克以上冰毒就够死刑了，但实际工作中贩卖毒品的案件太多，不可能所有够格的案件都往死刑上靠，所以对贩卖毒品的量刑上做了一个数量递减，贩卖10克毒品以下的，判处时间不会超过三年，老田这样的毒贩被抓三次，每次判处六个月到一年的有期徒刑。

即使是有犯罪前科的人，在判决的时候也不会超过三年。

"怎么样，老田，能不能配合工作？"邓队问道。

"一定配合，一定配合，你们就说需要我怎么配合吧，我肯定毫无保留。我知道这几个人住在红房子附近，但是具体哪个宾馆，他们没告诉我。"

"我们派一个人跟你一起去，你就说是你朋友，找你来买毒品的。你就负责引荐下，其他的由我们的人和他们交易，钱我们准备。"

"没问题，没问题，一点问题都没有。"老田的头点得像捣蒜似的，我觉得这时候你让他做什么他都会立刻答应。

接下来我和老田单独聊了会儿，主要是聊有关毒品买卖的细节。老田说这伙人要求交易都是现金，他因为没那么多现钱才没买太多的货。至于交易的方式，他说自己买的时候，人家直接当面给了他一包毒品，感觉对方没什么戒心。我把老田的话都记在心里，脑海里虚拟出我作为毒贩子去买毒品时的交易过程，作为一个提前的准备。

一切准备妥当，我领着老田走出派出所，然后把他的手铐拿了下来。老田长得不高，比我矮一个头，而且身体还有病，即使他真的想跑，我也有信心能控制住他。另外，拿下手铐也表现出我们对他的信任，能让他用心配合我们的工作。这种人很可能说变就变，毫无信誉可言，但是现在的情况是没有他的配合，我们就无法抓住那伙毒贩子。

上了车，老田便开始打电话。从老田昨晚被抓后，手机就被扣下，一整晚有几十个未接来电。他们这个圈的人天天战战兢兢，一有人不接电话，就怀疑是不是出事了，接着就是到处打听联系。往往一个毒贩子被抓进去，没到第二天，全市一半的吸毒人员就都知道了。不过老田有个习惯就是睡觉时听不见电话响，加上他被抓的时间正好是晚上，经过半小时的挨个解释，老田终于将自己没被公安机关抓获这个事情说清楚了。

我跟着老田回到他家，他租住在一个封闭的小区。老田告诉我，他得先往外放点货，就是卖一些毒品的意思。因为这伙人是他通过其他毒贩子认识的，说明在本市肯定还有其他熟识的人，自己昨晚被抓，只靠电话解释肯定行不通，只有别人能从他那里买到货了，这个圈子才能传开说老田没事，这样再给那伙人打电话，才能不引起对方怀疑。我点了点头，同意了，老田说得很符合逻辑。

老田租的房子是一室一厅，客厅里只有一张桌子和一张沙发，屋子里是一张电脑桌和一张床。床单上黑的、黄的一片一片的，看上去像好几年没洗过的样子。电脑桌上更是乱成一团，一个接烟灰的可乐瓶都装满了，多余的烟灰落了一桌子，注射器和胶囊横七竖八地堆在一旁。

"你还玩这个啊？"我指了指注射器问老田。注射器一般都是用于吸食海洛因的。

冰毒与海洛因是完全不同的两种毒品，海洛因是生理性毒品，人只要碰了就无法戒断，一辈子都会想着复吸，目前在世界上没有一个人声称完全戒断海洛因，生理性毒品能直接改变人的生理需求。

在2012年之前的毒品案件中大多以海洛因为主，但这类毒品需要从罂粟提取，而罂粟种植在国内已禁止，所以所有的海洛因都需要从境外运进来，在加大打击之后市面上的海洛因越来越少，吸食海洛因的那些人身体衰退极快，没几年就走向死亡了，所以2012年之后冰毒逐渐替代了海洛因。

冰毒是化学合成的毒品，只要有原材料和掌握合成方法，拿几个烧瓶玻璃杯和一口大锅，一个人在家就能制造出冰毒来。而且由于冰毒的原材料是一种很常见的化工产品，所以仅几年的时间冰毒就将海洛因彻底替代掉了。冰毒也分好几种，但大多数是心理性毒品，只要管控得当、下定决心的话，是可以避免复吸的。据我所知，老田只是吸冰毒。

冰毒和海洛因的处罚标准一致，贩卖量超过50克最高可至死刑。

"有时候实在弄不到冰了就玩点这个,但是这个贵,货又紧……"老田一边收拾,一边回答。

我环顾了下屋子,实在没有落脚的地方。沙发套掉了一半,我只能靠在上面,斜着身子倚着另一半。不过这种姿势感觉挺颓废的,我觉得自己有点吸毒人员的模样了。

"咚咚咚",忽然一阵急促的敲门声传来。我吓了一跳,差点从沙发上蹦起来,手不自觉地摸了下别在后腰的手枪。我和老田刚进屋时间不长,怎么就有人找上门?其间老田打出的所有电话都是开的免提,我听得很清楚,难道被人跟踪了?我望了老田一眼,他也是一脸惊奇的表情,和我一样。

"谁?"老田装作没好气地问了句。

"咚咚咚",没人回答,依旧是敲了三下门。这时我倒是不害怕,手里有一把枪,楼下还有七八个弟兄,随时一招呼就能冲上来,但我慌的是这个案子可能露底了。有人知道老田和警察一起回家,如果是派个马仔来敲门试探,那么只要一开门就露馅了,那可就麻烦了。

"没事,没事,你坐着,不用管,我想起来了,我来应付。"老田突然拍了拍光亮的脑袋,好像想起来什么一样。没等我表态,老田直接把门打开了。我急忙倒在沙发上,眯着眼一边装睡,一边看。

门开了,进来一个满脸皱纹的矮个子男人。这人一进来就满脸堆笑,冲着老田点头哈腰。

"真是破裤裆子缠腿,甩都甩不掉,今儿带没带钱?告诉你啊,没带钱就没得谈,别和我磨叽。"老田顿时从在我面前点头哈腰的模样变成了一副凶神恶煞的架势,冲着这个人喝道。

"带了带了。"这人从裤兜里掏出几张钱,皱皱巴巴地递了过去。

"怎么就这么点?"

老田一把把钱扯过来看了看,然后从电脑桌的抽屉里掏弄一番,拿出一个拇指大小的小包,一下子塞到他手里,然后顺着这股劲,把他往外推了一下。

"赶紧走,赶紧走。"

没等这人回答,老田几乎是用推的方式连喊带骂地将他直接推出了门。等人走了之后,老田和我说这是一个吸毒的,和他认识很长时间了,开始是吸冰毒,后来嫌劲不够,改成海洛因,现在全身是病,离死不远了。

老田告诉我这个人连电话都没有,平时想要毒品了,就直接来老田租住的地方。他是昨晚来的,老田没在家,他就一直在附近的楼道里等着,这是看到老田回来了,才赶紧上来敲门。他每次都是敲三下,也不说话。老田说自己和我在一起本来就心慌,所以一下子没反应过来是他找自己。

听老田说完,我也有些后怕,此前在周围摸地形的时候根本没发现有别人,看来这人藏身的功夫真不错。不过他是毒品链里最底层的,联系不上老田的上线,所以即使他看到老田和别人一起回屋了,也不会影响大局。

其间又来了两拨买毒品的,他们从进屋后注意力就在老田身上,尤其是老田把毒品倒在秤上称量的时候,他们盯着秤的眼球几乎要从眼眶里蹦出来了,对于一个躺在沙发上睡觉的人根本没在意。

老田给那伙毒贩子打电话一直没打通,快到中午的时候,对方终于回话了,说是才醒。老田说之前买的那批货不错,想把剩下的货全要了,对方一口答应。老田又提出来交易方式和上次一样,在他家小区门口。对方也是一口答应,还约定好时间是下午两点,一切似乎出奇地顺利。

下午两点,老田给对方打电话,结果没人接。一直到三点,对方才回电话,说过不来了,如果想要货的话,就去红房子那里找他们。老田拿着电话有些为难地看着我,他知道这与计划好的情况不一样,我点了点头,让他同意。来之前邓队和我说过,这种临时更换交易地点和方式很平常。尤其是这种大批量的毒品交易,双方又不是合作已久的伙伴,每次交易都会出现变化。

我和老田打了辆出租车，前往红房子。司机已经被替换下来，是我同事装扮的，后面还有三辆车跟着。一行人浩浩荡荡地来到红房子。老田又打电话让他们出来交易，对方却说让老田去新天地游戏厅见面。新天地游戏厅在一家商场的二楼，平时里面人就挺多，绝对不是一个交易的好地方，但我还是让附近的弟兄做好准备，毕竟这种事情没有百分之百的肯定。

我和老田走进了游戏厅，现在接近傍晚，游戏厅里已经有了不少人。我朝周围打量了下，没看到什么可疑的人。老田这时打电话，对方又不接了，我忽然感觉到不对劲，对方很可能是在试探。

我收回目光，站在老田身边，看旁边一个人玩摩托车的游戏，做出一副很闲情逸致的样子。过了一会儿，对方终于接电话了。我没让老田开免提，而是让他自己按照购买毒品的流程来讲。

老田拿着手机说了几句，忽然来了句："我看见你了。"我顺着老田走的方向看过去，在游戏厅外的一家奶茶店里，一个人正坐在那里朝我们这边张望。看来这就是我们要找的人，原来他一直在这儿观察。

"你怎么又带了个人？"这人问。

"我手里没那么多钱，从他那儿挪了些，不然你这么多货我可兜不住。"

这个人上下打量了我一番。多年的从警经历让我身上也有了一些痞气，迎着他的目光，我也露出怀疑的神色。我现在扮演一个毒贩，虽然我是急于购买毒品，但是对我来说更重要的是安全。这种第一次见面就能大批量卖给我毒品的人，对我来说是比警察还危险的存在。

"你们这次打算买多少？"这人拿出手机握在手里问。

"买一条，我和他一人一半。"老田按照之前定好的方案说。一条是行话，就是一公斤的意思。

"没这么多，最多半条。"这人想也不想地回答。

"半条？那也行，半条就半条。"老田附和着说。

"不行，说好一条货怎么改半条了。"本来买卖商谈是由老田负责，可是我入戏太深了，生怕自己被对方看穿，竟然情不自禁地插了句嘴，以为这是买东西讨价还价。

"最多半条，不要拉倒。"对方很生硬地回答，并且眼睛不住地朝我打量。我心里不由得一慌，心想是不是自己刚才那句话太外行了，已经超出这行言语的界限。

"行啦，你别放声了，这年头能买一点是一点，这次多匀点给你，差你的那些回头再慢慢补。"关键时刻，老田站出来打了个圆场。

"你和别人提前说好了？按照一条匀的货？"

"没事，这次半条就半条，细水长流，回头有货了，首先想着我就行。"老田打了个哈哈说。

"钱准备了多少？"

老田回头和我使了个眼色，我从挎包里拿出一个大信封，尽量表演得像一个跑腿的小弟一样，上前一步把信封打开，把里面的钱露出来给对方看了看，然后又把包打开给对方看，里面还有四个大信封。

"这是一条的钱啊？"对方问。

"是，但半条也没事，都是现取的成捆的钱，好分。"

"跟我来吧。"对方示意我们跟着他走。

这人在前面带路，我和老田在后面。我们从新天地游戏厅转角走出来，他领着我们来到商场的电梯，然后和我们一起坐电梯到了四楼。在四楼的厕所与楼梯的交会口站着一个人，这人指着他，让我们把钱先给他。我看了老田一眼。

"全给他？这是一条的钱。"老田问那个人。

"对，就是一条的钱。"

我这才知道，原来刚才那一番话都是相互试探，这伙人本来就是打算卖一条货的。我心里有些高兴，既然要交钱，就说明开始交易了。把钱递过去的时候，我的手抖了两下，在他们看来可能是吸毒人员上瘾的反应，但其实是我当时心慌了，没想到竟然巧合似的掩饰了过去。

楼梯口的人拿到钱转身就走，这人又带着我们返回电梯，回到一楼，带着我们走出商场，来到马路边。我看到路边停着一辆车，车里的人看到我们便将车窗摇了下来。

"东西。"这人走到车边对着里面说了一句，然后从副驾驶那里递出来一个用报纸包着的东西。

"这我可怎么拿啊。"已经看到毒品了，接下来就是准备动手抓人了，现在我要做的就是拖延时间，因为我能看见车子是启动着的，我拿到货之后，他们可以立刻扬长而去。我装作没有合适的东西装毒品，掏了几下兜，然后又左右看了看。

"你快点，用衣服包上也行。"对方有些着急，他可不想让一大包毒品在手里举这么久。

我开始脱衣服，但我又不能脱得太快，我装作左手被衣袖卡住了，让老田帮我把袖子扣解开。老田也很配合地帮我忙活。衣服脱下来了，可是一个袖子一直在我身上挂着，这一来一去又拖延了十几秒。我看到我们的一辆车从他们的车边开过，打着右转向灯，停在他们车前面。马路对面也走过来两个人，其中一个就是邓队。他背着手，就像一个普通的、若无其事地横穿马路的大叔。

"你快点。"这人有点着急，从车里把报纸包着的东西接过来，往我身上递。

"你先帮我拿一下，我把衣服展开。"

我估摸着时间差不多了，便把衣服脱下来。老田在一旁拉着衣服，我把衣服慢慢展开。几乎是同时，宋队走到车的驾驶室外，抽出警棍，冲着驾驶室的玻璃就砸上去。前面那辆车也立刻挂倒挡，顶在这伙人的车前。我把展开的衣服一下子扣在眼前这个人的脑袋上，两只手夹住他的头部，狠狠地朝一侧压下去。他刚刚倒下，我的同伴就赶来，和我一起把他死死地压在了身子下面。我使尽了全身力气压着这个人，他在下面拼命挣扎。我能听见周围的叫骂声、发动机的引擎声，各种声音混杂在一起。这一幕持续了大约一分钟，但是我感觉仿佛过了很久，等到我身下的人被我的同伴戴上手铐扶起来的时候，我压着他的两只手都失去知觉了，我这才发现自己已经全身湿透了。

事后搜查车子，加上我身子下面压着的毒品，一共缴获毒品三公斤。

案件办结了，为这件事，邓队专门来到刑侦大队表示感谢，说如果不是我表现优异，也不能这么顺利地抓获毒贩。他这几句话让我受之有愧，我只是临时帮忙而已，和队里工作多年的老缉毒警比起来，我还差得远。

唯一让我觉得有些遗憾的是，这次扮装侦查的时间太短了，自己还没过足扮演毒贩的瘾。每每茶余饭后将这件事作为谈资的时候，总会吸引很多人注目，让我有时候真的想去尝试做一次卧底。但我知道，真正的卧底感受的是那种在刀尖上跳舞的危险，需要火中取栗般的技术，我觉得自己是没有机会了。这种人都是经过千挑万选的，我从来没想过自己会与这条道路有交集。

正如狐狸哥说的，你永远不知道自己的未来是什么样的，未知是人生最吸引人的地方。

这件事过去没多久，毫无征兆的一纸调令发下来，我被转调到了缉毒大队。

13 只爱种向日葵的老农，竟是贩毒高手

缉毒三年，我如同在黑暗中行走，指引我的只有手中的提灯。只有融入黑暗，你才能发现黑暗，才能用光明照亮黑暗，清除罪恶。

三年时间，我抓捕过的毒贩都是罪恶滔天，他们贩卖的毒品数量足够他们死好几次了。我从来不曾对毒贩心存宽柔，因为他们选择的道路尽头都是极刑，但唯独一个人让我另眼相看。

缉毒三年，我如同在黑暗中行走，指引我的只有手中的提灯。只有融入黑暗，你才能发现黑暗，才能用光明照亮黑暗，清除罪恶。

三年时间，我抓捕过的毒贩都是罪恶滔天，他们贩卖的毒品数量足够他们死好几次了。我从来不曾对毒贩心存宽柔，因为他们选择的道路尽头都是极刑，但唯独一个人让我另眼相看。

我是在火车站接的老五。和其他被押解回来的犯人垂头丧气的表情不同，老五是一脸如释重负的样子。下火车的时候看到接他的是我，主动和我打招呼，还笑呵呵地说了句："同志辛苦了，大晚上的，耽误你们休息了。"本来我们有不成文的规定，那就是嫌疑犯没押解到工作单位之前，不要和他提案件相关的事情，以免嫌疑犯在路途中心态发生变化，出现意外情况。看到老五情绪不错，我便打破了这个常规，在路上直接探了探他的口风。

"等会儿到了地方，自己的事能讲清楚吧？"我用手从侧面搂着老五的肩膀问。老五抱着箱子往火车站外面走，他身子不高，箱子又显得很沉重，加上他戴着手铐，只能用两只手从下面把箱子托起来，所以走起来颇为费力。

"能，能，不就是这个箱子的事嘛，我什么都说。"老五憨笑了一下。他笑得那么坦然，神色那么轻松，相比之下，我故意表现出的镇静显得特别不自然。我现在紧紧地搂着他,生怕他有什么多余的动作。老五不像是一个嫌疑犯,而像是一个捧着一箱海鲜前来探亲的游客。

我抛出的问话打开了老五的话匣子,老五说他家世代务农,本来的人生轨迹应该是娶妻生子,儿孙满堂,年至六十之后,每天坐在摇椅上晒着太阳,聊着闲嗑,悠然自得地过完这一生。可是上天没有让他按照计划走下去,老五经历了恢复高考,走过了改革开放,享受到城乡改造,是一个经历过社会巨变的弄潮儿。不过他并没有掌控住自己的命运,反而被潮水冲得头破血流。老五说他自己命薄,不应该瞎折腾,可他认识到这个问题的时候已经六十岁了。

老五手里捧着的箱子,里面装着五公斤毒品。

秋天的东北最美,地里的麦子熟了,远远望去一片黄澄澄的,风吹过,拂起一片麦浪。即使是农忙季节,地里干活儿的人也不多。他们更喜欢在炕上待着,打扑克,抽烟聊天,或者什么也不干,一直到初冬的雪落到地里,还有许多已经干枯的麦子没被打掉。老五就出生在这样的一座村庄里。

初中那年,在家里人的要求下,老五辍学了,和许多同龄人一样,回到家里种地弄田。这儿的人懒惰成性,可是老五不懒,种地瓜、垒地垄、砍秸秆、抽藤条,老五比任何一个同龄人都能干。家里人都觉得让老五辍学这件事做得太正确了,家里相比村里其他户多了不止一个劳力。老五就这样辛勤劳苦地干了五年,他流的汗并没有使家里的现状发生改变。老五家里兄弟五个,他是最小的。这五年,家里一直在张罗着给他的哥哥相亲、结婚,老大之后是老二,老二之后是老三。在农村,男性结婚是个赔本买卖,光是聘婚的彩礼就得顶上一户人家半年的收入。老五家五个孩子全是男孩,等到老三结完婚之后,老五家就算是破产了,除了平日里吃饭、生活外,再也抠不出一毛钱。

在老五家里家徒四壁的时候,国家恢复高考了,老五本想参加高考,可是他拿起书本的代价就是饿着肚子。在家人的劝说下,老五彻底断了读书的念想，完完全全地成了一个朴实的农民，没日没夜地在地里干活儿。村里人都说老五是看着哥哥们结婚着急了，拼命干活儿，想挣钱娶媳妇呢。其实老五心里明白，他需要的是发泄，发泄他充沛的精力，发泄他心中的念想。

老五结婚了，对象是邻村的，一个老实的女人。白天老五去地里干活，女人在家侍弄院子，又养了几头猪，家里渐渐开始添置物件。过年的时候，老五也有件像样的衣服了。又过了几年，女人给老五家添了个儿子，老五干活儿更起劲了，好像他现在有了比年轻时更多的力气。渐渐地，老五发现，只靠种地打麦，每年累死累活都是那些钱。望着村外一望无际的麦田，老五心里不止一遍地合计，为什么不种点别的东西？为这事，老五找过自己的老父亲，父亲只说了一句话："咱家种了一辈子麦，不会种别的。"老五那股劲头又上来了，他重新开始翻书。念过书的老五知道，在村里只有从书中才能找到自己想要的答案。

就在老五琢磨这件事的时候，村里的政策变了，以前每家每户田亩固定，现在可以划地承包。这时候，村里有些和老五一样的人打算出去闯一闯，把地兑出去，背着麻布包，乘着绿皮车就去了南方。过年的时候，他们带回来了老五几年都挣不到的票子。老五虽嘴上不说，但是心里痒得不行。他终于把自己的想法和媳妇说了。媳妇没念过几天书，但是她坚定地支持老五，这让老五下定了决心。

第二年开春，老五没再撒种，而是换种花。老五种的是向日葵，这在村里可是个大新闻。大多数人白天没事就跑来看热闹，小孩则时不时地摘一朵。老五没办法，只好搭个草屋在田里守着。村里的人并不是嘲弄老五，这个年代什么事都有可能发生。申子去了一趟南方，不光带回来一皮包的票子，还带回来一个媳妇，家里泥房变成了瓦房。谁知道老五种花能不能种出什么名堂呢？

年底老五把葵花籽打下来，雇了一辆驴车，装满瓜子去了省城，也带回来了票子，虽然没有申子带回来的多，但是比老五平时没日没夜干一年的钱多得多。第二年，老五家也换了瓦房，还继续种了更多的花。看到老五种花吃香了，村里人三番五次地来打听。老五毫无保留，把种向日葵的技术倾囊相授。晚上女人埋怨老五实在，怕这东西再像麦子一样遍地都是，就不值钱了，老五只是憨笑。

村里的田都变成了花海，家家户户都种了向日葵，到了年底把收下来的瓜子运到省城去卖，村民的收入翻了好几番。因为这件事，省城的记者专门来采访，村长隆重地将老五介绍出来。后来老五听村里人说自己上了电视，一时间，老五成了村里的名人。这时候省城又来人了，他们说要办个瓜子厂，让老五作为村代表参加，以后村里产的瓜子就不用再往省城运了，人家开大卡车来上门收。老五挺高兴，他种了大半辈子地，没想到还有机会干别的。可是老五家女人不同意了，老五作为村代表参加，就要去厂里上班。厂子在省城，一去一回就得两天，老五肯定不能在家住，以后就得天天住在厂里。女人软磨硬泡，死活不让老五去厂里干活儿。

老五冒出的念头就这样被浇灭了。孩子还小，老五也不舍得扔下女人和孩子，但是如果自己去厂里上班，女人和孩子也带不过去。老五心一横，继续留在村里种地，村代表换成了村长。

过了几年，村里说村长在省城落户了，还把媳妇和孩子接了过去。此后，老五再也没看到过村长。说起这个事，老五总是憨笑。他从来没觉得自己能成为村长那样的人，祖上世代务农，他自己也会当一辈子农民。

老五虽然辍学了，可是老五对孩子的学习抓得严，只要孩子学的东西老五能看懂，就不让他有一点糊弄的机会，可是老五的孩子在学习这方面不像老五，没有那股韧劲，初中念下来就已经是极限了。老五为了孩子上学没少操心，虽然把孩子送到了中专，可是学校在市里，老五家离市里有二十公里远，孩子没人管之后更加放纵。老五有一次去学校看孩子的时候才知道，孩子已经好几天没来上学了。此后，老五再也没管过孩子学习，任凭他自生自灭。孩子毕业后留在市里,说是打工。老五听了不置可否,看得出老五不希望孩子回到村里,但也不希望孩子以打工的方式留在市里。

市里要进行城乡改造,老五所在的村子一下子变成了市管的一个区,全村的人都变成了城市户口。市里还为村里建了楼房,家家户户都搬进了楼房,除了田里那片花海之外,村里的其他地方都变了模样,高楼拔地而起,土路变成了柏油马路。只用了几年的光景,老五的早饭就从稀饭、豆包变成了面包、牛奶。其实老五还是喜欢喝稀饭,只不过楼下开了好几家面包店,媳妇不愿意做早饭,天天去买面包,早上用微波炉热一碗奶,方便省事。

老五的儿子回来了,和老五说要做生意,要开一间网吧。老五想了想,也同意了。他算了算自己这几年还攒了些钱,在转成城市户口后,将来还有退休金,就打算把这些钱资助给儿子,想想自己当年有机会没把握住,现在可不能让儿子和自己一样。可是儿子说不用,他要和人合伙开网吧,有人负责管理,有人负责出资,到时候赚钱一起分。老五问要是赔了呢,儿子没搭话,只是一个劲地嘲笑老五:现在网吧正是火的时候,周末整个城里的网吧都找不到空机器,就这个情景,怎么会赔钱?

儿子的网吧开业了,老五去看了几次,是一个新建封闭住宅小区的二层店铺,开业的时候风风火火,光是拱门就摆了三个。老五站在远处,也觉得挺自豪。儿子开的网吧,老五一次也没进去过,隔着茶色玻璃往里面看,只能看到一个个发亮的屏幕。有时候老五在网吧对面的路口站着数,一上午能进去十几个人,老五也不知道这算是生意好还是不好。

突然有一天,老五儿子的网吧关门了,儿子却一连几天没回家,打电话也不接。老五有些慌了,到处找人打听,听人说网吧有个合伙人背着别人把店盘出去了。老五听了之后反而放心了,起码和自己的儿子没什么关联。这种事情就得找法院解决,老五这时候懂了一些法律知识。可是几天后，儿子回家却给老五带来了一个让他震惊到呆住的消息，儿子赔了五十万元。

老五的儿子和别人合伙做生意，人家就提出让他负责购置电脑。老五的儿子没多想，找人担保加借款，买了一百五十台电脑。可是网吧停业后，里面的资产清算一遍，老五儿子买的电脑只能低价处理。电脑更新换代快，一年一个价。除去收益分成和处理电脑货款，老五儿子坐地赔了五十万元。

儿子消失那几天就是跑出去躲债了。听说网吧关门了，第二天就有担保公司找他要钱。老五儿子被逼得没办法，这才回家找老五。老五想了想，把自己的积蓄拿出来替儿子还了一部分钱，然后开始走动，以自己的名义问亲戚朋友借钱。老五平时够意思、讲义气，既然张了口，别人都愿意帮忙，一来二去凑了三十万，把儿子欠的钱都还上了。

可是老五再也没睡过好觉。一想起自己欠了别人三十万，老五就茶饭不香。看着自己年岁已大，每个月就那么多退休金，本着不欠人情的老五心一横，买了一张机票去了南方，找申子。

申子已经很多年没回老家了，有人说他坐牢了，有人说他出国了，还有人说他发财了，总之形形色色各种说法，但是有一点相同的就是申子这人有路子。老五曾经听说有相识的人去找过申子，在申子的帮助下赚了钱。老五想找这人打听，但这人不知所终，赚了钱后就消失不见了。申子留了一个电话，老五打了几次都是关机。最后好不容易打通了，老五本想寒暄几句，结果申子在电话里说如果有事就到南方找他。没办法，老五只好亲自去南方找申子。

老五在广州的一个县城找到了申子，申子开了一家店铺，挂的牌子是烟草批发。老五和申子说想赚点钱，申子笑着问老五想赚多少钱。老五怕申子认生，没好意思说三十万，打了个对折，告诉申子赚十五万就行。申子一个人常年在外也挺不容易，几次过年都没回家，老五张口求申子还怕他为难，结果申子很爽快地答应了。当天晚上，申子还请老五吃饭。按照辈分，申子算是老五的叔侄一辈，吃饭时申子还叫了一个人，和老五岁数差不多。申子喊他房哥，告诉老五以后跟着房哥赚钱就行。

在南方的这几天，老五天天就待在申子的店铺里。大约过了一个星期，房哥来找老五，让他带一箱茶叶回老家。申子告诉老五，这些茶叶都是他在老家的朋友要买的，钱直接给老五，然后让老五再转给他。老五觉得事情不对劲，现在快递这么发达，为什么还要自己背着一箱茶叶回老家，而且还要自己帮着收钱，直接银行或者支付宝转账不就行了吗？

老五问申子这里面到底是什么东西。申子笑了笑，也不避讳老五，告诉他是毒品。申子说这话的时候一直盯着老五看，其实老五早料到了，只不过没想到申子说得这么直接。看到老五有些犹豫，申子告诉老五，这买卖一趟下来就能赚五六万，走三趟的钱就够十五万了。一个月走一趟，三个月老五就可以洗手不干了。

老五左思右想，脑海中不断浮现出相信自己、借给自己钱的亲戚朋友，最后咬了咬牙，把这箱茶叶抱了起来，坐着大客车，回了东北老家。

到了老家后，老五按照申子给的电话号码一个个打过去。老五抱回去的茶叶只用了一天的工夫就都被人拿走了，老五拿着一沓沓钞票数了数，整整二十万块钱。按照申子说的，老五给申子汇过去十五万块钱，剩下的老五按照借钱的关系远近，赶紧还了回去。

老五本想下个月再去南方，可是申子收到钱之后才几天就给老五打电话，让他过去。老五又去了申子所在的那个县城，刚到申子的店铺坐下，房哥就拿着一箱茶叶来了。不等老五争辩，申子就把老五连同那箱茶叶一起送上了回老家的大客车。这一个月，老五去了三趟南方，赚了十五万元。第三次坐上回家的大客车时，申子对老五说：你下次来的时候带一些家里烙的烧饼，想吃这口了。老五知道申子并不是想吃烧饼，而是在暗示老五，说自己知道老五肯定会再回来的。是啊，老五有些忧伤，因为还欠着十五万元。

老五又回南方了，不过没给申子带烧饼，当然申子再次见到老五的时候也没提烧饼这件事。和往常一样，老五拿着一箱茶叶坐大客车往回走。不过申子没再来送他，连拿茶叶箱子也是在马路边，而不是申子的店里，是房哥骑着摩托车送过来的。

这个月老五也是送了三次货。在第三次的时候，老五拿着装茶叶的箱子从大客车上刚下来，就被埋伏在附近的警察抓住了。

"你的意思是说，你一共帮忙运送了五次毒品？这次被抓是第六次？"我在审讯室里问老五。

"对。"

"那你欠的钱这不是还差点没还清吗？"

"差不多吧。"

老五说这话的时候很轻松，他已经看淡了生死。

我想，他应该早就把欠的钱还清了吧。

贩卖冰毒超过50克就能至死刑，老五贩卖的毒品数量足够死刑，但是由于现在要求对死刑慎判，所以他最终的结果是无期徒刑。

14 办案老手只通过一个空水瓶，就找到了强奸犯

医生说，这个病人是昨天傍晚被送到医院的，送进来的时候她处于昏迷状态。医生对她进行了身体检查，发现她下肢多处擦伤，阴道处也有伤，怀疑这名女性被人侵犯过。

病床上躺着一个女人，脸色苍白，双目紧闭，戴着一副呼吸机，被子里面伸出来好几根线连在旁边的机器上，显示屏上的数字有规律地变动，幅度很稳定。

我松了一口气，看来这个人性命无虞。以前发案后等我赶到医院遇到的几乎都是冰冷的尸体，这次总算见着个活的被害人。

"她刚睡着不久，要不然你们等一会儿？"旁边的医生对我建议道。

"行，你先把你知道的给我们说一下。"我知道医生为病人身体考虑，不希望我们将她弄醒，现在先了解基本情况也好。

医生说，这个病人是昨天傍晚被送到医院的，送进来的时候她处于昏迷状态。医生对她进行了身体检查，发现她下肢多处擦伤，阴道处也有伤，怀疑这名女性被人侵犯过。病人早上醒过来一次，医生考虑到她的精神状态不太好，也没细问，一直等到我们来。

"她受过性侵犯？"我确认道。

"对，她之前一直昏迷着，我们检查的时候发现她身上穿的衣服有问题，里面的扣子崩开了。现在外面这么凉，她穿的衣服本来就不多，打底衫向上卷着，肚子露在外面，一看就是胡乱套在身上的。我让护士在为她换衣服擦拭身体的时候检查下身，发现阴道口有撕裂的痕迹。"

医生拿出一个塑料袋，里面有棉签和棉花球。他告诉我在发现这个问题后，第一时间就对女子下身进行了采样，这是封装好的样本。

我问医生有没有女子的身份信息，医生摇了摇头，说是警察接到报警后把女子送到医院的，这名女子是谁，为什么会昏倒在路边，不得而知。

医生说的情况和我来之前掌握的差不多。

早上七点，我接到刑侦大队办公室的电话，通知我立刻带队去医院。春和派出所昨晚在辖区内发现一名昏倒的女子，这名女子身上没有带任何东西，怀疑是被人抢劫。

我把队里的人分成两组，我和喜子直接去医院，狐狸哥带着其他人去派出所了解案件情况。

我搬了两只凳子，和喜子坐在病床旁等女子醒来，狐狸哥来了电话，我去走廊接听。

狐狸哥说他们找到了报警人，对方在昨晚六点左右发现一名女子昏倒在同庆街8号楼门前，随即就报警了，后来派出所的巡警到现场联系120救护车将女子送到医院。

大约在后半夜，急诊医生发现女子受过性侵害，赶紧给警察打电话报告。派出所通知了刑侦大队，接着便是我们早上赶到这里开始调查。

狐狸哥与报警人谈完后掌握了第一现场的资料，女子昏倒的地方是一栋居民楼的正门前，她当时身边没有任何东西。警察到现场后还在周围找了一圈，也没发现手机等随身物件。

我立刻想到，可能是抢劫强奸，这就涉及两项犯罪，数罪并罚按照最严重的量刑，抢劫致人重伤，可能判处十年以上有期徒刑，那么就以抢劫罪为主罪；强奸罪起刑三年以上十年以下，那么判处的时候总刑期加在一起不能超过总的量刑。如果抢劫罪量刑十年，强奸罪量刑五年，那么总刑期不能超过十五年，一般会折中到十三年或者十四年。

我看了眼在病房一角堆着的衣服，和喜子一起戴上手套翻查了一遍。只见一件羊毛衫、一件毛绒外套、一条牛仔裤和一只鞋，里面是保暖内衣裤，衣服和裤子兜里是空的。从女子穿着来看不像是临时出门的样子，正常来说至少会带着手机。

我们刚翻找完，病床上传来一阵咳嗽，女子醒了，我和喜子走过去，女子睁着眼睛，一脸疑惑地看着我们。我拿出警官证亮明身份，开始询问发生了什么。

可是无论我们问什么，女子总是摇头，我以为是呼吸器让她没法说话，于是让医生先把那玩意儿拿下来，结果女子一开口便说她什么都不知道。她当时走在路边突然就昏了，之后什么都不知道，醒来后发现自己在医院。

本以为被害人醒来后一切都能问清楚，结果她能说的情况连报警人提供的都不如。

我又继续问她随身物品哪儿去了，她告诉我她记不住自己都带了什么东西出门。我再继续问她：出门打算去哪儿？来到同庆街8号这里干什么？女子紧皱着眉头，想了半天，告诉我她都想不起来了。

她甚至想不起来自己叫什么名字……

失忆了？！影视剧里的情节居然发生在我的办案过程中？

被害女子疑似受到强奸，被人抢劫，结果她自己什么都不知道，还一个劲问我们究竟发生了什么事。我知道继续留在医院毫无意义，想要弄清楚这件事还得靠自己查。

喜子将被害人的衣服收拾起带走，要回去做一次详细的检查，看看能不能找到什么线索。用喜子的话说：这次好不容易有个能说话的活人，但什么信息都没有，那就只能想办法让衣服说话了。

我们没有直接返回单位，而是来到了同庆街8号，即女子昏迷的现场。

同庆街8号是一栋居民楼，女子是在这栋楼中间的单元门外的路边被发现的。这条路其实算不上是路，只是两栋楼之间留出来的空地，靠近居民楼一侧铺着地砖，另一侧所谓的路则是铺着水泥，宽窄只能让一辆车过去。

我和喜子站在发现女人的地点，无论是楼两侧的行人，还是楼上的住户，都可以对我所站的位置一览无遗。现在怀疑罪犯对女人进行过性侵，那么他绝对不能在这大庭广众之下动手，发生性侵的地点肯定在另一个地方。

我首先想到嫌疑人会不会是这栋楼里的居民，不过我立刻否决了这个想法。强奸犯罪首先考虑的就是隐秘性，实施完犯罪后将女人丢弃在这栋楼门前，这不相当于告诉警方自己所住的地方吗？正常人不会这么做的。

不过发生侵害的地方应该不会太远，这里是一个居民区，这栋楼算是一个路口，里面好几栋楼的住户都要从这栋楼前面走，时不时就会有人路过，如果罪犯从别的地方背着女人走到这里的话……想到这儿，我看了看这栋楼靠近外面马路侧面的监控摄像头，它应该记录下了一些信息。

正想着，喜子在不远处喊我，他站在这栋楼对面一个半塌的房顶上，底下是一排小仓库。早些时候自行车是每家每户主要交通工具，建楼房时都会在屋前建一排仓库房用来存放自行车，也就类似于现在的车库。

这栋楼前面正是这样一排仓库房，临近大街的部分被推倒了，修建围挡开始搭建新房子，留下的另一半没人管，其中不少屋顶都塌了，成了一片废墟。

喜子站在这片废墟中间，我翻过砖瓦走过去，喜子用手指着一截断墙，说应该是在这里发生的强奸。

我顺着他手指看过去，一眼就看到了墙角有一只鞋，和被害人穿到医院里的那一只正好是一对。

"你怎么找到的？"我急忙问。

喜子将我带到废屋边，指着墙上一块掉落的墙皮："这里被人扒过。"

我仔细一看，风干龟裂的水泥侧墙面有一个明显的四指印迹。喜子用手扒在上面，摆出一个拖拉的动作："你看，这里地面都是碎开的红砖头，我在检查衣服的时候发现上面有红色粉末，现在看应该是砖头粉。女子应该是被从外面拖进来的，罪犯用手扒在墙边，然后将女人拖进了断墙下面。"

喜子想象着模拟罪犯的动作，我顺着喜子的轨迹看去，他路过的地方有一道明显的拖痕。但由于这里都是碎砖头和石头块，拖痕是靠路径上石子碎块移动的迹象显示出来，只有在确定路径之后才会发觉这条线路的石子有翻动过的痕迹，石子有泥土的一面露在了上面。

我俩一步步走到断墙边，戴着手套拿起鞋子，发现鞋子正好卡在一个凸出来的石头边，应该是罪犯在实施犯罪后，将女人从这里带出去时落下的。

断墙下面大约有一人见方的空间，很明显被人整理过，几乎没有大块的石头，这里应该就是第一案发现场。我拍了几张照片，但让受害人指证应该是不可能了，罪犯能将女子拖拽进来，说明女子应该一直处于昏迷状态，即使有照片她也不一定能辨认出来。

"刘哥，这几天下雨了吗？"喜子突然问我。

"没有呀，你怎么突然问这个？"

喜子蹲在地上，用手一点点地抠地面，挖出来一点泥土灰。他戴着塑胶手套捏了捏黑色的泥，轻轻嗅了嗅："我感觉泥是湿的。"

这儿是很早以前的自行车库，墙面是用砖头砌的，地面都是泥土，现在被拆掉后还剩一块断墙正好能挡住太阳。如果是夏天，由于地形的原因还会有潮气，但现在已经入冬了。

我开始和喜子一起用手抠地面的泥，这里泥表面是干的，但是轻轻挖下去一点就能感觉到泥有黏性。我俩把断墙下面的泥几乎挖了一圈，发现一大块湿的痕迹，而其他地方都是干的。

喜子问："刚检查衣服的时候你发现没有，女人的保暖内衣有些地方干巴巴的？"我摇了摇头，这方面我还真没注意，当时只是一个劲儿地翻找衣服里有没有什么物件，我甚至已经想不起来衣服的手感了。

喜子说他当时摸到衣服就感觉不对，保暖内衣是纯棉的，有一部分变得干巴巴的，还发皱，与另一部分柔软的手感形成鲜明的对比。这种衣服一般洗完后都会变得有些皱，晾晒之后才能恢复那种蓬松的感觉。被害女子的衣服应该是被浸湿过，而现在他发现现场的地面也被浸湿过，所以才问我最近是不是下雨了。

最近并没有下雨，那剩下的一种可能就是在犯罪现场她的衣服曾被水浸湿。

这个作案现场的环境实在不敢恭维，周围都是碎石和砖块，一堵断墙表面墙皮几乎掉干净了，露出红色的砖头，用手轻轻一碰就立刻掉下来一层灰。嫌疑人把女人拖到这里来之后，女人身上一定沾满了灰尘，而嫌疑人在这种情况下没法下手，于是给女人洗了身体？

也许一个猴急的罪犯在实施犯罪时不会在乎那么多，但如果是一个有洁癖的罪犯呢？地面只有一半是湿的，正好是女人的半个身位。

喜子说还有一种可能，那就是罪犯不小心将体液留下了，为了消除证据特意用水将女人身体冲洗了一遍，他在技术中队的时候恰好遇到过这类案件。

"走，去周围找找。"

如果真的是给受害人洗身体，那么肯定有装水的容器。不知道这个罪犯是有预谋还是临时起意，但我想，一名强奸犯总不会背着一个水壶到处寻找目标吧？

我和喜子在周围仔细寻找了一圈，在靠近路边新建起的板房后面发现了两个矿泉水瓶子。这两个瓶子几乎印证了我的想法。这里人迹罕至，瓶子看起来还比较新。

我仔细看了下，两个瓶子都是瘪的，上面有被人使劲捏过的痕迹。正常喝水的话很少有人会使劲捏瓶子，只有往外着急倒水时才会。

我立刻给石头打电话，让他注意观察昨天下午在这里路口监控里出现的所有人中有没有拎着两瓶矿泉水的，只要发现了就差不多能确定这个人就是嫌疑人。

我和喜子继续围绕现场寻找线索。过了很长时间，石头来电话说没有发现。

矿泉水应该是罪犯临时买的，我想到这栋楼往里面走有一家便利店，于是急忙赶过去，让店主将昨天一整天的销售单子打出来。不过很可惜，这家小便利店平时卖东西根本不用收银机扫描，一般都是店主看一眼商品价格，客人直接付钱就行了。

我问他有没有印象昨天有人买了两瓶矿泉水，店主说他的小店是这几栋楼中唯一的小卖铺，每天来买水的人不少，根本记不住哪一个人单独买了两瓶矿泉水，就算想起来了也认不出来是谁买的。

看来我们想从便利店找到买水的人这条路堵死了，只靠两瓶矿泉水这个线索找不到罪犯。虽然矿泉水瓶子被嫌疑人使劲压捏，喜子说应该能从上面提取出指纹，但现在我们没有目标，即使提取出指纹，如果罪犯没有前科，在指纹库里也就比对不出来。

我又返回了现场，这个一人大小的地方已经被我仔细查找个遍，连周围有几块砖头都能清楚地数出来。我的脑海中模拟浮现出嫌疑人实施犯罪的样子，仔细回想在这种情况下还会留下什么线索。

一个男子压在女子身上，女子完全昏了过去，他将女子的衣服扒开，然后用水冲洗了女子的身体。或者他先对女子进行侵害，之后再用水将女子冲洗一番，然后将水瓶子扔掉，把女子拖出去放在楼房门前。

在脑海里反复模拟嫌疑人的动作后，我突然想到，嫌疑人在侵害一名昏过去的女性时，肯定会把人压在身下，这个时候嫌疑人应该是跪在地上的，他的膝盖压到了泥土。如果他是在侵害之前清洗女子身体，那么他的裤子上肯定会沾上被水浸湿的泥土。

我立刻给石头打电话，让他核对在可能实施犯罪行为的时间段内现身监控录像中的人的裤子上是否有泥土痕迹。

　　这时候医生来电话说，医院里的女子想起来了一些事情，喜子拿着现场提取的东西回到队里和衣物一起进行分析，我又转回到了医院。到医院女子对我说她被人强奸了，一开始她昏了过去，后来逐渐转醒，发现有人正在对她实施侵害，这个人发现女子醒过来，拿起一块石头又将她砸晕过去，等她再次醒来就是在医院里了。

　　我对女子描述了一下刚才现场的情况，女子一边听一边点头，让我更加确信刚才的地方就是犯罪现场，而根据女子的回忆，当时男子的双腿就是跪在地上的。

　　好消息一个个传来，石头告诉我他在监控中发现了一个可疑的男子，对方在监控里出现了两次，一次走进去，一次走出来，前后间隔二十多分钟，犯罪时间符合。而最可疑的是他膝盖上有两处明显的痕迹，看起来很像泥土。

　　嫌疑犯竟然被监控记录下来了！这对我们来说几乎等于破案了，追捕一个能暴露在监控下面的嫌疑犯并不难。我们立刻展开工作，石头将沿途的监控都调取出来，一路追踪，发现这个人上了一辆公交车。

　　从录像中能模糊看到，这个人掏出一张卡片，应该是公交卡，录像中的时间是傍晚五点十一分二十二秒，乘坐的是411路公交车。我带着陈国涛和狐狸哥赶到公交公司，查到了在这个时间刷公交卡的信息，虽然公交卡不是实名制，但这里能显示他下车的位置——红叶街车站。

　　我们三个人赶到红叶街车站，石头则在监控中心追查监控，我们保持同步追踪。顺着石头提供的监控轨迹，在下午四点半的时候，我们三个人随嫌疑犯昨天的路线一直走到一条街道里面，监控信息显示这个人消失在这条街道中，也就是说嫌疑犯应该是在这条街上的某家店面工作。

　　这是公建房的后街，我转到前面看了看公建的项目，有药房、蛋糕店、烤肉店、KTV和咖啡厅等。

这些门店中，下午五点以后员工才上班的店只有一家，那就是KTV。我们三个人来到KTV，正好下午五点，和昨天嫌疑犯坐上公交车的时间差不多。

进了屋子，我们说自己是派出所的民警，来核查从业人员登记信息，经理说人还没到齐，我们一边等一边让他把所有的工作人员都叫过来。同时，我让石头传了一份监控视频的照片给我，虽然照片看不清人脸，但是身高和体形还是能隐约分辨出来。

大约过了四十分钟，KTV所有的工作人员都来了，我让他们站一排，以检查登记为名拿着照片一个个核对。KTV招收的男服务员好像拿尺子量过身材，把脸挡上之后基本没什么分别。

旁边的狐狸哥不知道什么时候不见了，我有点恼火，关键时刻他又要滑头溜哪儿去了。

正想着，狐狸哥从里面走出来问："更衣室81号箱是谁的？"一个男子应了声，狐狸哥走过去一下子揪住他的后脖子，拿出一张乘车卡："这卡是不是你的？"

我和陈国涛对视了一下，都明白狐狸哥去干什么了。他一定是去员工的换衣间，将他们的箱子翻了一遍，把乘车卡找了出来。

我们之前在公交公司查询乘车记录的时候用的是上车时间和刷卡的车辆信息，只有狐狸哥留了一个心眼，将电脑上显示的卡号信息记了下来。持有这张公交卡的人就是嫌疑人。

在男子点头承认的一刹那，陈国涛从后面将这个人胳膊一摁，他都没来得及叫喊就被控制住了。

我让所有的服务员都站在原地不准动，让陈国涛看着他们，我和狐狸哥将这个人拉进了包间，第一时间进行突审，直到他亲口承认这张卡没借给过别人、一直是自己使用的时候，我们终于能够确定，这个人就是嫌疑人！

这个男子名叫宋方圆，他对于我们能这么快找到他觉得很不可思议。我找到他的员工换衣柜，将他的衣物掏出来，发现他的裤子上有两个明显的印迹，看来他只是将上面的泥垢擦了擦，都没清洗。

宋方圆很快供述了自己的犯罪行为。和我预料的一样，他把女子拖到断墙下后，发现女子身上脏兮兮的，他有些洁癖，去便利店买了两瓶水，将女子身上洗了洗，然后开始侵害。完事之后，他将矿泉水瓶扔掉，又把女子背到同庆街8号楼门口。

让我们不解的是，宋方圆说他根本没将女子打昏，他只是走到这里发现女子躺在地上昏迷不醒，他试着叫了几次都没反应。当时他也没想叫救护车，就想占个便宜。

宋方圆还说，他对女子进行侵害时，女子一直是昏迷状态，根本没醒来过，他也没用东西打过她。

无论宋方圆承不承认自己打晕这名女子，对他强奸罪的认定不会有任何改变，但是无论我们怎么说，他都一口咬定自己没打过人，这就让我有点费解了。宋方圆涉嫌强奸罪，强奸属于严重犯罪，最高可至死刑。一般强奸罪起刑三年，在实施犯罪的过程中涉及五种情况的起刑十年，最高可至死刑。这五种情况是强奸幼女、强奸多人、在公共场所实施犯罪、轮奸和致人重伤、死亡或造成其他严重后果的。

我又返回医院找女子，结果女子一口咬定是被嫌犯打晕的，还说自己在被侵害时醒过来一次，结果又被打晕。

两个人中肯定有一个在撒谎，而我觉得宋方圆的口供真实性更强，一个已经承认罪行的嫌疑人没必要再继续撒谎。

我决定给被害人做辨认笔录，我前后一共摆出了二十张照片，每份照片在一张纸上分别摆放在不同的位置上。我拿出两份照片让被害女子辨认，看看她能不能认出宋方圆。

我故意没把宋方圆的照片放在辨认组里，并且在这二十张照片里特意挑选了和宋方圆长相差异明显的人，结果女子指着其中一个人说他就是侵害自己的人。

我没有立即回应，将笔录做完，然后晾了女子一天，第二天安排别人再去给她做辨认笔录，而这次的照片里我们又将她指出来的那个人换掉了，结果她又指着另一个人斩钉截铁地说他就是嫌疑人。

现在可以确定被害人在撒谎，宋方圆说的是实话。这名女子在被宋方圆发现时就已经晕过去了，她一直强调被强奸犯打晕，难道是为了回避自己晕过去的真实原因？

就在我想办法继续追查的时候，喜子那边做的提取物实验结果出来了，女子体内提取物中检测出宋方圆的 DNA，现在强奸一案的犯罪事实确凿。但喜子告诉我还在女子体内的提取物中检测出了甲基苯丙胺，也就是吸毒之后的身体代谢物。

而女子的 DNA 比对是一个叫宋茜的人，有两次吸毒前科。

我们再一次来到医院，这次我也不打算对她和颜悦色了，直接将检测结果摆在她面前，看着报告中的"甲基苯丙胺"几个字，女子全身不住地发抖。

"别看你现在住院，你要是再继续撒谎，等出院了我可以直接把你送进强制隔离戒毒所去！"艾蒿说话毫不留情。

艾蒿之前在派出所工作过，由于她是女警察，所以每当派出所抓到女性吸毒人员后都让她帮忙，久而久之艾蒿对这群吸毒人员有了一定的了解，知道她们最害怕什么。她们最怕的就是强制隔离戒毒。

吸毒人员第一次被抓都会被执行五天治安拘留，第二次被抓会被执行社区矫正，而第三次被抓就会被定义成吸毒成瘾，直接送到强制隔离戒毒所，期限是两年，羁押时间甚至高于一般的轻微涉毒类犯罪。

听到艾蒿说强制隔离戒毒之后，宋茜害怕了，她一个劲儿地哭，恳求放过她一次，再给她一次机会。

艾蒿适时地缓和了态度，告诉她只要她说实话，这次可以不把她送进强戒所。宋茜这才说了实话，她知道自己是被谁打晕的。

宋茜说当天她本来是要给一个叫程武的朋友"送货"，结果拿到货之后程武非但没给钱，还拿起一块砖头砸向宋茜。宋茜长期吸毒，身体虚弱，一下子就被砸晕过去。随后便发生了她被人强奸的事件。

宋茜说她当时带了一个单肩包，醒来后包不见了，应该是程武拿走了。在医院醒来，怕警察发现自己吸毒，所以心一横，就假装失忆。

一切真相大白，我将这件事给宋队汇报，正常来说涉毒类案件应该由缉毒大队侦办，我们打配合。

半小时后，宋队通知我，由我们执行对程武的抓捕行动。

程武是个很狡猾的人，平时居无定所，连宋茜也不知道他住在哪儿。宋茜说自己卖给程武毒品的时候，每次都在不同的地方拿货，这次也不例外，她之前从来没来过同庆街8号楼。

不过我还是想到一点，程武抢走宋茜的包，里面有一张信用卡，密码是宋茜的生日，程武知道这个日期，应该很好破译。他动手抢货而不付钱，经济条件应该很窘迫，说不定会打这张信用卡的主意。

宋茜的信用卡每天限额取现一千元，从事发到现在是第四天，程武最多只能提取四千元钱，宋茜信用卡还剩八千元的额度，有机会！

我们立刻查询了这张信用卡的提款记录，结果发现卡被人取现三次，全是在不同的银行ATM机，时间没有规律，有时是一大早，有时是后半夜。这个程武还有些反侦察意识。

这时候石头提出一个想法，找中国银行的电子银行部帮忙。之前石头办过一起关于ATM机盗窃的案件，接触过这个部门，他们专门负责管理ATM机。

我拿着手续来到中国银行电子银行部，把我们遇到的困难向负责人说明了。负责人看了下程武之前支取的单子，提醒我程武取钱时都是用不同银行的 ATM 机进行支取的，他们没办法跨行配合工作。不过，他们可以在程武取钱的时候拖延时间。

原来，他们能控制全市所有的 ATM 机支取业务，由于 ATM 机有银联关联，不同行支取时都需要经过中国银行授权，这时候电子业务就需要通过他们的服务器，而他们可以根据卡号对服务进行一个时限控制。

取钱的时候输入密码和金额，显示屏会出现倒计时，正常来说钱会在十几秒内吐出来，而倒计时时间一般是三分钟。他们可以让钱在第三分钟时再吐出来。根据程武三次取钱的范围，三分钟应该足够我们赶到他取钱的地点。

行动开始了。这是一次熬人的行动，我们从前一天晚上开始与电子银行部保持联系，随时准备抓捕。这一晚上为了保持清醒，我一共喝了八杯咖啡，嗓子里都苦巴巴的。

再加上冬天在车里蹲守，发动车子开空调觉得热，熄了火又感觉冷，这一晚上我仿佛身陷冰火两重天，在忽冷忽热中熬了过去。

早上七点半，电子银行部来电话了，宋茜的银行卡在工商银行一家营业部外的 ATM 机上申请取现，距离我们 1.5 公里。

我立刻一脚油门踩到底，车子轮胎发出刺耳的打滑声，"轰"的一声蹿了出去。我把老式三菱开出了跑车的感觉，由于冲出去的速度太快，车后屁股不受控制地左右摇摆了几下。

定位的 ATM 机在室外，远远的我就看到里面有个人，弯着腰对着屏幕，手一直放在出钞口，此时距离我接到电话只过了一分半钟，看来钱还没出来。

"上！"我喊了一嗓子。车子左右车门就被打开，大家伙冲下去，程武还聚精会神地盯着出钞口呢，就被陈国涛在侧面揪住胳膊一下子从 ATM 机前面拽了出来，甩到地上。

等到程武被戴上了手铐，我听到 ATM 机"刺啦"一声响，一千块钱整整齐齐地从出钞口里吐了出来，时间正好三分钟。

程武被抓后对自己的犯罪行为供认不讳，他动手砸晕宋茜是因为他实在没钱了，赊账不行，他一时冲动就动手伤了人。

程武犯了抢劫罪，如果被害人受伤严重，那么他就属于抢劫罪中的情节特别严重，起刑十年以上，不过幸运的是被害人受伤并不重，最后可以出院。

将程武送进看守所后我接到医院的电话，他们问我，宋茜出院了，治疗费用该找谁要？

宋茜出院了？不是艾蒿在医院看着她吗？

我急忙给艾蒿打电话，结果是她直接把宋茜送进强制戒毒所去了。没想到队里唯一的一个女队员居然这么虎，我一时间也有点头大。

15 禁忌游戏：有个男人每天打10个电话催我自杀

照片上天空是蒙蒙的灰色，能隐约看到天海交接的地方有淡淡的红光，看上去似乎是傍晚拍摄的。

照片上面是留言：我不想活了，大家再见。

小饭店里热热闹闹，肉在篦子上发出滋滋的响声，冒出一丝青色的烟，与空气中香料的味道混合，弥漫在整个饭店。

用帘子隔开的包间里，我和五个人正觥筹交错。

这五人是我的大学同学，毕业后都选择当了警察，有人分配到了重案，有人到了治安，还有人去做了交警。当了警察之后，大家聚少离多，来去匆匆，像这样聚在一起的机会很是难得。

我们聊着学生时代的趣事，气氛正热烈，突然有人电话响了，他和我一样，在另一个区的重案队，这个时间接到电话，大概率是发生了什么非死即伤的案件。

接电话的人表情越来越凝重，我知道猜中了，一定是遇到麻烦事了。

我察觉到有些不对："出什么事了？"

他表情严肃地说："辖区有个人摔死了，不知道是自己跳下来的还是被人推下来的，我得去看看。"

出了案子，我们也没有心思再喝酒，看看表，此时竟然已经十一点了，互相道别后，我们一起走出饭店。我们都已经习惯了这样短暂的聚会，但没人埋怨，我们都知道这条路的艰难。

第二天起床，我拿出手机打开 QQ，在同学群里询问昨天的案子。我没直接打电话，他很可能熬了一晚上正在睡觉，在群里发消息相当于留言，他什么时候看到就会回复。

没想到他立刻回复了,他先发了一张图片,有些模糊,是在夜晚拍的,隐隐约约看到有件衣服和一条裤子整齐地摆放在地上。

"你发的这是什么?扔在地上的衣服和裤子吗?"我问道。

"这哪是什么衣服裤子,你仔细看,这是一个人。"

经他这一提醒我才注意到,在模糊的图像里,衣服和裤子有略微的凸起,显然里面有东西,再仔细一看,我在袖口和裤角处看到了两只胳膊和光着的脚,这真的是一个人。

同学告诉我,这就是昨晚跳楼的人,是一个孩子,初步判断应该是自己跳下来的。人落在泥土上,整个嵌进了地里,就像一只苍蝇被拍在墙上一样,变成一摊肉泥,如果不是衣服包着就血肉四溅了。

我还在为这个死去的孩子惋惜时,手机忽然响了起来。我接起电话,队里通知在我们辖区的一栋出租房屋内,发现了一具尸体。

出事的地点是祥云小区六号楼,报警人叫周浩,这间房子是为了孩子上学方便租的,他不住在这儿,平时只有妻子和孩子在这儿住。我顺着楼往后看,看到一所学校,这是当地一所颇有名气的重点中学。

周浩告诉我,他昨天给妻子打电话,没人接,他放心不下,今天早上到这里将屋门打开,结果自己的妻子躺在地上,气息全无。

我走进屋子查看,这是间两室一厅的房子,虽然装修有些老旧,但外屋收拾得干净利索。灶台上的锅碗瓢盆整整齐齐摆成一排,连炉灶墙都贴了一层油烟纸,一看就知道死者是一个很讲卫生的人。

里面卧室则是一片狼藉,所有的抽屉都被打开,地面上到处都是从抽屉里翻掉的东西。发现死者的位置被画了白线,她头冲着床,两只胳膊蜷在一起。负责现场勘验的喜子告诉我,死者应该是被勒死的,她的姿势是拉拽勒住自己的绳子造成的。

两间卧室一个是死者住,一个是孩子住,望着这零乱的屋子,我突然想起一件事,孩子哪儿去了?我立刻给周浩打电话,但却没人接,搞不好他跟着死者去了尸检中心,手机不在身边。

孩子叫周晨宇,就在我看到的那所重点中学上学,我干脆直接去那里找他,但老师说从昨天开始他就没来上学。

周浩说他妻子从昨晚就不接电话,那岂不是昨天就出事了?我不禁往最坏的地方想,孩子不会是被凶手绑架了吧?

想到这儿,我立刻把队里的工作分成两部分,负责侦查现场勘验的喜子一组人继续侦查寻找线索,而我则和其他人先去找孩子的下落。

我想找周晨宇的同学了解下关于他的状况,可是教育局有规定,不允许在没有经过家长同意的情况下,让学生接触除了学习之外的其他外部环境,警察也一样。想了解周晨宇只能找他的班主任。

在教务处我见到了周晨宇的班主任,她是一名英语老师。她说周晨宇都没来上学,昨天他请假了。老师把手机里的短信给我看,上面写着:"老师,明天周晨宇请假。"

短信只讲了请假,但没有说明原因和理由,短信发送的时间是前天晚上十一点半,发送人显示是周晨宇母亲。

前天晚上十一点半发的短信,周浩说昨天下午他的妻子就开始不接电话,那么他妻子遇害的时间应该提前到昨天下午之前。可我转念一想又觉得不对,这条请假短信内容有些太唐突了,会不会是前天晚上周晨宇和他母亲就已经出事了?

这条短信是凶手在将孩子掳走后为了不被学校觉察,故意发给老师的?

正在我推断被害人死亡的大概时间时,法医来电话了。他说根据死者胃容物的状况推断,死亡时间应该在两天前,也就是说死者在前天就遇害了,而且遇害时间与给老师发短信的时间很接近。

杀死母亲,掳走孩子,什么人能做出这么凶残的事情?到现在周浩都没有接到勒索赎金的电话，我有种不好的预感，恐怕孩子已经凶多吉少了。

绑走孩子却没有索要赎金，我感觉凶手似乎是寻仇而来。

不管怎样，绑架罪都是重罪，起刑就是十年，除非情节轻微，没造成严重后果，比如绑架后不久嫌疑人就被警察抓住或人质顺利逃脱，才可以处五年以上有期徒刑。如果犯罪分子拿到赎金后逃走，就是十年起刑了。

周浩的社会关系是侦破关键，我赶紧给周浩打电话，让他回忆是否和人结过仇。周浩告诉我他确实得罪了一些人，他是做评估的，对某公司收购加油站进行估价，他说曾在几次估价中都被人威胁过，几个带纹文身的人要求他估高价，但是周浩没同意。

一个加油站的收购金额往往在几百万，周浩的评估在其中有很重要的分量，挡人财路如杀人父母，因为这事遭到报复似乎说得通。

我让周浩提供那些人的身份信息，准备对他们开展调查，这时现场调查组来电话说发现一个重要线索。被害人楼下超市的店主在前天曾看到有人尾随被害人上楼。

我急忙返回现场，店主详细说了经过。小超市有里外两个门，死者生前经常来买东西，买完后就从里面的门直接走进走廊上楼。前天她离开的时候店主去关里面的门，正好看到有个身穿灰衣服的男子跟着死者上了楼。

小超市的老板告诉我他不止一次在这附近看到过这名男子，大约一米八的身高，长得很壮实，穿着一身灰色的衣服，有时候还会戴一顶帽子。

难道这并不是有预谋的报复，而是随机踩点后实施的入室抢劫案件？

这类案子在早些年经常出现，但近几年随着社会治安的不断好转、社区监控摄像头的大量普及，这类恶性案件已经很少发生了。

我围着这栋楼走了一圈，突然发现这确实是一个绝佳的犯罪场所。下午三四点的时候，四周宁谧得可怕，走在街上仿佛置身于一个无人的世界。加上这里的道路四通八达，想从这里走到最近的公路有多种选择，在这里实施犯罪行为后可以有无数条逃跑的路径。

我们从小超市店主提供的灰衣服男子出发，开始在周围进行大范围的调查。正好现在是傍晚，不少老人出来乘凉，我们一个个地走访，同一件事反复说了十几遍，我感觉自己的嗓子都冒烟了，但还是有人向我们打听八卦。

晚上八点左右，我们终于得到了一条重要信息，一个老人说就在这几天傍晚，他看到穿灰衣服的人上了一辆黄色面包车。

这人还有同伙？这点出乎我的预料，不过转念一想也合理，现在有些初中生发育很夸张，一个人想把初中生悄无声息地掳走太困难。

天渐渐黑了，我从早上到现在一口水都没喝，肚子已经饿过劲了，正想吃口东西休息一下时，周晨宇的老师打来电话，焦急地告诉我，发现周晨宇的下落了！

老师告诉我，周晨宇的QQ空间更新了，时间是今天晚上七点十分。老师加了我的QQ，给我发送了一张图片，上面是周晨宇QQ空间的截图，他发了张模糊的照片，能看到上面是大海和滩地，右侧有一处悬崖。

照片上天空是蒙蒙的灰色，能隐约看到天海交接的地方有淡淡的红光，看上去似乎是傍晚拍摄的。照片上面是留言：我不想活了，大家再见。

我心凉了一半，这个孩子要自杀？转念一想又觉得不对，孩子是前天晚上失踪的，QQ空间的发布时间是今天晚上七点十分，会不会是凶手故意使用这个手段，将孩子的死推到自杀上去？

空间里还有周晨宇同学的留言，大家纷纷在问他人在哪了，劝说他一定要冷静，我没细看留言，把照片保存了下来，这张照片是找到孩子最重要的线索。

无论QQ空间的消息是凶手发的还是孩子发的，我们都必须先找到这个地方。

我拿着照片仔细看，发现照片里面的海滩上没有沙子，滩上都是鹅卵石。罗泽市呈一个三角状，有两面靠海，其中一面是湾区，都是成片的沙滩，另一面是外海，这里存不住沙子，海滩上剩下的都是大大小小的鹅卵石。

从照片看出，拍的位置应该是外海的某一处海滩。这张照片是七点十分发布在QQ空间的，当时天已经黑了，但照片里的天是亮的，还能看到一丝夕阳，也就是说这张照片是在下午时拍的。

我一路开车飞驰返回队里。在队里有一张罗泽市的实景地形图，我对照着地形图一点点找，照片里右侧有一处海崖，大约六七层楼那么高。

罗泽市靠近外海的地方在很久以前是一片山崖，在几百年甚至更长久的海风的侵蚀下渐渐风化，山崖一点点变低，最后成了海滩，就像一块蛋糕被人用勺子从侧边往里挖掉一块一样，整个海滩三面都是山崖，中间露出一块湾状的空地，沿着罗泽市东边至少有四五处这种崖滩。

"照片是七点十分发布的，咱们可以从他登录的IP地址追查他的下落。"石头不愧是搞情报研判出身，在我慌忙找拍照位置的时候，他从另一个侦查方向提醒我。

"时间来不及了，查询QQ登录信息的IP地址必须要找软件公司帮忙，从准备手续再到查出来起码得两三天时间，咱们现在必须找出这个地点，万一孩子还活着呢。"

说这话的时候，我并没有抱太大的信心，已经消失了三天的孩子恐怕凶多吉少。

"你觉得孩子还活着？如果是要找这个地方不难，你看照片上山崖边有棵树，我去过这个地方，就在滨海东路那里。"石头很有信心地说。

"快带我去！"

我又喊了陈国涛，和石头一起开车向滨海东路赶去。这时天已经彻底黑了，滨海路是一条盘山公路，沿途没有住户，只在路边有几个临时的商铺，到晚上都早早地打了烊。

除了人烟稀少，这条路的路灯也不亮，弯道很多，车灯也照不太远，光线很快湮灭在黑暗中，我们只能借着月光才能看到海边山崖的黑影，根本分辨不出树在哪里。

在滨海路转了好几圈，我们才找到照片里出现的海滩的位置。停下车，我站在崖边往下面看去，四周黑乎乎的什么都看不见，只有一条踩出来的小路，走下去像坐滑梯一样。

我蹲下用一只手揪住旁边的杂草，抬腿用脚一点点往前探着走。周围黑乎乎的，我不知道揪住了什么带刺的植物，手上传来一阵阵刺痛。

好不容易走到坡下，路面变缓了，我试着站起身迈出脚，结果被一个凸起的东西绊了一下，我大叫一声往前扑倒摔在地上。跟在我后面的陈国涛将我拉起来，拿着手机手电照了照地面。

一个书包！书包还挺新，用手一拎沉甸甸的，看着像是孩子的书包。

我急忙起身往前张望，一阵海风吹过来夹杂着腥气，手电照过去，只能看到前面一片黑乎乎的大海。我往前走了几步，地上都是大小不一的石块，海滩比我想象的小得多，没走几步猛的一脚踩空，我感觉自己的鞋一下子湿透了，才发现是踩进了海里。

"周晨宇！"我冲着大海喊道，传来一阵阵海浪拍打卵石的回声。

"前面有人！"陈国涛从后面跑上来指着前面说。

海风吹在脸上冰凉冰凉的。周围最亮的只有手机屏幕发出的光，我眯着眼往前看，隐隐约约能看到一个圆圆的东西，正在水中沉浮。

罗泽市靠近外海这一侧有不少养殖基地，海面到处都是浮球，下面拖着养殖笼子，有时候浮球断落就会随着海浪漂回到岸边，这个圆圆的黑球和浮球差不多，而且离海滩这么近，看着只有十几米的距离，不像是人。

这时，我看到黑色的圆球动了一下，整个球翻过来，在暗淡的月光下像变了一个颜色。浮球可没有多余的颜色，这个圆圆的东西不是浮球！

我看着灰蒙蒙的圆球，越看越像是人的脑袋。我一边猜测一边盯着，这时从水里露出一只胳膊晃了一下。

"是人！"我大喊一声，接着抬脚把鞋甩掉，一步跨进水里。

刚进水我就倒吸一口气，水太凉了，我全身像抖筛子似的打站。还没调整好呼吸，就往里面跨了第二步，这一步瞬间感觉好像从台阶上踩空一样，整个人陷进水里，海水从小腿肚子直接没过大腿根。

这种海滩俗称锅底子，意思就是像一口锅一样，整个海滩是一条弧线，往里面一下就能沉到底。怪不得这个人离岸边不远，结果水面上就剩一个脑袋，原来他已经在深水区了。

我急忙使劲往前游，准备憋气潜下去把他托起来。

溺水的人不能直接搭救，最好的方式是从水里将他抬起来，不然人在慌张的情况下抓住你，很容易把你也拖进去。要把他抬出水面能正常呼吸，他自己就会冷静下来。

可是我冲得太猛，没做准备运动，加上没脱衣服，厚厚的衣服沾上水变得更沉重。我一口气往下潜，腿使劲蹬了几下，突然感觉腿绷直，没法弯曲了。

坏了！我顿时心一凉，我知道腿抽筋了。如果是平时，在海里抽筋倒不要紧，现在眼前有个要救助的人，结果我自己先出现意外,这可怎么办？

这时我已经潜在水里，几乎摸到了那个人的身体。我咬着牙用一条腿踩水使劲把他往上推，紧接着一股酸麻的感觉传来，我的小腿像失去了知觉一样，紧紧叠在一起。

这个人还在扑腾。我把他托起来的瞬间，他一脚踢在我的脖子上，我脑袋一阵迷糊，吃了一大口水，抽筋的小腿带着另一条腿也使不上劲，我感觉自己游不起来了，身子开始往水下沉。

正在这时，我感觉后背被人拉了一下，在这一股劲的帮助下我的脑袋终于浮出了水面，急忙贪婪地吸了一大口气。这时我才发现是陈国涛赶到了，他抱着水里的人，让他的脑袋靠在自己的肩膀上，空出一只手将我拉了上来。

我像个不会游泳的旱鸭子一样，扑腾了几下，虽然这里水深，但是距离岸边不远，身子往海滩挪了一小段，我就感觉剩下的那只脚踩到了地面，然后一跳一跳连滚带爬地上了岸，趴在岸边大口大口喘着气。

我看到被陈国涛救出来的人十七八岁，陈国涛正把他倒扣肩膀上用手拍后背。

"你是不是叫周晨宇？"我冲着他大喊。

我看到他脑袋乱晃，不知道是点头还是摇头，陈国涛和石头把他带上车，而我一直喷嚏不断，海水和鼻涕抹得满脸都是，和溺水的人差不多。

上车后我发现周晨宇有点不对劲，眼睛直勾勾的，嘴唇发紫，说不出话来。拍拍他的脸，有反应，但无论我们问什么他都不回答。

事到如今，我们直接开车去了医院，周浩已经在医院等着了，他看了一眼，确认这个人就是周晨宇。周浩看到儿子后大哭起来，周晨宇的身体状况很糟糕，全身不停颤抖，已经出现了高烧症状，我们没来得及了解情况，他就被医生推进病房了。

第二天我也发烧了，全身酸疼，但还没来得及休息，石头就来电话说发现可疑人物的踪迹了，之前案发现场目击老人描述的那个灰衣男子又出现了！

我拖着病身往现场赶，鼻子不透气，嗓子说不出话，眼睛干涩，整个人有些发蔫。不过好在除了我之外，大家状态都不错。石头说这个人还在附近转悠，刚才进了一栋居民楼，到现在还没出来。

大约过了一小时，这个人终于露面了，他向小区门口走着，一辆黄色的面包车正开过来接应他。在他拉开车门的瞬间，我们从周围一拥而上，把他从后面拖倒在地。司机还没反应过来，也被我们从驾驶室拉拽下来。

"救命啊！"两个人大喊大叫。

"给我老实点！你刚才干什么去了？"

从他们喊出"救命"两个字我就觉察不对劲了，这时我也注意到面包车上的涂装写着"网通优惠"四个大字,他们俩穿着的都是同一套灰色衣服,在胸口处有一个红色的小标志。

我在营业厅交宽带费时见过这个标志,这套衣服是网通公司的工作服。

"我是给宽带走线的!我今天上午去现场了!"其中一个人回答道,他刚才手里拎着的线圈被甩在一边,确实是一卷网线。我进入车子检查,在车子驾驶台上有网通公司的各类物件和宣传带。

抓错人了!

我找到网通公司的电话打过去核实,这两个人的确是网通公司的人。原来这片老旧居民区准备安装光纤,这两个人负责设计走线,所以这几天一直在这附近转悠,每个楼道都得进去看有没有空余的位置安装交换机,每户人家还要留出放线的地方。

他手里拿着的这一盘网线是用来比量的,与我们推断的作案工具恰好相似。

我又详细问了此人这几天的工作情况,和小卖铺老板说的一样,这个业务员那天和被害人一前一后走进这栋楼,他还说被害人在四楼开门回家了,而他直接上了顶层。

网通公司的工作服在前胸有一个小标志,即使看到也没人会注意是网通的标志,导致住在这儿看到他的人都以为这身工作服是用来伪装的。

我们悻悻地回到单位,不过这次也不算毫无收获,起码把死者的被害时间段缩短了。那天傍晚死者正常回家,而且没被人跟踪,家里的门锁也没有被破坏的迹象,这说明凶手也许和死者认识。

回到单位,我看到屋子里有一个书包,周晨宇被找到后,他的父亲直接将他领走,书包落在这里了。

我盯着这个包,心想:周晨宇的书包里会不会有什么线索呢?这个孩子精神状态有些奇怪,交流不是很顺畅,可以在询问前对他多了解一些。

书包里只有几本练习册，连上课用的书都没装，看来这孩子对学习没什么积极性。我把这几样东西都拿出来，书包里面还有一个夹缝，我伸手掏出来两张卡片和一部手机。

这是部三星带后摄的手机，专卖店卖价五千多，这孩子怎么用这么好的手机？我心里想着将手机开机，打开短信栏之后显示第一条收件人是老师，短信的内容是："老师，明天周晨宇请假。"

这是他妈妈给老师发的短信！也就是说，这是他妈妈的手机！周晨宇的母亲遇害时手机不在身边，原来是周晨宇把手机拿走了，这也太巧合了吧？

我继续翻看手机，想找到一些端倪。相册里第一张照片就是他在QQ空间发布的大海照片。我猜想，他拍摄完这张照片后，很可能去了网吧登录QQ空间，那时还没有智能手机，QQ空间更新照片肯定需要电脑。

周晨宇的空间只能看到这一条信息，其他的都被他隐藏了，只有去他使用过的电脑或者是登录他的QQ才能看到。

我估算着时间，手机里的照片是四点半照的，QQ空间更新时间是七点十分，滨海东路最后一班旅游线路公交车是三点，周晨宇靠步行从滨海东路到最近的一个网吧大约需要一小时。

他书包里的两张卡分别是饭卡和上网登记卡，这种登记卡是在网吧实名办理，上网时需要刷一下卡，只要刷卡，在网吧就会有记录。

周晨宇走出滨海东路后，最近的网吧在海山小区。我来到那家网吧查了下，周晨宇果然在这使用了登记卡，网吧账目显示他在这里一次性充了三百块钱，这笔钱对一个初中生来说不是小数目。

那时候网吧还没有使用共享云盘和还原精灵这些软件，每台电脑都有单独的硬盘，我找到周晨宇上网使用的电脑，在腾讯文件夹里看到有他的登录信息，但是点开看不到内容，必须使用QQ号码登录才行。

网吧管理员说他对这人有印象，他一直在这里上网，还曾经问他们借过三星数据线，他说要把手机里的东西导到电脑里去。这下说得通了，周晨宇用手机拍摄大海的照片后，然后在这家网吧将照片上传到QQ空间。

我决定找周晨宇聊一聊。自从我们抓错了人，又在周晨宇的书包里找到他母亲的手机之后，我越发感觉他和他母亲的死有种冥冥的联系。

我想把他的QQ密码问出来，看看他在网吧究竟干什么了。

周晨宇还在医院，我去的时候他父亲陪在身边，我随意地问了周晨宇几个问题，他基本都是答非所问。从海里把他救上来的时候我以为他是被冻得够呛，现在看他这个人的确有点奇怪。

我单独把他父亲叫出来，他父亲说孩子学习压力比较大，自从上了初中后一直处于这种状态，由于一直是母亲在陪孩子，所以他了解得也不多。我又问零花钱的事，他父亲和我说，孩子手里肯定不会有这么多的零花钱。

周晨宇靠着床边坐着，我问他QQ号的密码，他说他没有QQ号；我又问他这几天是不是在网吧，结果他说他不在网吧。我发现只要问起这几天的事情，他就开始撒谎，对我的问话很抵触。

他把胳膊从被子里拿出来，十分不耐烦地掰着指节。这时我看到他的胳膊上有一只海豚，是贴纸水印粘在胳膊上的那种，我突然想起来，我同学给我们发的孩子跳楼的照片，死者胳膊上也有只海豚。

我问周晨宇这只海豚是怎么回事，他变得有些慌张，告诉我是在网上看到的，觉得挺好玩，就买了一张粘在胳膊上。我问他从哪儿买的，结果他又不回应。既然他不想说出QQ密码也没关系，我们还有其他办法，只不过会麻烦一些。

聊天结束的时候，我感觉到周晨宇看着我的目光中充满了怨恨，好像和我有不共戴天之仇，他的反应让我更加相信自己的判断，于是，我安排了两个人在医院看着周晨宇，以防不测。

网吧的电脑和自用的不太一样，虽然当时还没有还原精灵，但是网吧为了防止有人在电脑里种木马病毒，会对每台电脑安装一个监视软件。软件会将浏览的网页进行脱机预存，通过这个预存，我们正好可以看到周晨宇打开过的网页，尤其是 QQ 空间。

在网络技术员的帮助下，我们打开了脱机文件，我看到周晨宇打开过的 QQ 空间，周晨宇在空间里发布过十几条消息，内容全是各种极端的想法，每一条都与死亡挂钩。

我浏览了一下，周晨宇在 QQ 空间里表达的主旨就是他不想活了，但其中有一条写着自己死也得拉着害他的人一起死。我有些疑惑，他天天在学校上学，回家接触最多的人就是他的妈妈，谁会害他？难道是他妈妈？

在翻看周晨宇浏览过的网页时，我注意到一个问题，在他发布在空间的内容下面总会有一个网名叫"蓝色海豚"的人给他留言，鼓励他的想法，怂恿他要立刻行动。

这个蓝色海豚是谁？我心想他们在 QQ 空间里互动活跃，那他们肯定也会有聊天信息，想把这个调取出来就麻烦了，没办法，我只好亲自去了一趟深圳。

刚到深圳的第二天，队里来电话说周晨宇从医院跑了，当时他说医院送来的饭不好吃，让他父亲出去给他买饭，在他父亲离开之后，他跑出病房，不过有两个同事守在附近，周晨宇还没跑出医院，就被他们按住。

他们告诉我，队里把周晨宇从医院带回警局，现在铐在铁凳子上，准备对他进行突审。结合我之前发现的情况，大家都知道这个孩子肯定有问题。

我在深圳查出了周晨宇的 QQ 登录密码。负责信息情报研判的石头在网吧里登录上 QQ，并将聊天记录打印了出来，他一边翻看着聊天记录一边给我打电话，我在电话里听到石头不停地惊叹。

他告诉我，就是周晨宇把他母亲杀死的，他在和蓝色海豚的聊天中承认了这件事，而且还拍了一张他母亲尸体的照片发给了对方。

我问石头他为什么这么做。石头说周晨宇和这个蓝色海豚聊了很多，但这台电脑里只有这些，动手杀人这件事应该是他们早就计划好了的。

石头说他打算伪装成周晨宇和这个蓝色海豚聊一聊，看看能不能把他钓出来，我在深圳继续工作，开始调查这个蓝色海豚的真实身份。我们几乎同时进行同时出结果，我在深圳查出这个蓝色海豚人在河北廊坊，而石头与他聊天约见面，这个人也称自己在廊坊。

石头告诉我，蓝色海豚以为石头真的是周晨宇，在QQ里一个劲地问他怎么还没去自杀。其间，蓝色海豚还给周晨宇母亲的手机打了十几个电话，石头担心露馅，没敢接。

经过周密的准备工作，石头开始下鱼饵了。他想起周晨宇曾经把他勒死母亲的照片发给过蓝色海豚，猜想这个人应该是想要照片，于是他提出可以自杀，但希望蓝色海豚能帮忙拍摄他死亡时的照片。蓝色海豚听了之后果然很高兴，同意和周晨宇见面，并且帮助他进行自杀。

我从深圳奔赴廊坊，其间石头拿着聊天记录对周晨宇进行审讯，又找了一名心理医生对他进行劝导，在大家的努力下周晨宇终于说了实话。他母亲就是他杀死的，凶器是一根网线，是周晨宇在附近的网吧顺手拿走的。

周晨宇从上初中开始，他母亲对他要求就越来越高，除了学习之外没有任何课余时间，加上周晨宇这个人比较内向，朋友也不多，恍惚间周晨宇感觉失去了活下去的意义，他只能在网上逃避现实，就在这时候，他认识了蓝色海豚。

蓝色海豚得知周晨宇的近况后给他发了很多照片，照片里都是和周晨宇差不多年龄的孩子，内容都是自残自杀，随后蓝色海豚开始怂恿周晨宇做点大事情，比如把自己的父母杀掉。

周晨宇觉得蓝色海豚特别善解人意，就像被洗脑了一样，无条件地听从蓝色海豚的话，并且答应在杀害自己母亲时录像留存。那天晚上，周晨宇拿着网线从后面勒住了他母亲的脖子，大约五分钟后才松手，不过周晨宇在动手时太紧张，忘记打开手机摄像。

在勒死母亲之后，他给蓝色海豚拍了照片，然后拿着母亲的手机给老师发请假短信，将母亲包里的钱拿走后，选了靠近滨海东路的网吧去上网。

随后蓝色海豚让周晨宇自残，但周晨宇怕疼没敢自残，最后定好跳海自杀。周晨宇拍完大海的照片后，再次犹豫了，虽然最终还是跳了下去，可海水太凉，周晨宇也并没有死的决心，他在海里拼命挣扎，被我们救上了岸。

周晨宇得救后，蓝色海豚成了我们侦查的下一个目标。我伪装成想要自杀的男孩，请蓝色海豚拍下死亡时的影像，蓝色海豚果然上钩，兴致冲冲地来到火车站现身，不过等待他的不是想要自杀者，而是警察。

我们在廊坊火车站蹲守，将来接站的蓝色海豚抓住了，这个人也只有三十岁，紧接着我们来到他家中，从他的电脑里找到了他和周晨宇聊天的全部记录，和周晨宇所说的一致。

我们在蓝色海豚的电脑里找到了很多照片，里面都是各类自残照片，还有周晨宇发的他母亲被害的照片。我们在电脑上找照片时，蓝色海豚像抖筛子似的抖个不停，比我从海里爬上来后抖得还厉害。

还没把他从廊坊带回去，这个蓝色海豚就全招了。

蓝色海豚说，这种自残自杀的行为叫作海豚游戏。几个人在一起，轮流对游戏的参与者下达指令，从割裂皮肤到切断手指，最后再到跳楼结束生命，这个游戏只要进行下去，最终的结果只有死亡。

这种变态游戏从洗脑的方式再到那些能改变人三观认知的残忍照片，都是从国外传来的。蓝色海豚主动把电脑里存的照片都找出来，我看到了一些特别残忍的切割人体的照片，照片里都是外国人。

国外有一个组织专门收集这些照片，参与游戏的人只要将照片通过加密方式发送给组织者，就能获得不菲的收入。蓝色海豚发现有利可图，他按照游戏的名字将自己的网名改成蓝色海豚，开始在网上寻找有极端思想的人并教唆他们自残自杀。

这种教唆犯罪与通过什么途径无关，无论是通过见面、电话还是网络等方式联系，只要目的性明确，是通过教唆他人达成犯罪目的的都属于教唆他人犯罪，按照故意杀人罪处罚。这种犯罪我遇到的最多的就是扒窃，很多小偷教唆未成年人进行扒窃，因为未成年人可以逃避或减轻法律惩处。

蓝色海豚在网上寻找情绪波动的青少年进行聊天，先用理解的态度和他们贴近关系，取得他们的信任之后，便开始怂恿这些人采取极端的暴力手段自残或者是自杀，要求他们在自残时拍摄照片发给自己，最后蓝色海豚重新将照片剪切后在网上进行贩卖。

我问蓝色海豚，之前在罗泽市有孩子跳楼，这件事是不是和他有关系？蓝色海豚吓得急忙摇头，说他只是收集一些自残的照片，这次周晨宇杀死他母亲是因为他早有这个想法，不是自己唆使的，蓝色海豚也没想到真能遇到胆子这么大的人。

我们仔细检查了他的电脑，里面确实没有其他杀人或者是自杀的照片。

我问他：国外这批人究竟是谁？他们为什么要做这个？海色海豚说具体情况他也不清楚，没人知道是谁组织了这个游戏，但玩这个游戏的人趋之若鹜，他也不是很理解。

16 被性骚扰后,家人成了嫌疑犯

我们分头给其他几个区的刑侦大队打电话,先寒暄几句了解下他们工作的近况,心里盘算着如果不忙,再提出协助排查的要求。我这边刚客气几句还没提正事,对方就开始发牢骚,说一名死者到现在也没查出身份。

我参加工作已经十五年了，在此期间我经历了整个公安系统信息化改革，这其中不仅是从手写笔录变成电脑录入，从翻看卷宗材料变成线上传递，最大的改变在于不同部门的职责变更。

举例来说，我刚工作时就在刑侦大队重案中队，那时候重案队是不接警的，所有的重特大案件警情都是由派出所临场后确定性质，发现符合重案队管辖标准后再移交给我们。

后期随着一线警力不断下沉，整个接警也逐渐发生变化，有那么一段时间我们重案队也开始接收警情，只要是涉及杀人、抢劫等重大敏感事件，都由我们来直接进行第一现场处置。

这样做有利有弊，利于我们早些到达现场，可以在第一时间进行抓捕；弊端是以这种理由报警的人太多了，更多的是无效警情，把我们折腾一遍又一遍。

时间长了我也有些麻木，深信耳听为虚眼见为实，无论警情中说得多么严重，都要先去现场看看。虽然大多数警情并没有报的那么严重，可常在河边走哪有不湿鞋，时间一长也会遇到大案件。

我在工作中面对的几乎都是犯罪分子，他们大部分是穷凶极恶之徒，但其中也有例外，这种人给我留下了深刻的印象。

印象中似乎是一个夏天，我感觉自己身边到处都是蚊子，在值班室坐了没一会儿便被叮了好几个包，一时让我有些心烦意乱。

这时候天刚黑不久，正在我琢磨该如何熬过这一晚上时，值班室的电话响了。我接起来一问，是分局指挥中心传达警情，有人在万丽海鲜食府声称要杀人。

虽然警情下派业务大队有一段时间了，这种声称要杀人的情况几乎每天都能遇到，基本都是矛盾纠纷，可我依然不敢怠慢，急忙开车赶到现场。

万丽海鲜食府算是北连市一家高档海鲜饭店，每天晚上包间灯火通明，高朋满座，今天也不例外。我在赶到现场时丝毫没有感觉到有警情，现在正值营业高峰期，不少客人进进出出，门前的迎宾不停地跑前跑后。

我进饭店问发生了什么事，值班经理将我带进他们的办公室。屋子里坐着三个人，其中一男一女岁数不小，岁数大的那个女人搂着一个穿着服务员工装的女孩，女孩在哭，我看到她胳膊上用一件白色的衣服包着，上面还透出一丝红色的血迹。

报警人就是值班经理，他向我简单介绍了情况：正在哭的女孩叫周颖，是他们饭店的服务员，她身边的人是她的父母。今天晚上八点多的时候有个男的来店里，突然揪住周颖不放，一边拉拽她一边大喊大叫。这时候周颖也开始喊救命，经理听见叫喊急忙从前台跑过来阻拦。

三个人在大厅开始撕扯起来，接着这个男的从衣服里掏出一把刀冲着经理比画，像疯了一样拿着刀到处挥舞。经理见状急忙拉着周颖后退，但这个男的还拉着周颖的手没放，刀在挥舞的过程中将周颖的胳膊划开一道口子。

见到有人受伤了，这名男子才冷静下来，这时候饭店其他服务员也纷纷围上来，可这人手里有刀，谁都不敢轻举妄动。这时候经理让服务员快打电话报警。看到有人要报警，这人又用刀比画，有名男服务员也被划了一下，见状其他人纷纷躲开，这人趁机冲出饭店跑了。

听完后我问周颖：这个人是谁？为什么要拉着她不放？周颖抬头看看

我，她情绪很不稳定，大口喘着气，全身抖得厉害，几乎说不出话来，根本没法回答我的问题。我只好从屋子里退出去，让她先冷静一下，把经理单独喊出来询问。

经理说这人走进饭店的时候他就注意到了，他问了一句哪个包间的，但这人没回答，直接上楼。经理以为这人是知道包间的客人，便没多问。过了很长时间这人又从楼上下来了，回到大厅坐下。

万丽海鲜食府一共四层，二、三、四层都是包间，一层是大厅，一共十桌，平时几乎没人在大厅吃饭，这人坐过去后也不说话，眼睛到处瞅。这个时段客人多，经理一个人忙不过来，便让服务员给他倒一杯水再没去管他。

事发的时候周颖正好从厨房出来，路过大厅的时候这人起身突然将她拉住，然后就发生了经理之前和我说的事情。

我让经理把几个参与围堵的员工都喊来，一个个询问。他们都说没见过这个人，其中一个人袖子还破了一个口，他说是这人逃走的时候自己离太近，被他的刀划破了。

这起案件的后果并不严重，虽然我看到周颖包着胳膊的衣服上有不少血，但根据多年经验，从她的反应来看恐怕连轻伤都算不上。

用刀割划皮肤达到轻伤的标准是伤口达到七厘米，如果伤口达到这种程度，就必须进行缝合，周颖第一时间连医院都没去，显然胳膊的伤并不严重。但这起案件的性质很恶劣，这人拿着刀冲人比画，明显有持刀伤人的主观故意，这种人必须抓住他，不然说不准他还会搞出什么事情来。

既然决定开始侦查，那么一切都要按照规定来，被害人的询问和鉴定的流程也得走一遍。我看周颖的情绪不太好，没法立刻对她进行询问，便让法医先来给她做伤情鉴定，而我则开始追查这个犯罪嫌疑人。

这个人不可能莫名在这里出现，他能来这儿肯定有原因，虽然被害人暂时没法进行询问，可她的父母都在这里，也许他们知道点什么。我们把他们一家三口带回刑侦大队，在法医给被害人验伤的同时，我与被害人的母亲聊了聊。

一问才知道，周颖的母亲也在这家饭店工作，她是负责洗碗的，而周颖是三楼的服务员，这次她恰好去后厨找母亲，然后返回三楼的时候路过大厅才遇到嫌疑人。

我觉得嫌疑人肯定与周颖有点关系，但是她现在情绪这么激动，我又不能直接问，于是便先问她母亲。但周颖的母亲一直在后厨，等她出去的时候这个男的已经跑了。

这时经理将饭店的监控拷贝出来，我一看才发现这监控只有大门里外的，连大厅的都没有。经理说他们大厅一般没有人，后来监控坏了也没修。在经理的回忆下我把时间调到事发前后，找到了这人从外面进来和跑出去时的样子。

这家饭店经营八年了，其间装修过一次，唯独没重新更换监控，用的还是十年前的设备，人在里面只能看到一个影子。这个男子从外面进来的时候戴了一顶兜帽，把脸挡得严严实实，录像里经理迎了他一下，他低着头直接上了楼梯。

饭店二楼到四楼的监控都坏了，我只能继续看这人从门口跑出去的录像。虽然视频的像素很低，但他跑出去的时候能看到手里有一个明晃晃的东西，就是他拎着的刀。

视频录像分辨率是 400×600，在电脑屏幕上只有巴掌大的一个小窗口，把视频放大，里面的人就变成了一块块像素。而且视频一卡一卡的，这人往外冲的过程愣是解析成了十几张定格图像，看得我眼睛生疼。

但这是现在唯一的信息。我把这段录像反复看了十多遍，我发现在嫌疑人从视频录像中离开前的最后一刻，从视频中消失的脚出现了延迟，人都已经消失了，可是视频里还有个脚影。再将视频放大后我发现，是这地方几块像素的颜色有变化，但与之前脚的颜色对应不上。

这时黄哥在一旁问是不是有东西掉在地上了？我一听觉得靠谱，便打电话问经理有没有人在饭店门口捡到什么东西，可是经理说没有。

这时法医说检查完了，要找我聊聊，黄哥自告奋勇要看录像，我把位置让给他，然后去了楼上找法医。

法医说女孩胳膊上的伤不严重，只是划破了皮出了点血，现在已经止住了。可是在检查的时候他发现女孩身上还有伤，不过他没细问，现在女孩的情绪已经平复了不少，让我可以试着问问看，也许与这件事有什么瓜葛也说不定。

我在法医办公室再一次见到周颖，她面无表情，神情呆滞，坐在那里双手环抱，蜷着身子。我先问了她一些个人情况，她说自己和母亲一起来到这里打工不久，这次父亲过来看望她们，她还特意跟店里请假，今天去找母亲商量要带他们到处转转的事情，从后厨出来后就遇到那个男子。

我问她对这个人还有没有印象，周颖摇了摇头。我又问她以前见没见过这个人，她还是摇了摇头。

与她聊了一会儿我发现，如果提起别的话题，周颖都会回答，给我感觉她是个很健谈的小姑娘，但只要提到今天袭击她的男子，无论从什么角度切入，她的回应都是摇头，似乎是在刻意回避某段不愉快的经历。

在我经历的很多案件中，有些被害人受到过巨大的伤害，让他们回忆当时受害的过程对他们来说是一种折磨。可单纯从这件事的结果出发，这个人并没有对周颖造成很严重的伤害，他只是拿出刀比画这个动作把周颖吓得够呛，可她现在的反应太过于强烈。

我试着换了几个话题，让她恢复到可以正常交流沟通的状况，然后话锋一转问她身上的其他几处伤是怎么回事。周颖听完后下意识地捂了下身体，问我是怎么知道的。我说是法医检查的时候看见的，接着问她的父母知道这个伤是怎么回事吗？

这个问题周颖想了半天，然后告诉我她父母都知道，是她与男朋友打架时留下的，但现在他们已经分手了。

我觉得一下子抓住了重点，这个莫名其妙拉扯她的男子的身份似乎浮出水面了，但她早说过不认识这个男子，很明显在回避这个问题。于是我提出想看看她的手机，如果今天袭击她的人是她的前男友，那么手机中肯定会有信息。

这次周颖直接将手机递给我，我打开简单翻看了下，在最近半个月里她没有和谁有很密切的通话联系。我指着通话记录问她哪一个是她的前男友，周颖说分手后就没联系了，电话号码也删掉了。

我又继续问她：真的一点联系都没有了吗？周颖听完将手机拿回来，登录了QQ，然后将手机转过来翻消息给我看，这一个月里也没有任何与前男友的聊天记录。

两个人似乎真的一点联系都没有了。我问她前男友叫什么名字，周颖说叫胡志勇，还告诉我这个人现在在她的老家工作。

周颖的表现有些过于主动了，这不禁让我产生怀疑。她在刚开始回答时想了半天，然后又一股脑地把她前男友的信息全说了出来，这种过于做作的方法我见过很多次，都是为了掩盖之前的失误。

到现在为止她唯一的失误就是那次回答前莫名的停顿，这点我得查清楚。但现在我对她没什么深入调查，对这个人更是没有了解，即使硬生生提问，对她给予我的一切回答也无法去求证真伪。

再问下去也没什么意思，我让她先回去休息。

回到办公室，正巧黄哥从里面走出来。我问他去哪儿，他说监控那段像素变化查清楚了，他往后看了半个多小时，有一个从饭店出来的人路过时蹲下捡起来一个东西，就应该是嫌疑人掉下的，正好落在脚边，所以我们看上去像是视频中脚的影像出现了延迟。

黄哥现在要去找这个吃饭的人，刚才通过饭店查出来订座人，已经确定这个人的身份了。

我俩连夜赶到这人家里。虽然已经提前与他取得联系，但看到我们找上门，这个人还是有点害怕，把我们让进屋后，他自己低着头缩着身子坐在沙发上，给我造成一种在审讯的错觉。

黄哥问他捡起来一个什么东西，这人急忙从茶几下拿出一部手机，告诉我们这个就是他捡到的东西。他喝了点酒，以为没人要，就捡回家了，没想到还没过半夜警察就找上门来，早知道就不该贪这个小便宜。

看到嫌疑人掉的手机，我顿时觉得这个案子有戏了，我们现在的最大问题是不知道嫌疑人是谁，现在手机里几乎涵盖了一个人的各种信息，只要通过手机确定这个人的身份，接下来抓他就容易多了。

我把手机接过来，开机后发现手机竟然连锁都没有，进入界面打开通话记录，上面空空如也，短信里只有几条广告信息，点开其他社交软件，发现都没有登录过，这手机就像没使用过一样。

我用这部手机给自己打了一个电话，发现这个号码是通化的。我问黄哥怎么办，其实我心里早就有了主意，问这话是征求他的意见，这次黄哥与我想的也一样，直接回应了我一句：走吧。

然后又补充了一句：天亮再走，别开夜车。

天蒙蒙亮，我俩就开车启程前往通化。到达之后我俩直接来到当地移动营业厅，一查发现，手机号码登记机主叫姜悦。通化的同行很热情，看到我们就要张罗先吃饭。百般推辞后在他们的帮助下我们把姜悦找到了，原来是一个手机摊主，用自己的身份证办了一百多个号码，早就记不得这些号都卖给谁了。

一部从来没使用过的手机，一个买来的未实名电话卡，带着刀去找一个人，这些要素结合起来，我觉得事情有点危险，嫌疑人提前做这些准备的目的就是要作案。也许昨天真的是侥幸，饭店经理及时赶到，加上店员纷纷冲过来，让嫌疑人无从下手这才逃走。

不过在这里我们还是查到一点有用的信息，姜悦对我们说他的摊位卖出去的所有手机卡都是线下销售，也就是说嫌疑人来过他的摊位，这个人应该是通化人，或者在通化待过。

这时我想起来，周颖的户籍地上写着快大茂镇，这个地方我曾经去过，所以有印象，它实际上就是通化县，整个县的中心就叫快大茂，按照区域隶属于通化市。两个都与通化有联系的人之间肯定有关系，但周颖为什么不肯承认呢？难道这里面还有什么隐情？

我和黄哥都打算去周颖家看看，最起码了解一下她的基本情况。

第二天，通化的同行带着我们一同去快大茂，有本地人领路，我们很快找到周颖的家，在繁荣村，三面环山，中间有一块沟岭，住了上百户人家。

我们找村长想了解下周颖家的情况，村长自小在这儿长大，对这里的人情世故无所不知，连牲畜哪天下崽都记得一清二楚。听完我们的来意后他便打开了话匣子，无所不答。

我问他关于周颖男友胡志勇的事情。他说这个人他知道，是本村人，现在在鹿场工作，很早以前和周颖处过对象，不过后来周颖和母亲外出打工后就分手了。

我问这个很早是什么时候。村长说快两年了，胡志勇和周颖分手后去的鹿场，现在都生了两茬子崽子了。

法医告诉我周颖身上的伤是近伤，从留下的疤来看，肯定不会超过半个月，怎么会与分手两年的胡志勇有关呢？

我又问他们最近见过面吗？村长说前几天周颖和她母亲回来了一次，那时候胡志勇一直在鹿场没回来，两个人肯定没见过面。

我接着问周颖这个人还有没有什么关系密切的男性朋友。村长说："有呀，这次她回来，有个男的跟着过来找她，两个人在家里吵了起来，还动手了，最后是我把派出所喊来了，派出所将这个男的带走了。"

听到这儿我问他有这种事怎么不早说。村长笑了笑说："俺也不知道你们要干什么，你不问，我也不敢说。"这时候一起来的派出所民警接话说，他知道这个人，叫陈军，当时因为殴打他人拘留了十天。

事已至此，没有继续留在这儿了解情况的必要了，我们赶紧将陈军的照片打印出来，拿去找姜悦辨认。姜悦看着照片说有印象，这个人的确来买过电话卡，但是具体买了哪一张他真的记不住了。

我把照片传回了大队，告诉他们不要惊动周颖，先组织饭店的人挨个进行辨认。当时事发突然，这人又戴了个兜帽，饭店里的人有的说见过，有的说没见过。不过只要有人对他有印象就行。

黄哥不让我开夜车，可是到了关键时刻他比我还着急，从山沟里回来已经是下午了，黄哥马不停蹄开车就走，等我们回到北连市已经是晚上了。

身份确定后，调查有了明确的方向，查到的信息越来越多，从铁路那边得到反馈，陈军是事发前一天坐火车来到了北连市，到现在没有离开的购票记录，这个人很可能还在北连。

我们更担心的是他仍然想着找机会作案，考虑到周颖的安全问题，我们决定直接找她开门见山地谈，希望她能说实话。

让我意外的是，在发现我们知道陈军这个人之后，周颖并没有显得很害怕，她仍然不承认那天在饭店里持刀威胁她的人是陈军。周颖承认在老家被陈军骚扰过，但是从那之后她再也没见到过陈军。

我们算了下时间，周颖离开老家来到北连市，正好陈军被拘留，而之前我在村子里听村长说过，周颖是在通化市的一家饭店工作。通化警方帮我们去调查了一下，告诉我们周颖和她的母亲在通化这家饭店干了一年多，离开的原因就是饭店里有一个男服务员想和她处对象，这个人就是陈军。

事情很明显了，陈军从通化市追到周颖家中，周颖和母亲匆匆来到北连市更像是为了躲避陈军，而陈军的火车票日期显示他是在治安拘留执行完毕之后从通化来到北连市的，这与手机卡的开卡时间也能对应上，这个人一路追着周颖到了这里。

各种证据摆在面前，但还缺少最关键的一环，那就是受害者本人的一份笔录，必须由她来证实嫌疑人的身份。可是周颖依然否认这个人是陈军，她一直强调自己不认识嫌疑人。

这下事情陷入了僵局，我们在辖区展开了捞网式的搜查，把网吧和小旅店都检查了一遍也没发现陈军的下落。接下来就得扩大摸排范围了，北连市内一共四个区，我们这只是其中之一，想要在全市范围内进行大规模调查需要其他几个区协助配合。

我们分头给其他几个区的刑侦大队打电话，光寒暄几句了解下他们工作的近况，心里盘算着如果不忙，再提出协助排查的要求。我这边刚客气几句还没提正事，对方就开始发牢骚，说一名死者到现在也没查出身份。

非正常死亡的人每天都会有，失足、车祸、落水等，我问他死因是什么，他说是凶杀，脖子上有明显的伤口，应该是被锐器割的。

我随口问了句这是哪天的事，对方说五天前，大晚上被出租车拉到医院没抢救过来，身上什么都没有。他一说时间，我心里一激灵，五天前的晚上正是周颖被袭击的时候，我们到现在都没找到陈军的下落，他不会是出事了吧？

想到这儿我急忙赶到尸检中心，果不其然，死者就是陈军，脖子上被人划了一刀。

我看到西山分局做的出租车司机笔录材料，他看到有人跌跌撞撞地在路边招手搭车，说要去医院，他急忙开车把人拉到医院。结果到了之后这人在后座没了动静，他招呼医院的人将这人推进去抢救，大夫说已经死了。这人身上什么都没有，到现在也不知道是谁。

我注意到司机载陈军上车的地点是友谊街，就是在万丽海鲜食府后面的那条路，上车的时间是八点四十，如果嫌疑人就是陈军，那么他袭击周颖后从饭店跑出去，再到他上出租车间隔了十多分钟。

他就是在这十多分钟遇害的。

我又想起一件事，周颖家里有果园，村长说她家是娘俩在外面打工，她父亲留在家里侍弄果树，现在正是打药的时候，果园不能离人，也不知道为什么这几天没看到周父，连村长都不知道他跑到哪儿去了。可周颖曾说她父亲来这儿是找她们一起旅游，他怎么能扔下果园一年的收成不管，选在这个时候来旅游呢？

这次我们把周颖一家三口全找来，分开进行询问。我直接将陈军的死亡照片拿出来摆在台面上，周颖看到后有些动容，脸色不断发生变化，但无论我问她什么，她这次连一个回应都没有。

大约过了半个多小时，我心里还在盘算今晚该如何与她进行持久战，这件事有点让我挠头，毕竟她是被害人，她不愿意说的话，我总不能把她当作嫌疑人来审讯。这时黄哥推开门，一半对着我，一半对着周颖说：行了，她父亲交代了，是他用刀把陈军脖子划了一下。

没等我回应，周颖哇的一声哭了出来，这一哭足足持续了半个小时，最后她的嗓子都嘶哑了，连说话都发不出声音了才停下，开始向我们陈述真相。

陈军在打工时遇到周颖，随后便要求和她处对象，但周颖不喜欢陈军。陈军这个人十分固执，被周颖拒绝后死缠烂打，最后导致周颖被纠缠得没法继续在酒店打工，只能和母亲回到村里。

谁知道陈军一意孤行，跟着去了村里，还在周颖家大闹一顿，将周颖和她的父亲打伤，然后被派出所带走拘留了十天。这次周颖有点害怕，于是和母亲一起来到北连市，就是为了躲避陈军。

十天一到，陈军放出来后又来找周颖，发现她不在家，他想尽各种办法，最后通过周颖曾经打工认识的朋友得知她在北连市的万丽海鲜食府打工。周颖的朋友事后发觉做得不妥，但又不敢告诉周颖，于是将这件事告诉了周颖的父亲，她父亲一听急忙也坐车赶到北连。

其实，周父与陈军前往北连市时在同一班火车上，只是阴差阳错二人没遇到。

就这样,几个人在万丽海鲜食府遇上了,陈军先骚扰周颖,被阻拦后把刀拿出来,发现有人报警后怕被拘留便夺门而出。但他没走远,在附近徘徊打算找机会再回去,正好遇到来找周颖的周父。

见陈军手里拿着刀,周父怕他对女儿不利,上前抢夺,两个人发生打斗。情急之下,周父将他的刀夺下后冲着他比画了一下,谁知道就这一下子从他的脖子上划过去,顿时血流如注。

当时天黑,周父并没有看清陈军的伤情,他心系女儿安危,直接去饭店找周颖。陈军受伤后急忙找车去医院,结果死在了车上。

周父记得自己用刀划了陈军一下子,但他没想到这么严重。周颖怕父亲因为这一下被拘留,便一直说自己不认识陈军,没想到陈军死了。

其实这几天陈军没有动静,周父就感觉情况不妙,他越来越觉得自己当时那一下似乎划到了陈军,这几天他心理压力巨大,整个人处于崩溃的边缘。最后陈军死亡的照片让周父的心理防线被击溃了,于是向我们坦白了实情。

真相大白,凶手最后变成了死者,而被害人的家人变成了犯罪嫌疑人。

最终,周父划伤陈军,是为了使家人的人身权利免受伤害,被认定为正当防卫,不予起诉。

18个关键刑法常识

1 虐待动物犯法吗？

对于虐待动物的案件管理比较特殊，它原属于《野生动物保护法》，但《野生动物保护法》没有强制力，因为对动物的虐待界定非常难，要明确规定出何种行为算虐待动物更难，所以没法对虐待动物的人实施有力的处罚措施。后来有专家提议将虐待动物罪加入《刑法》中，提出在扰乱公共秩序罪名中增加一个虐待动物罪；还建议加入传播虐待动物影像资料和对动物进行遗弃的罪名。

这项罪名最高可处六个月以上三年以下的有期徒刑。但它目前处于拟订状态，现实工作中并没有这个罪名。对于虐待个人饲养的宠物只能根据情况按照故意毁坏公私财物来定罪，至少处三年以下有期徒刑。

—— 摘自第二章：《深井中被剖开的猫，藏着命案线索》

入室盗窃和入室抢劫有何区别?

抢劫罪起刑三年,最高十年,但入室抢劫直接十年起刑。相比之下盗窃罪量刑要轻很多,入室盗窃一般量刑是三年以下有期徒刑。但入室盗窃很容易转化成入室抢劫,因为进屋盗窃被发现依然继续犯罪行为,在被人阻拦时用暴力手段强行将东西掠走,那就是入室抢劫,刑期一下子从三年以下变成十年以上了。

—— 摘自第二章:《深井中被剖开的猫,藏着命案线索》

什么是"无差别杀人"?

正常来说,杀人都会有一定的原因,有不少是心理变态者杀人,但真正无差别杀人的案件寥寥可数。心理变态者是为了满足自己的欲求,他们都将杀人作为一种发泄的手段,通过杀人这个途径来使自己得到满足,他们有时候享受的是杀人的过程。这种人大多是反人类性格,但并不反社会,他们平时很容易就能融入社会中去。

无差别杀人是完全以杀人为目的,想尽各种办法来进行杀人行为。同事遇到过一起无差别杀人案件,发生在 20 世纪 90 年代初期,凶手前后杀了三十多个人,持续了七八年,这个凶手每隔一段时间就想杀人,完全不顾后果,在公安机关开始大范围侦查的时候还顶风作案,可以说是丧心病狂。

—— 摘自第二章:《深井中被剖开的猫,藏着命案线索》

4. 精神病患者犯罪怎么处罚?

精神病患者有很多种,真正能免除刑事处罚的是完全无责任能力人,这类人很少,而且社区街道乃至派出所对他们都有一定的管控,这类人反而是最安全的。大多数涉及精神病的嫌疑犯都是症状轻微,比如抑郁症,平时不发病和正常人一样,可是一旦发病就能做出极端的事情来。所以在办理精神病人的犯罪案件中,我们的标准只有一个,那就是精神病鉴定,只要鉴定结果表明嫌疑人具备责任能力,那么这个人就得受到法律的制裁。

如果一个人想伪装成精神病患者来逃避处罚基本是不可能的,我曾经陪着很多个自称有精神病的嫌疑犯去做鉴定,其中也有真正的病患。鉴定的时候是六七个专家大夫一起会诊,然后进行提问,最后根据你的回答来判断到底是不是患有精神病。这些专家见过的精神病人比我当警察办的案件都多,想在这六七个专家的眼皮子底下假装精神病人,就相当于一个初中生在警察面前想撒谎一样,都不用审讯,几句话就把他的实话诈出来了。

—— 摘自第二章:《深井中被剖开的猫,藏着命案线索》

聚众事件怎么治理？

这类案件的治理得看情节严重程度，如果情节轻微，则按《治安管理处罚法》处罚，殴打他人，故意伤害他人身体的，处五日以上十日以下拘留，并处二百元以上五百元以下罚款；合伙殴打伤害他人的，处十日以上十五日以下拘留，并处五百元以上一千元以下罚款；如果情节严重，造成严重后果，则要按《刑法》中的聚众斗殴罪处罚。对首要分子和其他积极参加的，处三年以下有期徒刑；对多次聚众斗殴的，在公共场所或交通要道聚众斗殴、造成社会秩序严重混乱的，持器械聚众斗殴的，处三年以上十年以下有期徒刑。另外，聚众斗殴，致人重伤、死亡的，需按故意伤害罪或故意杀人罪处罚。

—— 摘自第三章：《城管秉公执法，被殴打致死》

抢劫和抢夺罪有什么区别?

抢劫案件,是一种性质很恶劣的犯罪行为,早些年公安机关还专门配置了针对两抢犯罪的侦查队,这里的两抢指的就是抢夺和抢劫。抢夺与抢劫的界定就是有没有暴力行为,直接抢了就跑,如果在跑的过程中与人发生撕扯打斗之类就会变成抢夺。20世纪90年代初期震惊全国的飞车抢夺党就是抢夺犯罪,他们骑着摩托车物色目标,真正做到了抢了就跑,被害人想追都追不上。也就是从那时起,各地的公安机关专门成立了打击两抢犯罪的队伍,一般称为便衣侦查队。现在社会治安越来越好,抢劫这类犯罪大大减少,便衣侦查队也从打击两抢犯罪变成了打击两抢一盗犯罪。

—— 摘自第五章:《一个"特殊"的盗窃犯,被偷的人都帮他打掩护》

盗窃罪如何处罚？

7

小偷自古有之，偷东西也是常见的犯罪，这类犯罪都叫盗窃，但这里的盗窃罪还分为刑事和治安两个部分。治安案件处置是以《治安管理处罚法》为依据，盗窃的钱物比较少或者罪行比较轻，比如扒窃几十块钱或者从超市偷点吃的喝的，对于这类犯罪一般给予治安处罚，最高拘留十五天。但如果盗窃的数额超过一定的标准，或连续进行盗窃，两者够其一就可以立为刑事案件侦办了，在《刑法》中盗窃罪最高可以判处三年以下有期徒刑。但如果有特别严重的情节，最高可以至无期徒刑。

很多犯罪都是一点点开始的，先是偷鸡摸狗般的盗窃，慢慢发展成去偷一些值钱的物件，最后再到抢劫财物，犯罪分子也是在这个不断犯罪的过程中胆子慢慢变大，贪欲也越来越大，最后不可控制地走向深渊。

—— 摘自第五章：《一个"特殊"的盗窃犯，被偷的人都帮他打掩护》

什么情况下才算是正当防卫？

8

只要出现殴打，事情起因就不重要了，而且只要双方都动手了，那么谁先动的手都不是衡量标准，双方都被认定违法，一般处以治安拘留三天；如果两人相互谅解，做一份调解协议也可以了结。

这种情况也不算正当防卫，因为在正当防卫的规定内，你还手的强度要低于对方对你造成伤害的程度，如果对方徒手殴打你，你还手就是相互殴打。如果对方用棍子，你徒手才有可能认定是正当防卫；如果对方对你造成生命威胁了，这时你反击将他打伤甚至打死都是正当防卫。这个规定是考虑到为了防止有人借正当防卫来实施犯罪，所以正当防卫的强度必须低于犯罪行为。

—— 摘自第五章：《一个"特殊"的盗窃犯，被偷的人都帮他打掩护》

9 KTV 里的"坐台"怎么处罚?

坐台是指陪酒小姐仅仅是在 KTV 里陪客人喝酒,出台是指陪酒小姐可以和客人一起离开 KTV,继续去其他地方喝酒。而只要离开了 KTV,就属于脱离妈咪的管理范围,陪酒小姐很可能与客人发生皮肉交易,所以现在我们对"出台"的理解都是指有卖淫行为。

如果是单独的卖淫,一般以卖淫嫖娼处罚,卖淫女与嫖客最多拘留十五天,但如果这个店里有多人出去卖淫,而且店里的经理之类的人参与向客人介绍及抽成,那么店里负责人则构成组织、介绍卖淫罪。介绍卖淫判五年以下有期徒刑,组织卖淫五年起刑。

大多数卖淫女为了安全着想,一般不敢不经店里同意单独出去卖淫,因为很多抢劫类犯罪针对的目标都是卖淫女,她们有钱还好控制,而且消失几天根本没人在意。所以这些小姐都需要店里同意,因为店里能同意的客人都与店里有一定的关系,这才能相对保证安全。

—— 摘自第七章:《陪酒女死亡前,曾接到四通神秘电话》

# 10 盗用他人身份证会判刑吗?

盗用他人身份证件在情节严重的情况下才会判刑。所谓的情节严重是盗用多人,或者伪造多份;如果盗用他人身份用作入学录用和就业安置的,可以处以三年以下有期徒刑。

—— 摘自第七章:《陪酒女死亡前,曾接到四通神秘电话》

11 什么是"犯罪团伙"？

像这种三人以上属于多人犯罪，在连续犯罪时便为犯罪团伙，一般团伙犯罪的头目属于情节严重，判刑时会加重处罚，团伙中其他人"雨露均沾"，因为团伙犯罪会涉嫌数起案件，所以在判决的时候处罚要远超于一般案件。

等待这一犯罪团伙的也是数罪并罚，盗用他人身份证、入室抢劫、故意杀人，这几个罪行量刑差距较大，那么以较重的为准，较轻的不予执行，如果情节严重需要加重处罚，但不得超过数罪总刑期。

—— 摘自第七章：《陪酒女死亡前，曾接到四通神秘电话》

网恋诈骗如何处罚?

12

以网恋为名进行诈骗就按照诈骗罪定性,现在只要是通过网络、电脑、手机、电话进行诈骗的行为都属于电信诈骗。由于现在电信诈骗极其猖獗,公安机关已经为电信诈骗成立了一个独立的工作部门。犯罪嫌疑人一旦被抓获并定罪,轻则判处三年以下有期徒刑,重则三到十年有期徒刑。

—— 摘自第八章:《处长遭遇"仙人跳",却替罪犯隐瞒》

什么是"仙人跳"？

13

"仙人跳"是一个俗称，是指犯罪团伙用一名女性做诱饵，以招嫖为借口，将男性诱到他们准备好的地点，伺机对男性进行敲诈，其实就是抢劫。仙人跳抢劫的借口无非那么几种，有的是假装以卖淫女男朋友或者老公的名义，威胁被害人进行抢劫；有的是等待被害人与卖淫女发生关系后，利用藏在房间里的摄像头偷拍到的录像进行敲诈抢劫。

仙人跳定性是根据现场情况，如果是以勒索的方式来要求被害人拿出钱财，没有恐吓与威胁，那么就是敲诈勒索。如果是以胁迫来使得被害人交出金钱财物，其间有打骂被害人的行为，那么就是抢劫。

但大多数仙人跳都是抢劫，因为现场肯定不止一两个人，在一群人对着一名被害人进行威胁的时候，他们的行为肯定会达到抢劫中暴力威胁的标准。

—— 摘自第八章：《处长遭遇"仙人跳"，却替罪犯隐瞒》

贩毒案件如何判刑?

14

贩卖、走私、制造、运输毒品没有数量限制,就算只卖出去 0.1 克也构成刑事犯罪,唯独不同的是非法持有毒品罪必须要超过 10 克才能构成刑事犯罪,这个也是毒品案件的底线。量刑标准根据毒品种类划分,不同毒品根据数量来定罪。

根据《刑法》规定,非法持有鸦片 1000 克以上、海洛因或甲基苯丙胺 50 克以上的,七年起刑,最高可至死刑;非法持有鸦片 200 克以内不满 1000 克、海洛因或甲基苯丙胺 10 克以上不满 50 克的,处三年以上有期徒刑。但由于犯罪打击面太广,加上一直提倡对死刑慎判,实际操作中对死刑需要的毒品的数量做了一定的放宽。

——摘自第九章:《从广东到吉林,我和大毒枭贴身共处五天五夜》

15 拐卖妇女儿童案件如何治理?

公安实际工作中对拐卖妇女儿童一直很重视,我们分局专门设立了打拐办,对辖区内涉及拐卖妇女儿童的案件进行专案侦办。现《刑法》中拐卖妇女儿童罪起刑五年,最高可至无期徒刑,并且对收买被拐妇女儿童的涉案人员做出了司法解释,可以说打拐工作已经上升到与禁毒工作一样的高度了。

——摘自第十章:《最狠心的母亲:刚出生的小孩被用作犯罪工具》

16 故意伤害罪和寻衅滋事罪的处罚有何不同?

故意伤害一般会确定一个主要犯罪嫌疑人,就是主要实施动手打人行为的人,以及将对方打伤的那一下是谁实施的,这个人是主犯,判决时量刑最重。寻衅滋事罪用通俗的话说就是惹是生非,无故寻找事端,这个与故意伤害的主观故意有着很大区别,所有参与的人都属于犯罪嫌疑人,这个罪名是专门针对一群人共同犯罪的,在宣判的时候不分你我,所有参与者都会被判刑。刑期是按照被害人伤情来界定的,像这种被打成重伤的,参与者都是起刑五年,主要组织者十年以上有期徒刑。

——摘自第十一章:《把对方打成植物人,他只说了两个字:好玩》

17 强奸罪如何判刑?

强奸属于严重犯罪,最高可至死刑。一般强奸罪起刑三年,在实施犯罪的过程中涉及五种情况的起刑十年,最高可至死刑。这五种情况是强奸幼女、强奸多人、在公共场所实施犯罪、轮奸和致人重伤、死亡或造成其他严重后果的。

—— 摘自第十四章:《办案老手只通过一个空水瓶,就找到了强奸犯》

绑架罪如何判刑?

18

不管怎样,绑架罪都是重罪,起刑就是十年,除非情节轻微,没造成严重后果,比如绑架后不久嫌疑人就被警察抓住或人质顺利逃脱,才可以处五年以上有期徒刑。

如果犯罪分子拿到赎金后逃走,就是十年起刑了。

—— 摘自第十五章:《禁忌游戏:有个男人每天打 10 个电话催我自杀》